終着駅

森村誠一

角川文庫
19078

終着駅　目次

登場人物一覧

宮地杏子……銀座のクラブホステス

宮地由起子……杏子の妹　スーパー「福助」チェッカー

浅川　真……キャバレーのポーター

軍司弘之……（自称）カメラマン

暮坂武雄……会社経営者

暮坂慎也……武雄の長男　父の会社を継ぐ

三上潤子……銀座のクラブ「花壇」ホステス　慎也と結婚

水間達彦……作家

時田昌枝……由起子の先輩　スーパー「福助」勤務

本村重雄……編集者

大前……N社編集者

プロフ……新宿の浮浪者　元大学教授《プロフェッツサー》（？）

石井……狛江《こまえ》署刑事　潤子事件担当
牛尾……新宿署刑事　浅川事件担当
大上……新宿署刑事　浅川事件担当
那須……警視庁捜査一課警部　浅川事件担当
山路……警視庁捜査一課部長刑事　浅川事件担当
横渡……警視庁捜査一課刑事　浅川事件担当
河西……警視庁捜査一課刑事　浅川事件担当
草場……警視庁捜査一課刑事　浅川事件担当
菅原……代々木署刑事　暮坂事件担当
増成……八王子署刑事　軍司事件担当
池亀……八王子署刑事　軍司事件担当

第一章　束の間の仲間

1

中央本線の列車が奥多摩《おくたま》と道志《どうし》山塊に挟まれた山間を抜けて小仏《こぼとけ》峠のトンネルを潜り抜けると、すでに東京のにおいがする。行政上、「都下」であるだけでなく、八王子には「酔っぱらいの終着駅」といわれるように、東京のにおいが直接流れ込んで来る。

立川《たちかわ》を過ぎると線路は東中野まで、一直線となり、列車はゴミのように集積された夥《おびただ》しい小住宅の間を走る。起伏のない、なんの面白味もない風景の中をひた走って行くほどに、東京のにおいが濃くなっていく。

それでも吉祥寺《きちじょうじ》あたりまでは武蔵野《むさしの》のおもかげがわずかに残っているが、それを過ぎると完全に都会の風景となる。

自然の残った風景と比べて味も素っ気もないが、それだけ便利さと刺戟《しげき》と人生が狭い空間にパックされているわけである。なんらかの目的を帯びて上京して来る人々は、この風景の間で緊張を高めてくる。

それは定期的に上京して来る人や、何度も上京して来た人でも、八王子以前（以西）の山間を走っているときよりも、緊張が多少なりとも高まるのを防げない。ましてや初めて上京する人や、難しい用務を帯びて来た人の緊張度は高い。

列車が東中野を過ぎて、右手に大きくカーヴを切ると、もはや完全に〝都心〟の中である。右手車窓には新宿マンハッタンの超高層ビル群、左手には歌舞伎町《かぶきちよう》の大繁華街を控えたネオン街、夜間ならば多彩な電飾の洪水が、長い単調な車窓を色光が弾《はじ》けたように彩る。昼間は車の洪水が車窓を埋める。

列車はスピードを落としながら幾筋にも並列したホームの間へ滑り込む。田舎の駅を見馴《みな》れてきた目は各ホームに群がっている夥しい人間にびっくりさせられる。

宮地杏子《みやちきようこ》は中野を過ぎたあたりでバッグを網棚からかかえ下ろし、凝《じ》っと身構えていた。

とにかく田舎から飛び出して来てしまった。東京には何度も遊びに来ている。「お上《のぼ》りさん」ではないぞと自分に言い聞かせるのだが、観光やファッションの確認に原宿《はらじゆく》や六本木《ろつぽんぎ》へ来るのとちがい、東京で生活するために出て来た今回の緊張は比較にならない。

頼りにするものは肌身につけた名刺一枚だけである。万一紛失するといけないとおもってバッグにも入れていない。

東京から急行で数時間、西の山間の小都市でウエイトレスをしていた彼女に、名刺の主は声をかけた。

「きみ、失礼だけど、この店でいくらぐらいもらっているの」

杏子が正直に答えると、名刺の主はびっくりした顔をして、

「そんな額でよく生きていけるね。きみほどの素質をもっていれば、東京で五倍は取れる。いや十倍も稼げるかもしれない。女は価値がある。安売りしてはいけない。その気になったらいつでもいらっしゃい。力になってあげるよ」

と名刺をくれたのである。彼女はその名を知らなかったが、朋輩《ほうばい》の一人に消息通がいて、最近出てきた小説家だとおしえてくれた。杏子の知らない名前だから、まだあまりポピュラーではないのだろう。

だが、彼女の町では男はずば抜けて垢《あか》ぬけて見えた。着ている物やなにげない持ち物までがちがう。金をかけているというのではなく、センスがちがうのである。それはまさに「東京風」であり、彼女らがマスコミの〝通信教育〟で猿真似したファッションとは素質がちがっていた。

そのとき杏子は田舎の生活にうんざりしていた。高校の同級だった男の子と、ちょっと町角で立ち話した情報までが、二、三時間後に尾鰭《おひれ》がついて知り合いの間に行きわたっているような狭い町の生活には、息が詰まった。

その「東京の作家」の声がかからなくとも、いずれ飛び出したであろう。作家の声がきっかけをあたえてくれた。少なくとも五倍、最高で十倍は稼げる能力を、こんなイモくさい田舎に埋もらせてたまるものかとおもった。

東京においしい話ばかりが転がっていないことはわかっている。東京でだまされた女の転落ストーリイは、それこそテレビや小説で手垢がつくほど紹介されている。いまどき「東京」というだけで憧《あこが》れる純情な若者はいないとおもいきや、やはり若者に対する東京の吸引力は比類ない。Uターンするにしても東京の泥にまみれてからである。

若い間は、なんとしても東京の洗礼を受けたい。そこがどんなに危険と汚辱に充《み》ちた都会であっても、東京に弾み立つ刺戟と、潜んでいるかもしれないチャンスが、急流の下の滝壺《たきつぼ》のように若者を引きつけて止まない。

事前に電話はしなかった。旅先での無責任な言葉だったかもしれない。いまさら止めろと言われても、心は定まっている。このまま田舎に留《とど》まっていれば、心身共に腐ってしまう。

一か八《ばち》か、東京へ出てこの若さを賭《か》けてみるつもりだった。最悪の場合でも、女は売るものをもっている。それを切り売りしても生きていけるどころか、腕がよければかなりの蓄財ができる。

「十倍か、ふん、百倍くらいに売りつけてやるから」

宮地杏子はバッグをかかえて大都会の雑踏の一人になるために立ち上がった。

2

前後の列車で浅川真《あさかわまこと》と軍司弘之《ぐんじひろゆき》が新宿駅に降り立った。

「じゃあな」

「あんたも元気でな」

「おたがいにな」

「縁があったらまた会おう」

二人は短い訣別《けつべつ》の言葉を交わして駅の群衆の中で別れた。どちらも二十二、三歳、服装も雰囲気も田舎っぽい。都会の真ん中に田舎のにおいをそのまま持ち込んで来ているが、あまり違和感がないのは、ごった煮の街の新宿の特性のせいかもしれない。

彼らも、宮地杏子同様東京に夢を託して田舎を飛び出して来た。もとよりさしたる当てはない。行けばなんとかなるだろうという安易な若気から田舎の町を飛び出した。

浅川はラーメン屋や蕎麦《そば》屋の店員を転々としていた。軍司は自動車の修理工である。どうせ同じことをやるなら東京でという気持ちが高じて、虎の子の貯金をもって出てきた。

盆や正月にいい格好をして帰省して来る同年配の若者を見ている間に〝東京願望〟が蓄積されていたのかもしれない。

帰省する連中が、東京でなにをやっているかおおかた察しはつく。東京の底辺で汗と脂にまみれて一年働いた報酬として、「盆正月だけの錦《にしき》」を着て帰省して来るのだ。

だが、それでもよい。田舎にくすぶっている者は、盆正月の錦を飾る場所をもたない。

田舎の若者の憧れの終着として東京は燦然《さんぜん》と光彩を放っている。あの光の中に入りたい。光の部分はわずかで、その発光源に社会のヘドロが堆積《たいせき》していることはわかっていても、それは知識としてのものにすぎない。どうしても一度は、あのまばゆい輝きの中に入ってみたい。それが身を滅ぼす輝きかもしれないことを知りながら、若い間にその輝きを実体験しないことには納得できないのである。

二人は奇しくも同じ列車で座席が隣り合い、どちらからともなく言葉を交わした。名乗り合ったが、田舎を食いつめて東京へ行くとは言わない。二人とも見栄《みえ》があった。

「叔父《おじ》が東京で新たにでかいレストランを開くんで、責任者として呼ばれたんだ」

浅川はおもいつくまま言った。

「東京の出版社からスカウトされてね、新しくスタートする写真週刊誌のスタッフに参加することになった」

軍司も口から出まかせを言った。

「機会があったら、おれのレストランに来てくれよ」

「作品発表披露会をおたくのレストランでやるかな」

軍司も調子よく合わせた。だがどちらもレストランと出版社のディテイルについては言わない。言えないのである。

そんな見栄から脹《ふく》らんだ誇大妄想的な夢を語り合っているうちに、お先真っ暗な上京の不安がまぎらわされた新宿駅に降り立ったものの行く先の当てがあるわけではない。精々肩をそびやかして雑踏の中に分け入った二人は、すぐにたがいがどこにいるのかわからなくなった。束の間の〝仲間〟は人間の大海を漂う二枚の木の葉となって、それぞれの方角へ当てもなく流れ出したのである。

第二章　父の肉

1

　約半年後、暮坂武雄《くれさかたけお》は、同じ中央本線の列車で新宿へ近づきつつあった。車内アナウンスが終着駅の近いことを放送している。乗客たちが荷物を網棚から取り下ろし、身支度を始めている。

　すぐかたわらの座席の登山服姿の二人連れ乗客が、

「やれやれまた日常へ戻って来たな」

「仕方がないよ。山に登りっぱなしというわけにはいかない」

「いっそ山小屋にでも就職するかな」

「そうなると今度は山が日常になっちゃう」

　とぼやくようにささやき合っている。

「日常か」

　暮坂は彼らのぼやきを口中に反復した。彼が赴こうとしている仕事は、彼の営業活動の中に含まれるが、日常的なものではない。日常になっては困る種類のことである。

　同種の仕事をしたことはあるが、今回は金額が大きい。成否の率は五分五分、いや成功率は三分くらいであろう。

だが成功しないと、彼の会社はつぶれる。暮坂は金策に上京して来たのである。事業が資金ショートを起こして八方借り集めたが、どうしても三千万ほど足りない。止むを得ず東京の金満家の親戚《しんせき》に借金を申し込むことにした。その親戚は東京で開業医をしているが、はやって総合病院並みの大病院を経営している。彼にとって三千万円くらいは端金《はしたがね》にすぎないだろう。

だがまさかこんな破目に陥るとはおもわなかったので、日ごろ疎遠に過ごしてきた。そんな遠い親戚が、忘れたころのこのこ出て来ていきなり大金を貸してくれと言っても、はたして貸してくれるだろうか。

三分の可能性は、幼いころ、親が行き来しており、とても仲がよかったことである。たがいに幼名を呼び合い、虫を追ったり、泥んこ遊びに興じたりした。相手の幼時の記憶が残っていれば、確率は高くなる。

感傷にすがっての金策である。だがこの金策の成否に従業員十五人、その家族を入れて五十人前後の人間の生活がかけられているのだ。

吹けば飛ぶようなチッポケな会社だが、それが暮坂の人生の拠点であり、生きてきた証《あかし》である。是が非でも成功させなければならない金策である。相手の前に土下座をしてでも、三千万円もって帰らなければならない。

列車が新宿駅ホームに滑り込むと、暮坂の緊張は最高潮に達した。

父が金策に上京した当夜、暮坂家は固唾《かたず》を呑《の》むようにして父からの成否の連絡を待っていた。母も、慎也《しんや》も妹の真澄《ますみ》もほとんど夕食がのどを通らない。

三千万の金策がつかないために父が血のにじむような苦労をしてつくり、今日まで維持してきた会社が倒れてしまうのである。

暮坂一家はひたすら祈るしかなかった。これまでに借りられる所からは借り集めた。それでも三千万足りない。

父が赴いた先が最後の頼みの綱である。もし金策に失敗して父が妙なことを考えなければよいが、——想像は悪いほうへ傾いていくばかりである。

午後十時をまわり、家族が絶望しかけたころ電話が鳴った。飛びつくように受話器を取り上げた慎也の耳に父の弾んだ声が飛び込んできた。

「慎也か。借りられたよ」

「え、借りられた」

全身の不安の塊りが快く解けていく。かたわらで聞いていた母がホッと安堵《あんど》の息を吐き、真澄が歓声をあげた。

「快く申し出た金額を即座に現金で用立ててくれたうえに、すっかりご馳走《ちそう》になってしまった。もっと早く連絡したかったんだが、昔話が弾んでしまってね、なかなか電話する暇がなかったんだよ。いま公衆電話。今夜の終列車で帰る。母さん？　出さなくていいよ、なぜもっと早く電話しないかって怒られるに決まってるからね」

父はアルコールの入った声で上機嫌に言った。

「せっかく借りたお金を落とさないようにね」

「大丈夫だ。そんな頓馬《とんま》じゃない。これでも大戦の生き残りだ」

父はガダルカナル島の生き残りで、そのことを誇りにおもっている。九死に一生を得た自分の人生に強運がついており、それによってこれまで何度も難しい場面を乗り越えてきたと信じている。

戦場体験を通して学んだしたたかさと不屈の意志のせいなのであるが、父はそれを強運のつきだと確信している。今度の金策の成功も強運に帰しているだろう。

父の電話を受けて、げんきんなもので急に腹が空いてきた。だがそれが暮坂慎也が父の生きている声を聞いた最後になった。

2

暮坂武雄の死体は翌早朝三月二十五日午前六時ごろ、渋谷《しぶや》区の隅にある児童公園の公衆電話ボックス内で発見された。折りからジョギング中の近所の住人が、素通しのガラス越しにうずくまっている暮坂を見かけた。

よく長電話の人がそんな格好で通話しているので、あまり気に留めず走り過ぎた。公園を一周してボックスのかたわらへ戻って来ると、さっきの人がまったく同じ形でうずくまっているのを見て不審におもい、近づいて死んでいるのを発見した。

通報を受けてまず警察が臨場して来た。警察は最初「犯罪死」を疑った。だが死体を検《あらた》めるうちに、脳卒中の所見を見出した。身体のどこにも創傷や格闘の痕跡《こんせき》もなく、所持していたバッグの中に血圧降下剤が入っていたところから、通話前後、突然、脳卒中の発作に襲われたとみた。

検屍《けんし》によって死亡時刻は昨夜午後十時ごろから二時間と推定された。現場は住宅街の中の寂しい公園である。坂と学校にはさまれた奥まった位置にあり、夜間はほとんど人が立ち寄らない。

第一発見者が通りかかるまでだれも来なかったのか、あるいはそれ以前に電話をかけようとして〝先客〟を発見したものの、掛かり合いになるのを惧《おそ》れて知らん顔をしたのかわからない。

警察は、遺体が身につけていた名刺から身許《みもと》を知って連絡してきたと言った。警察から悲報の連絡を受けたとき、驚愕《きょうがく》とショックで三千万円のことを忘れた。慎也は取るものも取り敢《あ》えず母につき添って遺体の確認に上京した。

母子は、変死体として監察医務院に運ばれていた変わり果てた父と対面した。突然発作に見舞われたのか、父の表情は苦しげに歪《ゆが》んでいた。五十人の生活をかかえたプレッシャーは激しいストレスを蓄え、いつの間にか父の身体を蝕《むしば》んでいたのだ。

父が密《ひそ》かに血圧降下剤を飲んでいたと知って、改めて父一人に背負わせていた負担をおもった。

　貧血を起こして倒れかけた母を、慎也が支えた。前後の状況から判断すると、父は家に電話をかけた直後、発作を起こしたらしい。それから今朝発見されるまで看護する者もなく放置されていたのだ。そのとき直ちに病院へ運んで手当てすれば、あるいはたすかったかもしれない。

　人里離れた山中や無人島ではない。都会の真ん中なのである。しかも公衆電話ボックスの中で。発見されるまで、本当にだれも通りかからなかったのだろうか。

　父の表情の歪みが、苦悶《くもん》以上に無念の想いを伝えているようにおもえた。

「ご夫君にまちがいございませんね」

　係官が事務的に確認を取った。そのほうが遺族の悲しみをかき立てないことを知っているようである。

「まちがいありません」

　慎也は母に代わって答えた。母にとっては残酷すぎる確認である。

「これはご遺体のそばにあった遺品です。お改めください」

　係官が、父が家を出るときもっていった手下げ袋を差し出した。中身は宿泊する場合に備えて替え下着、洗面具、雑誌、それから親戚の医師の家で土産にもらったらしい北海道の珍味詰め合わせなどである。あと、身につけていた財布、腕時計、ライター、煙草、ハンカチ、名刺入れなどが添えてある。

そのとき慎也はあるべきはずの重大なものがないのに気がついた。

「これだけでしょうか」

慎也は尋ねた。

「それだけです。それ以外になにかもっておられたものがあるのですか」

係官は反問した。

「実は父は金策に上京しました、借りた三千万円をもっていたはずです」

「三千万円！」

係官は愕然《がくぜん》とした表情を見せた。現金は財布の中の十五万弱だけである。

「そんな大金はどこにもなかったですよ」

「でも父は死ぬ少し前、家へ電話してきまして、現金で三千万円借りられたから、これからすぐに帰ると言っていたのです」

「それは現金ではなく、後から銀行に振り込むというようなことではなかったのですか」

「せっかく借りたお金を落とさないようにと注意したら、そんな頓馬ではないと言ってました」

「早速、貸してくれた人に確かめましょう」

係官の態度が慌ただしくなった。三千万円が死体から失われたとなると、事案は単なる行路病死からまったく異なる色相に塗り変えられてしまう。

貸し主に問い合わせると、確かに現金で用立てたという答えが返ってきた。たまたま

「五十日《ごとおび》」に関係業者に支払うために用意しておいた金を回したということである。するとどういうことになるのか。まず第一に疑われるのは発見者である。だが発見者が横領したのであれば、身許を明らかにして通報などしないはずである。

となると、父が発作で倒れた後、その場に来合わせた者が、大金を見つけ、それを奪って逃げたケースが考えられる。金を奪ったので、当然死体発見の通報をしなかったのだ。あるいはそのとき父は生きていたのかもしれない。

慎也はその場面を想像して怒りに胸が煮えたぎった。

五十人の生活がかかる三千万円を発作の苦痛の中で必死に抱きかかえる父から無情に毟《むし》り取って行った人間、金を奪われてから父が死んだとすれば、これは立派な殺人ではないか。

仮に金を奪わなかったとしても、死にかけている人間が救いを求めているのを見殺しにしたら「未必の故意」とやらによる殺人が成立するのではないか。

念のために第一発見者に問い合わされた。

「金どころか、どんな持ち物をもっていたのかも知らない。死んでいると悟ったので、死体には手を触れず家へ飛んで帰り１１０番した。死体がうずくまっていた電話ボックスを使う勇気はなかった」

と発見者は答えた。彼は近所の豪邸の主で、名の通った会社の重役である。死体から三千万円毟り取るような人物ではない。

やはり三千万円は、暮坂武雄が自宅へ電話した後、倒れてから朝発見されるまでに奪われたとみるのが妥当であった。

だが、深夜のことで目撃者はいない。手がかりも残っていなかった。

三千万円は失われたが、父が入っていた一億円近い生命保険金が下りた。その金で会社の窮地が救われ、立ち直れた。借金も返せた。

慎也は父が一身に代えて会社や家族を救ってくれたのだとおもった。父はガダルカナル島で自分の身体の傷や戦友の傷にわいた蛆《うじ》を食って生きのびたという。自分たちはまさに父の身体を食って生きのびたのである。

第三章　運命の出会い

1

水間《みずま》達彦《たつひこ》は、宮地杏子から電話をもらったとき、相手を忘れていた。名刺をもらって東京なら五倍だの十倍だのという言葉を聞いているうちに、ようやくおもいだした。ある出版社主催の文芸講演会で行った長野県のある都市で、講演会の後、地元の書店から招待されたレストランで「鄙《ひな》には稀《まれ》な」女の子を見かけて、無責任に声をかけた。だがまさか、その言葉を真にうけて、本当に出て来るとはおもわなかった。いま新宿駅にいるという。

「こりゃ、まいったな」

と水間は受話器に漏れないように口中でつぶやいた。すると相手は、うふふと含み笑いをして、

「先生困っているんでしょう」

と彼の心を読み当てたらしい。

「困ってなんかいないさ。ただあまり突然なのでびっくりしているんだ」

水間は慌てて言い繕った。

「いいのよ、無理なさらなくとも。先生にご迷惑はかけません。先生から声をかけられてふんぎりがついたの。先生に出会わなくても私はいずれ東京へ出て来たわ。ですから先生は責任なんか感じなくともいいのよ。ただご挨拶《あいさつ》をしたかっただけ」

と言われて、水間は少しホッとした。

「それでこれからどうするつもりなの」

余裕が出たところで聞いた。

「ビジネスホテルへ泊まって、『とらばーゆ』でも見ながら仕事を探すわ」

言葉を交わしている間に相手の顔を完全におもいだした。鄙には稀どころか、銀座《ぎんざ》に出してもトップクラスのマスクであった。スタイルもよかった。胸の張り、腰のくびれ、豊かで欧米人並みに充実した上向きの尻《しり》など、衣服の上から観察しただけでも優れた素質と、男の食欲をそそって止まない曲線《シルエット》を打ち出していた。

これはもしかするとめったに網にかからない上玉《じょうだま》が、先方から飛び込んで来たのかもしれない。自分が手を出さなければ、必ず他の男の網に引っかかってしまう。

そうはさせるものか。水間に男の意地汚さが目覚めてきた。

「女性一人で変なホテルに泊まると危険だよ。よし、これから迎えに行ってあげるから、そこで待っていなさい」

「え、本当に先生が迎えに来てくださるのですか」

杏子の声が弾んだ。強がっていても、知る人もない都会で突っぱねられたら途方に暮れたところであろう。

杏子は、水間から指定された構内の喫茶店で心細そうに待っていた。水間の顔を見出してすがりつかんばかりにした。

水間の記憶のとおり、いや記憶以上にその優れた素質はますます磨かれているようである。単に美貌《びぼう》というだけでなく、独特の雰囲気を帯びている。それが周囲に輝いている。ポッと出のはずでありながら、都会の真ん中で周囲の女たちを圧倒している。

水間は、いったいその輝きはどこから来るのかとおもった。地方都市のレストランで初めて見かけたときも「鄙には稀」とおもったが、その輝きは見られなかった。男だけでなく同性の視線も集めている。彼女はその事実に気がつかないらしい。

それが自意識過剰ですれっからしの女ばかりの中でなんとも初々しい。

「ホテルを予約しておいた。とにかくそこに落ち着いてからにしよう」

水間は男たちの羨《うらや》ましげな視線を誇らしく感じながら、彼女のバッグを取り上げた。

「ごめんなさい。急に出て来てしまって」

杏子は先刻の強がりも忘れて殊勝に言った。

「いや連絡してくれて嬉《うれ》しかったよ。ちょうど東京にいてよかった」

「お留守のことが多いのですか」

「この間のように講演を頼まれたり、取材やらでけっこう飛びまわっている」

「先生は有名ですものね」

向けたまなざしに畏敬《いけい》の色がある。

「まだ駈《か》け出しだよ」

構内から東口へ出たとき、水間はあっと声を漏らした。いま彼女の輝きの源がわかったのである。

ちょうど日が落ちて多彩なネオンの花が都会の夜の中に豪勢な群落を見せ始めている。それを背負って杏子が立っている。彼女はその都会的な構図の中にピタリと納まっている。

いや、彼女を中心にして都会の夜景が一気に生彩を放って立ち上がってきたのである。

(この女は都会の中において本領を発揮するタイプなのだ)

そしてそのことに本人はまだ気づいていない。急いで気づかせることはない。彼女がその事実に気づいたときは、自分の支配の網から出て行ってしまう。

素質のある女にとって、都会は金になることに気がついたとき、女を〝運営〟するのはひどくエクスペンシヴ(高価)になる。

「どうなさったの」

杏子が水間の漏らした声を聞き咎《とが》めて顔を覗《のぞ》き込んだ。

「いや、きみがあまりに綺麗《きれい》なので、びっくりしたんだよ」

水間は調子のいいことを言ったが、初期のうちから女をあまりおだてないほうがいいとおもった。それがおだてではないと気づかせると、エクスペンシヴになる時期が早くなる。

「まあ、先生ったらお上手」

彼女も褒められて悪い気はしないらしい。まだまだナイーヴである。いまのうちにそのおいしいところをたっぷりと味わってしまおう。ともかく当分の間はこのおいしい魚を自分の魚籠《びく》の中に独占したのである。

水間はまだ独身である。目下売出し中の作家とあって、女にはモテる。収入も同じ年齢の者の平均の五倍以上は堅い。しかも上昇中である。

都心の洒落《しゃれ》たマンションに住み、BMWを乗りまわしている。だが特定の女性はまだつくっていない。何人か不定期につき合っている女はいるが、〝特定〟ではない。面倒くさいのと、特定をつくると、せっかくの自由気ままなデラックス・シングルが損なわれるからである。

自分の好みに従って女が選べるのに、どうして特定に拘束される必要があるか。

だが杏子が網の中に飛び込んで来て、特定も一人ぐらいいてもいいなという気になってきた。特定がいないと、こちらが女を欲しいときにありつけないことがある。間の悪いときというものは、コネのある女が全部都合が悪い。

そんなとき膝小僧《ひざこぞう》をかかえて寝る侘《わび》しさといったらない。デラックス・シングルどころかミゼラブル・シングルである。

特定をかかえていれば、そのようなみじめさを味わわないですむ。特定を飼っておくための面倒や出費と、たまに女にありつけない侘しさや不便を比較して、多少の不便は忍んでも自由気ままなシングルライフを選んだのであるが、杏子を網に入れて、手放すのが惜しくなってきた。特定にしても、それを外部に知らせなければデラックス・シングルライフに影響はない。

これだけの玉にはめったにめぐり逢《あ》えない。三年に一人、いや五年に一人の逸材かもしれない。まだ外形《みかけ》からの評価であるが、中身を確かめたらもっとよいかもしれない。いやいやあまり過大評価をしないほうがよい。外形だけの女が意外に多いのである。自分を戒めたとき、彼の運転するＢＭＷは、都心の超高層ホテルの前庭に滑り込んだ。投光器の光を浴びて、昏《く》れまさった都心の空に白亜の城砦《じょうさい》のようにその偉容を聳《そび》え立たせている。

杏子が歓声を上げて、

「私、前からこのホテルに一度泊まりたかったの」

と言った。

「ここにしばらく泊まって仕事を探せばいい。きみならすぐに見つかるよ。ぼくも心がけてみる」

水間の行きつけの店へ紹介すれば、それこそ紹介料つきで雇ってくれるだろう。だが、水間は自分の生活圏の中に彼女をおきたくなかった。

当然水間と彼女の仲が噂されるだろうし、彼女に食指を動かす男も出て来るだろう。

同じ世界に属する男たちと、そのようなトラブルに巻き込まれるのはいやであった。物を書く世界は広そうでいて狭い。彼女はいずれは彼の網の中から出て行く。その時期はすぐに来るだろう。そのときは自分の生息する世界とはべつの世界へ出て行ってもらいたいのである。

「でも私、とてもデラックスなホテルに泊まり切れないわ」

杏子は急に自分の懐ろ具合をおもいだしたらしい。

「馬鹿だなあ、ホテル代ぐらいぼくがもつよ」

「本当⁉　でも先生に負担をかけてしまうわ」

「いくらぼくが売れない作家でも、きみの身の振り方がきまるまでのホテル代ぐらいは出せるよ」

「先生を売れない作家なんておもっていないわ。ただ悪いわ」

「さあ、もう東京へ出て来ちゃった以上は、ぼくの檻《おり》の中だぞ。余計な心配をしてはいけない」

それとなく覚悟をうながした。

「こんな美しい檻だったらずっと住みたいわ」

「おいおい、あんまり長く住みつかれても破産しちゃうよ」

「大丈夫。大流行作家の先生が付いているんですもの」

すでにエクスペンシヴな片鱗《へんりん》が覗き始めている。

一緒にダイニングで食事を摂《と》り、バーで軽い食後酒を引っかけている間に、雰囲気が醸成される。杏子が水間を頼ってきたということは、すでにそんな雰囲気など必要ない彼女の〝覚悟〟を示すものであるが、雰囲気はないよりはあったほうがよい。

水間にしてみれば、スポンサーとしての有利な位置を利用してではなく、彼女の積極的合意の下に特定の関係に入りたかった。

杏子は陶然となっていた。ホテルも食事もバーもこれまでの彼女の生活圏になかったものである。一ヵ月十万未満の収入では、それらは雲の上に輝く別世界の幻影でしかなかった。マスコミで最先端のファッションを模倣しても、年に二、三度、東京のファッション・ゾーンに現地確認に来ても、幻影との差をおもい知らされることでしかなかった。

田舎でアプローチして来る男たちも、一杯三百五十円のコーヒーで何時間も喫茶店で口説くような男たちである。映画館に入ったら、空席ばかりなのに指定席を奮発した。あまりのイモくささに途中から出てしまったが、なぜ出たのか最後までわからなかったようである。

それに比べて、いま自分は田舎で夢見ていた雲の上にまぎれもなくいる。それも雲の上の主人公として輝いている。かたわらに忠実なナイトとしてかしずいているのはただの男ではない。「東京の有名人」なのだ。初めての雲の上にもの怖《お》じせずにいられるのも、彼女の素質である。

いまどき、東京のホテルのダイニングで食事を摂り、バーで食後酒を飲んで陶然となるのも純情であるが、杏子を取り巻いていた環境と男たちがそれだけイモだったのである。

仲間と誘い合わせた〝東京探険〟で一、二度シティホテルに泊まったことはあっても、所詮《しょせん》学校が行なうテーブルマナーの講習会のように身につかない。

雰囲気が最高になったところで水間は、

「そろそろ部屋へ案内しよう」

と杏子の耳にささやいた。彼女はうなずいた。〝案内〟された先に待つものを予期し、了解したうなずきである。

部屋は上層階に取った。スイートを奮発した。ダブルベッドの寝室に応接室がついている豪勢な間取りに杏子は感激したらしい。ダブルベッドが占めた露骨なスペースをスイートの広さが目立たなくしている。杏子は水間が開けたカーテンの彼方《かなた》に展開した東京の夜景に嘆声を上げた。こういう場面で初めて見た夜景に対する嘆声のようである。

水間にとってはべつに珍しくもなんともない夜景であるが、杏子という抜群の登場人物を得て、新鮮な彩りに塗り変えられている。

窓際にたたずんで都会の夜景に心を吸われている杏子のシルエットが、そのまま東京そのものであった。

背後に近づき、そっと抱きしめる。彼女はあらがわない。素直に水間の腕の中に身体を預けている。水間は少しずつ手に意志をこめた力を入れた。そのまま接吻《せっぷん》の体位に移った。杏子も積極的に応じた。

接吻は男女の合意というパスポートに査証《ビザ》を取りつけたようなものである。

ベッドで身体を合わせると、ダブルスペースが狭すぎるくらいに乱れた。初めてにしては両者の身体がオーダーメードのようにしっくりと和合《フィット》した。

杏子は初めての躰《からだ》ではなかったが、そこに残る生硬さが、水間にこれから拓《ひら》くべき未知の領域の広さと豊潤さを予想させて、大きな期待を抱かせた。久しぶりに女に対してもった期待である。

初めてにしては息の合った豪快な達成も、その期待を裏づけるものである。

「私って、大きな声を出さなかったかしら」

終わった後の恥じらいがなんとも愛らしい。そんな風情にたちまちアンコールをもよおしかけた水間に初めて柔らかな抵抗があった。

「大切にしてくださらなきゃ、いやよ」

その言葉が、めったにない素材を得てすっかりいい気持ちになっていた水間に、不安の影を投げかけた。

だがこのような場面に女がだれでも言う台詞《せりふ》だろうと自分を納得させて、

「するとも」

とうなずきながら、早くもよみがえった欲望の鉾先《ほこさき》を初回の攻撃で無防備になっている女体に向けて行った。

2

暮坂慎也の父の一周忌がまわってきた。身内と親しかった者たちが集まって、ささやかな法事を営んだ。母はこの一年の間にすっかり老け込んでしまった。

会社は父の保険金のおかげで窮地を脱し、その後、景気の回復と共に徐々に立ち直ってきた。父の死後慎也が会社を引き継いだ。古い社員から補佐されて、なんとか会社を維持している。

法事の後、慎也は社用で上京した。主たる用事をすませた後、慎也は父が死んだ現場へ行ってみたくなった。そこは父が金を借りた親戚《しんせき》の医者の家の近くにある公園である。

遺体を引き取りに来て、医者の家へ挨拶《あいさつ》に赴いた帰途、ちょっと立ち寄っている。だがそのときは父の死の直後でもあり、動転していたので、なにも印象に残っていない。

車を拾い、うろ憶《おぼ》えの公園へ走らせた。渋谷区内であったが、新宿区に隣接した高級住宅街である。タクシーの運転手はその公園を知っていた。タクシーの休憩所なのだそうである。高台に位置しており、新宿の超高層ビルの簇《むら》がりがよく見える。午後の光を塗《まぶ》して壁面に受けて、それぞれが、巨大な発光体のように輝いている。夜間になれば光を塗してべつの偉容を東京の夜景に刻むことであろう。父もあのビルを眺めながら死んでいったかとおもうと、特別の感慨が衝《つ》き上げてきた。

指呼の間に無数の人生を詰め込んだビルの群立を眺めながら、だれにも看護されずに死んでいった父の胸の裡《うち》はどんなであったか。

坂の下方から這《は》い上がって来た道が高台の上を縦走する道路にT字形に合する角に、下方からの道に沿った細長い形でその公園はある。だが公園は高台の高度を水平に保っているのでT字の垂直に該《あた》る道と公園の間には坂を下りるほどに落差が生ずる。

公園の敷地にはブランコ、滑り台、砂場がある。昼間は近所の子供たちに格好の遊び場を提供している。公園の奥は高台の端となり、坂の下方に立つビルによって閉塞されている。隣りは学校である。

したがって、入口はT字形の角だけとなる。その角を少し公園の敷地に入った所に父が死んだ電話ボックスがあった。最近建てかえられたとみえて新しい。コインとテレフォンカード共用の電話機である。

公園の入口からではボックスは死角になっている。敷地に少し入らないと、ボックスは見えない。父はなぜ公園へ入ったのか。父が初めて来たはずの公園に電話があったのをどうして知っていたのか。

ボックスのそばに立って敷地を見まわした慎也は、「これだな」と心にうなずいた。ボックスの少し先に公衆トイレットの建物がある。

父は医者の家で馳走《ちそう》になり、ここまで来て尿意をおぼえた。公園を見つけてトイレットを探して入って行ったのであろう。用を足してすっきりした気分で自宅に電話をかけてきたにちがいない。

医者の家で車を呼んでくれようとしたのを遠慮して出て来たのが、命取りになった。慎也は電話ボックスの中に入り、受話器を取り上げたものの、とりあえずどこにも電話をかける相手がいない。自宅に電話して父が死んだボックスから通話していると言えば、母を悲しませるだけであろう。

「父さん、こんな所で死んで、さぞ残念だったろうなあ」

慎也はそのとき父のおもかげを追いながら口中につぶやいた。こんな所で死ぬためにガダルカナルで死中に活を求めて帰って来たのではあるまい。

いつの間にか慎也の視野がぼやけた。涙ににじんだ視野に花が咲いたように見えた。いままで見すごしていた花である。

おやとおもって、視線を固定すると、電話ボックスのかたわらの植込みの下に生花の束がおいてある。数日前に供えられたものらしく、花びらはすでに萎《しお》れている。これまで気づかなかった枯れた花が、涙にかすんだ視野の中で生彩を取り戻した。

（だれがこんな所に花を供えたのか）

（ここでだれかが死んだのか）

なにげなく不審の目を向けた慎也は、はっとなった。その花束は父の命日に供えられたのではないのか。花の萎《しぼ》み具合もちょうどそのくらいである。

供花《くげ》者としてまず考えられるのは、この近くに住んでいる親戚の医者くらいである。

だが医者夫婦は一周忌にわざわざ焼香に来てくれた。そのうえさらに花まで供えてくれるだろうか。

もし医者でなければだれか？

慎也はこの後医者の家に挨拶に寄るつもりだったが、とりあえず医者の家に電話して問い合わせた。案の定、供花の主は医者ではなかった。

母はずっと家にいる。

唯一の心当たりがはずれると該当者がなくなる。ちょうど、砂場で遊んでいる子供たちにつき添って、若い母親が数人居合わせた。慎也は彼女らに尋ねた。母親たちは顔を見合わせたが、その中の一人が、

「そういえば、四、五日前からそこに花束があったような気がするわ」

と反応した。

「だれが供えていったか、ご存じではありませんか」

「さあ、いつの間にかおいてあったのよ。だれがおいていったのか見ていなかったわ」

彼女たちのだれも供花の現場を見ていない。

「この近くに花屋はありませんか」

「駅の近くにあったわよ」

母親におしえられた花屋に問い合わせてみたが、父の命日に該当する前後、その供花に相当する注文主はいなかった。どこか他の花屋で用意してきたのであろう。花束に花

屋のカードは残されていない。

（いったいだれが）

供花の主の手がかりがまったく絶えたとき、慎也ははっとおもい当たったことがあった。

「もしかすると……」

転がしかけたおもわくをまさかと自ら打ち消す。父の金を奪った犯人が、良心の呵責《かしやく》から一周忌に花を供えた。そんなことをしてもなんの贖罪《しよくざい》にもならないが、せめてもの犯人の気休めである。

しかしそんなしおらしさがあるのであれば、初めから金を奪わなかったのではないのか。

花は父とはまったく無関係かもしれない。慎也は自分に言い聞かせて公園を立ち去った。

その夜は都内のホテルに泊まり、翌朝帰ることにしてあった。帰って帰れないこともなかったが、高校の同級生で仲の良かった本村重雄《もとむらしげお》が、東京の出版社に勤めていて、今夜は一緒に飲む約束をしていた。

久しぶりに会う本村は東京人になり切っていた。ラフで無造作のようでいて、頭の先から足の爪先までトータルなセンスが行き届いている。服装に故意に〝隙〟を演出して、完璧《かんぺき》性の陥るスノビズムを巧妙に避けている。

服装だけでなく、話題から挙措の一つ一つまでに演出があり、これがかつて田舎の野のにおいのする校舎で机を並べた友かと疑うばかりである。

本村はいま文芸雑誌の編集部員であり、十数名の作家を担当していると言った。彼が挙げた作家の名前の中には、慎也も知っている有名作家が何人かいた。愛読している作家もいる。

「作家には自己中心のわがままな人が多いから気骨が折れるよ」

本村は言ってグラスを傾けた。その様が堂に入っている。本村から聞く話は、慎也にとって別世界でのことであった。

そのとき本村が、ドアを開けて入って来た客の一団の方角に目礼を送った。

「だれか知り合いが来たのか」

「うん。担当ではないがね、水間達彦が来た」

「みずま……」

どこかで聞いたような名前だとおもった。

「三年ほど前にデビューした若手だが、いま勢いがいい」

本村が目で指し示した方角に、三十前後の細面で長身の男がいた。数人の編集者らしい男たちに取り囲まれて、いかにも羽振りのよさを示すように颯爽《さっそう》とした感じで入ってきた。

「まあセンセ、ここのところ出勤率悪いわよ。きっといい人を見つけたんでしょう」

「他に行く所がないのでね、仕方なく来た」

「まあなんたる雑言、今夜は許さないわよ」

「許されたら困るよ」

「うんまあ、もう悔しい」

わっと歓声を上げて迎えたホステスたちに如才なく応じながら、目は店内を偵察している。油断ならない敏捷《びんしょう》な表情だとおもった。

「おい、挨拶《あいさつ》に行かなくていいのか」

慎也が気をきかせると、

「それじゃあちょっと行ってくるか」

本村は立ち上がって、水間グループが着いた席へ行った。そこで二、三言交わして本村は帰って来た。

「もういいのかい」

「うん、担当じゃないからね。これから先も担当することもあるまい」

どうやら本村は水間があまり好きではなさそうである。

「おい河岸《かし》を変えようぜ」

間もなく本村は言った。水間が来てから腰の坐《すわ》り具合が悪くなったようである。その店を出ると、

「口なおしにもう一軒行こう」

と本村は言った。

「そんなに悪い感じの人ではなかったよ」

「水間が来たんで酒の味が悪くなった」

「嫌いなんだな」

「人間そのものに含むところはないんだがね」

「じゃあ、なにが嫌いなんだね」

「彼にはどこか小説を小馬鹿にしているところがあるんだ。小説づくりがうまいし、文章もいい。多数の読者を獲得している」

「だったら言うことないじゃないか」

「巧《うま》いんだが、浅いんだよ。いいかげんなところで自分に妥協してしまっている。最もいけないことは本人がそれを知っていることだ。知っていながら楽なほうを選んでいる。いまは流行の波に乗っているからいいが、いったんその波が退《ひ》いたときは、小説と読者から復讐《ふくしゅう》されるよ」

「おれには小説のことはわからないが、編集者にそうおもわれているということは恐ろしいな」

「編集者の目は節穴じゃないよ。みんな見抜いている。ただその作家が金になる間は、小説を馬鹿にしようが、読者を見下していようがチヤホヤする。チヤホヤしているのは作品でも才能でもない。彼が流行の波に乗っていることだよ」

「恐いな」

「上げ潮に乗っている間に本物になる作家もいるよ。我々は〝化ける〟と言っているがね」

「本物になるんだったら、化けるんじゃないだろう」

「隠されていた素質を発見するというような意味だよ。だが小説を馬鹿にしている作家は、本物になるべき素質をもっていない者が多い」

「ニセ者でも作家になれるのかい」

「なれるさ、流行の波に乗れれば。生涯ニセ者でもけっこう通る者もいる。本来作家になるべきではない者が、まちがって作家になっちゃったんだ。それでもけっこうやっていける。これがこの世界の面白いところだよ」

「水間は作家になるべきではないのが、まちがってなってしまったと言うのか」

「まだ断定はできないが、おれはそんな気がするね」

そんな言葉を交わしながら、次の店へ入った。

そのホステスは、まるで妖精《ようせい》のように音もたてず、ふわりと慎也の隣りへ坐った。一瞬慎也は身体に電流が走ったようなショックをおぼえた。なぜかわからないが、ショックの源が彼女にあることはあきらかである。

「潤子《じゅんこ》ちゃんだ。この店のナンバーワンがいきなり付くとは運のいいやつだ」

本村が羨《うらや》ましげに紹介した。

「潤子です。うるおうという字を書きます。よろしく」

本村につづいて自己紹介した潤子は、切れ長の目で凝《じ》っと慎也を見つめた。彼はそのとき潤子が透明な柔らかい輝きに包まれているように感じた。穏やかな優しい笑顔がレースのカーテン越しに微笑みかけているような塩梅《あんばい》である。それでいて翳《かげ》を含んだ切れ長の目やよく通った鼻筋、形のよい唇の下に覗《のぞ》くピンク色の歯ぐきと美しい歯並み、艶々《つやつや》した頬に白く光るうぶ毛などをはっきりと見て取っている。

「どうしたんだ。まるで鳩が豆鉄砲という感じだぞ」

本村がひやかして、

「暮坂慎也だ。高校時代の親友だよ。これでも社長だぜ」

と紹介してくれた。本村の言葉に、潤子ははっと長く息を吸い込むような反応を示した。

その夜が慎也と三上《みかみ》潤子との初めての出会いであった。その夜は彼女となにをしゃべり合ったか、慎也はほとんど憶《おぼ》えていない。

ただ雲を踏むような心の高揚の中で、この出会いが、一度ですまないことを悟っていた。帰るときになって、慎也が、

「また会いたいとおもいます」

と言うと、打てば響くように応じて、

「私も」

と答えた。それは営業上の社交辞令ではない真剣な響きをもっていた。

「おまえもなかなか隅におけないな。潤子がぴたりと付き通すなんてめったにないことだよ。雰囲気も最高じゃないか」

本村がやっかみ半分に脇腹を突いた。半分は真剣に嫉《や》いているようである。

店を出るときに、潤子が周囲に気づかれないように紙片を慎也の手に握らせて、

「お電話をくださいな。いつでもけっこうです」

と熱っぽい声でささやいた。店を出てから紙片を開くと電話番号が書いてあった。初めて会ったとき受けた電流のようなショックは、彼だけのものではなかったらしい。彼女も同様のショックを感じたので、初見の客に自宅の電話番号をおしえてくれたのであろう。

「あの子はなかなか身持ちの固い子で、引く手あまたの中でなかなか陥《お》ちない。電話番号もおしえない。家まで送っていった客もいない。亭主持ちで子供がいるとか、隠れたスポンサーに囲われているとかいろいろ噂はあるが、だれも確かめた者はいない」

本村が解説調に言った。

「電話番号もおしえないのか」

「だれにもおしえないね。現におれも聞いたことがあるんだが、親と一緒に住んでいるとぬかしやがったよ」

本村が苦笑した。その電話番号をおしえてくれたのは、尋常の好意ではない。しかもいつでもよいから電話をくれと言ったのだ。

少なくとも同棲《どうせい》や結婚をしている身ではあるまい。彼女と慎也のショックは相応し合ったものにちがいない。慎也は潤子との出会いに運命を感じた。

その夜、本村と別れてからホテルへ帰ったが、まんじりともできない。ベッドに入ったものの、目は冴《さ》えわたる一方である。

本当に潤子はどんなつもりで電話番号をおしえてくれたのか。客商売の営業か。それともポッと出の慎也をからかったのか。

だが本村の言葉が、慎也のおもわくを打ち消している。彼女も慎也との出会いに運命を感じて電話番号をおしえてくれたのにちがいない。疑ってはなるまい。つまらぬ猜疑《さいぎ》によって、せっかくの運命の出会いを無にしてはならない。

とつおいつ思案をしている間にふと時計を見ると午前二時近い。もう店は看板になっているだろう。もう家に帰り着いているであろうか。

彼女はいつでもよいから電話をくれと言った。だがもしそれが客商売の外交辞令であったら、とんだ恥をかく。そうではないとしても午前二時という時間は、一度きりしか会っていない若い女性に電話をする時間ではない。

慎也は何度も枕元の電話機に手をのばしかけては引っ込めた。

「運命を見送ってはならない」

べつの自分の声が励ました。明日になれば帰らなければならない。今度いつ出て来られるかわからない。今夜のうちに連絡しておけば、明日列車に乗る前にもう一度会えるかもしれない。

慎也は運命のバッターボックスに立っているような気がした。投げられてくるボールはただ一度。これを見送ったらセカンドボールは来ない。打て。おもいきって。

慎也は遂に受話器を取り上げて、紙片に書かれた番号をダイヤルした。二度目のコールベル半ばに潤子の優しい声が応答した。慎也が名乗る前に、

「暮坂さんでしょう。きっとかけてくださるとおもっていましたわ」

と待ち憬《こが》れていたような口調で答えた。

「ぼくの声がわかるのですか」

慎也が問い返すと、

「忘れろとおっしゃられても、忘れられないわ」

「こんな遅く失礼かとおもったのですが、どうしてもがまんできなくて」

「嬉《うれ》しいわ、とっても。もし今夜お電話くださらなかったら、私どうかなっちゃいそうでしたわ。お声が聞きたくてたまらなかったの」

「ぼくもだ」

「いまどちらいらっしゃるの。お会いしたいわ、どうしても」

「ぼくもです」

「これから行ってもいいでしょうか」

「これから？　本当ですか」

慎也はびっくりした。まさかとおもった。

「女の身から、はしたないとおもわれたでしょうね。でもどうしようもないのです。お会いしたくて。こういうことって本当にあるのね」

「新宿の帝都《ていと》プラーザホテルに泊まっています」

「二十分で行くわ。必ず待ってらして」

潤子の声が喘《あえ》いでいるように聞こえた。それは運命の渦に引き込まれる喘ぎであったかもしれない。

潤子は本当に二十分後に駆けつけて来た。

「駆けつけて来た」という行為をそのまま現わして、部屋へ入ってもしばらく息を切らしていた。

「ごめんなさい。ひどい格好でしょう。家にいるままの格好で来ちゃったの」

潤子はシンプルなワンピースをまとっただけのいでたちを恥じるように身体を縮めたが、慎也の目にはそれがかえって新鮮に映じた。

「よく来てくれましたね」

「お会いしたかったわ」

「ぼくも」

二人はたがいにむしゃぶりつくように抱き合った。強く抱き合い、唇を貪《むさぼ》り合った。二人がようやく離れたのは長いキスに呼吸がつづかなくなったからである。唇を離した後もそこが痺《しび》れたようになっている。

「私、自分の大胆さに驚いているの」

潤子が呼吸を整えてようやく言葉を押し出した。

「ぼくのほうが大胆だよ。今夜出会ったばかりの女性をこんなに遅くホテルに呼び出すんだから」

「私、もっと大胆になっていいかしら」

「ぼくももっと大胆に、いや厚かましくなっていいかな」

「私、今夜帰りたくないわ」

「帰ると言っても帰さないぞ」

「嬉しいわ」

早くも二度目の抱擁に入りかける。

第四章　買い叩《たた》いた売春

1

　まさに「運命の出会い」と呼ぶ以外にない出会い方であった。慎也と潤子は出会った夜に激しく愛し合い、その夜の中《うち》に結ばれた。こうなることがあらかじめ定められていたかのように、なんのためらいも迷いもなかった。磁石と鉄片のようにたがいに一直線に引き寄せられ、そして離れられなくなった。どちらも異性に対してまったく無菌の〝純粋培養〟状態ではなかった。潤子のほうは職業柄、男の誘惑に晒《さら》されている。

　その彼女が、出会った夜に一直線に慎也の腕の中に飛び込んで来たのである。

「結婚しよう」

　慎也は翌朝プロポーズした。運命の出会いは性的和合にまで及んだ。初めてなのに、癒着したかのように二人の身体はフィットした。

　一目惚《ひとめぼ》れが、たがいの身体の和合まで保証するとはかぎらない。激しい恋愛の末結ばれた二人が、「性格不一致」で別れるのは、たいてい性生活の不一致が真因である。

　だが二人の身体はこれ以上は望むべくもない形でフィットした。

「私のような女でよかったら」

後朝《きぬぎぬ》の恥じらいの中で潤子はうなずいた。

「きみでなければならないんだ」

「私、あなたに出会えてよかったわ。無数の男と女がいる中で最高の人に出会えたんですもの」

「ぼくもだよ。きみはぼくのために生まれてきたような女性だ」

「ようなではなく、あなたのために生まれてきた女よ」

「そしてぼくはきみのために生まれてきた男だ」

「だれにも渡さないから」

「もうきみは髪の毛の端から爪先までぼくのものだ」

「私を独占して」

列車の時間が迫っていたが、別れ難い。

二人は結婚した。周囲の者が驚くような電撃結婚であった。結婚は、当事者以外に二人を取り巻く家族、親戚《しんせき》、環境、祖先、家史などの融合であるが、彼らの場合、本人以外のすべての要素を取り除いた純粋に二人だけの結びつきであった。

彼らは相手の家庭や家族どころか、当人についてもほとんど知らない。「運命」を信じての結婚といえた。

「運命以外なにを信ずるというのか。たがいに運命を見出した。それで十分じゃないか」

慎也は、潤子に言った。

「私、恐いの」

結婚の当日、潤子は言った。

「なにが恐いんだ」

「私、あなたを得るためになんの努力も苦労もしなかったわ。最高の人とこんなにすんなりと結ばれて、後で大きなツケをまわされるんじゃないかと恐いのよ」

彼女は本当に怯《おび》えていた。幸せの大きさが信じられず、それに怯えているのである。一種の不安神経症である。

「馬鹿だなあ。それが運命じゃないか」

慎也は笑って潤子を抱いてやった。その身体が小きざみに震えている。慎也はそのとき一抹の不安をおぼえた。この妻は、かぐや姫のように「一時の客」ではないのか。短い滞在期間が終われば自分の許《もと》から去って行ってしまうのではないだろうか。出会ったのが運命であるなら、別離の日もすでに運命で定まっているのではあるまいか。その予感が結婚生活を前にして怯えさせているのかもしれない。

（つまらぬことを考えてはいけない）

慎也は頭を振って胸裡《きょうり》をかすめた危惧《きぐ》を打ち消そうとした。人は幸せが大きすぎるとき、この幸福が逃げはしないかと不安を抱く。運命を信じたようにこの幸せを信じなければいけないと、慎也は自分に言い聞かせた。

2

宮地杏子は仕事を見つけてきた。銀座のクラブである。水間達彦の生活圏の外の店なので、まずはホッとした。杏子ほどの女が飛び込んで行けば、どこの店でも逃がさないだろう。

銀座へ出るということは彼女を〝公開〟させるようなものだが、完全に「囲う」自信はないので止むを得ない。

水間は彼女のために南麻布《みなみあざぶ》にレンタルマンションを借りてやった。「麻布」と名はついていても最南端の明治通りに面した騒々しい環境であったが、北東の窓から東京タワーがわずかに見えることが大いに気に入ったらしい。

「私、以前から東京タワーが見えるお部屋に住みたかったの」

と言って水間に抱きついてきた。月二十万の家賃は、これほどの女を独占するには当然の費用だとおもった。

だがそれだけではすまなかった。まず寝具、テレビ、冷蔵庫、台所用品、箪笥《たんす》、ドレッサーなど最小限の生活用具を買い調えてやらなければならない。なにしろバッグ一つの裸同然で飛び出して来たのであるから、なにもない。

水間は女一人の生活のためにこれほど夥《おびただ》しい品目がいることを初めて知った。作家としては貴重な体験かもしれないが、金が湯水のように出て行った。

「悪いわ、悪いわ」
を連発していた杏子も、次第に馴《な》れてきて、買ってもらうのが当然という表情になり、さらに高価な贅沢品《ぜいたくひん》をねだるようになった。

最後にわずかな出費を惜しんで、せっかく投資した上玉《じょうだま》を逃がしてはならない。こうなると、ギャンブルや株の心理に似てくる。負けがこんで損を一挙に取り返すために、傾きかけた会社に注ぎ込んだ投資家が、傾きを立て直そうとして、さらに大量の投資をするように、手を引けなくなっている。

杏子は水間のそんな心理をちゃんと読み取ったかのように、次から次に要求を重ねてくる。

「きみのご両親から少しは援助がこないのかい」

それとなく親からも少し金を出させたらどうかと仄《ほの》めかしたが、彼女はシャラッとした表情で、

「親なんかいないわよ。小学校に上がる前にとうに死んじゃったわ」

と答えた。

「それじゃあ、どうやって生活してきたんだね」

「叔父《おじ》の家に引き取られたの。ケチな叔父夫婦だったから、私が家出したのを喜んでるわ」

「叔父さんにここに落ち着いたことをおしえたのかい」

「とんでもない。そんなことをしたら、私の稼いだお金を取り立てに来るわよ、これまでの養育費だと言って。田舎にいたときのお給料の半分は取り上げた人ですものね。それがいやで飛び出して来たのよ」

「ひどい叔父さんだな。それじゃあ、きょうだいはいないのかい」

「妹が一人いるわ。でも当分連絡しないことにするわ。必ず叔父に知られてしまうもの。叔父に住所を知られたら、東京へ出て来た意味がなくなっちゃうもの」

杏子は真剣な表情で言った。

水間はその「叔父さん」が杏子の男だったかもしれないとおもった。そんな恐い「叔父さん」では連絡を取らせないほうがいいだろう。「叔父さん」の取り立ての鉾先《ほこさき》がこちらに向けられてきてはかなわない。

ともあれ住居が定まり、杏子は勤め始めた。彼女は速やかに「銀座の女」に変身した。銀座へ出て杏子は自分の価値を知った。水間の「五倍～十倍保証」は嘘ではなかった。

田舎では足許へも寄れないような有名人士が彼女の周囲に群れて甘い言葉をささやいた。差し出すチップは最低でも一万円である。〝同伴〟や看板後、連れて行ってもらったレストランは、一人前二万円以上の一流所ばかり、プレゼントも服や靴やアクセサリーなどすべて一流ブランドであった。

イモくさい田舎の男と三百五十円のコーヒーでデートしていたことが信じられない。だが田舎の男たちと歴然たるちがいがあった。彼らは下心はあったにしても、彼女に対する憧《あこが》れや畏敬《いけい》があった。女神をエスコートするような純情と敬虔《けいけん》さがあった。だが東京の男たちにはそんなものはない。あるのは露骨な下心とベッドへの誘いだけである。下心を洗練されたオブラートで巧妙に隠した粋な男も少なくない。しかし女神を信仰する信者の敬虔さは一片もなかった。たまにあるとすれば、まちがって迷い込んで来た場ちがいな客である。

ここは下心と偽装恋愛の社交場であった。その報酬が五倍〜十倍保証であり、一流所のレストランであり、一流ブランドのプレゼントなのである。

ごくまれに「三百五十円のデート」が懐かしくなることもあるが、そこへ帰りたいとは決しておもわなかった。

杏子は名士のナイトたちに囲まれて次第に驕慢《きょうまん》になっていった。初めは水間が雲の上の住人に見えたものだが、銀座のクラブを熱帯魚のように遊弋《ゆうよく》している間に「水間クラス」は珍しくなくなった。彼より上クラスのVIPが彼女の前に跪《ひざまず》いて来る。こうなると水間と杏子の位置が逆転してくる。

水間の覚えのないネックレスや指輪を身につけている。一見して高価とわかる品である。服装も変わってきた。

「ねえ、お願いがあるんだけど」

と彼女に甘い鼻声で迫られる都度、水間はどきっとなった。すでに彼の経済力では息切れしてきている。とても店で彼女を囲繞《いにょう》しているナイトたちに対抗できそうにない。

「銀座の金亀堂《きんきどう》にとても気に入ったゴールドのブレスレットを見つけたのよ。デザインのセンスが抜群にいいの。私にぴったりの品なのよ。あれだったらどんなファッションにも合うわ」

値段を聞いて水間は仰天した。

「かんべんしてくれよ。ぼくはまだ駈《か》け出しの作家だぜ。打出の小槌《こづち》をもっているわけじゃない」

「それじゃいいわよ。大倉《おおくら》さんに買ってもらうから」

杏子は軽蔑《けいべつ》した表情で横を向いた。そんな表情も最近になっておぼえたものである。美食に馴れた猫が、気に入らない餌を出されてフンと横を向く表情に似ている。

「だれだい、その大倉というやつは」

大倉とは、いかにも金をもっていそうな名前である。

「あなたには関係ないでしょ」

杏子は横を向いたまま言った。

「関係ないことはないよ。だれのおかげでこれだけの生活ができるとおもっているんだ。東京へポッと出て来て途方に暮れていたときのことをおもいだすんだな」

売り言葉に買い言葉で、つい言わずもがなのことを言った。

「あら、それだけのお返しは十分してあるわ。こんないい女を独占して、たっぷりいいおもいをしたでしょう。もっとお釣りをもらいたいくらいよ」

「そんな言い方はないんじゃないか。きみのためにずいぶん犠牲を払っているんだぜ」

「どんな犠牲をはらったとおっしゃるの。家賃二十万のぼろマンションと安物の家具ワンセット買っただけじゃないの。恥ずかしくてお店の仲間も呼べないわよ。電話番だけで億ションに住まわせて、月百万円出すなんて話がごろごろしてるわよ」

「だったらそっちへ行ったらいいだろう。売春じゃないか」

「女は価値がある。安売りしてはいけないとおっしゃったのは、どこのどなただったでしょうか。売春だとおっしゃるならあなたは、私を不当に安く買い叩《たた》いていたのよ」

「すまない。つい言いすぎた。ぼくが悪かったよ。ブレスレットは買ってあげる」

女の欲しがるものをあたえるのは男の喜びである。

また女も男の懐ろ具合に応じて無茶苦茶な要求はしない。

「本当。私も言いすぎたわ。ごめんなさい。でもご無理なさらないでね」

杏子はげんきんに機嫌を直した。そのとき水間は、自分が、決して満足することを知らない貪欲《どんよく》なアリジゴクの捕虜になったような気がした。

第五章　かぐや姫の旅立ち

1

　慎也と潤子の結婚生活は幸せだった。潤子は暮坂家の一員としてなんの違和感もなく溶け込んだ。母や妹との折り合いもよい。会社や近所の人間ともすぐに馴染《なじ》んだ。危ぶまれていた田舎の生活も、さして抵抗はなさそうであった。会社にも出て来て経理を見てくれた。たちまち欠かせない戦力になった。「よい嫁さんが来た」という評判に慎也も鼻が高かった。


「私はもともと田舎の生まれだから、東京よりも地方のほうが性に合ってるの」

　と潤子は言った。田舎が合っているというより、環境に順応しやすいタイプなのであろう。だが環境に馴染んでも、〝客〟としてのあえかな脆《もろ》さを打ち消せない。彼女は客ではない。慎也の妻として人生を共にしようと誓ったのだ。現に人生を共有している。

　それでいて短い滞在期間中の共有にすぎないような頼りなさを感じるのだ。そして近い将来の別れを予感させるような救い難い暗い横顔を見せることがある。一度そのことを言うと、潤子は怒ったような顔をして、

「私がどこへ行くとおっしゃるの。私はあなたの妻よ。あなたのそば以外に行く所はな

いわ。出て行けと言われても行かないわよ」

と訴えた。

「わかった。ぼくが悪かったよ。きっときみと結婚したことが幸せすぎて、いまだに信じられないんだな。きみが恐いと言ったようにね」

「それは私にもあるわ。でもいいかげんに信じて。おたがいの運命を信じましょうよ」

脆い運命というものもあるとおもったが、言葉には出さなかった。

結婚後間もなく、潤子が意外な本を読んでいるのを見かけた。水間達彦の作品である。慎也自身は彼の作品を読んだことはなかったが、友人の本村が、どこか小説を小馬鹿にしているところがあると言っていたので、記憶に残っていた。

潤子は悪戯《いたずら》を見つけられた子供のように慌てて本を隠しながら、

「あんまり好きじゃないんだけど、この人の、いい気なところがわりに面白くて時々気晴らしに読むのよ」と言った。

「いい気なところ？」

「ええ、自分で自分の作品に酔っているのね。ほら、艶歌《えんか》の歌手によくあるじゃない。歌っている最中に自分の歌に陶酔して泣きだすでしょ。あんな感じなのよ。その自己陶酔のところが、醒《さ》めた目で読むととても面白いのよ」

「なるほどね」

そんなところが本村が「小説を小馬鹿にしている」ということなのか。

「それじゃあぼくも読んでみようかな」

慎也がなにげなく言うと、

「こんな本を読む必要ないわ。時間の無駄よ」

潤子がいつになく強い声で言った。慎也は彼女のそんな口調を初めて聞いたので、少しびっくりした。

その後気をつけてみると、潤子の書棚に水間の作品を見かけない。慎也に見られた後、捨ててしまったのか。なぜその本は、慎也に読まれたくないのか。作品中に夫に読まれては都合の悪い個所《かしょ》があるのか。

そういえば、夫の目から隠れるようにして読んでいた。慎也に見つかったとき、悪いことでもしていたかのように、慌てて本を隠した。

慎也は好奇心をおぼえたが、妻がいやがるものを無理押しする気もなかった。

新婚夫婦はまだ他人性が強い。夫婦とはいえ、まだ他人同士の異性が同居しているのである。まず性をコミュニケーションの連絡回路《チャンネル》として、徐々に他人性が融和して〝身内〟になっていく。

この期間は飛行機が離陸した直後に似ていて、些細《ささい》なことが原因で失速しやすい。慎也は妻の未知の領域に押し入ってはならないとおもった。夫婦手を取り合って他人性を融和していくのだ。またそのことが夫婦生活を新鮮に保ち、夫婦の歴史を醸成する。だがその間に彼女の滞在期間が終わらないかという不安も一方にある。

結婚して半年ほど後、潤子が数日実家へ帰りたいと言った。彼女の実家は水戸《みと》市内にある。その地に両親が健在である。東京の女子大に進学し、アルバイトの延長のままいた店で慎也と出会ったのである。新婚旅行の後、慎也が同道して実家へ行ったきり、まだ一度も里帰りしていない。

「ごめんなさいね、わがままを言って。母がここのところ体調が勝《すぐ》れないらしいので、いまのうちに一度行っておきたいの」

潤子は遠慮がちに言った。

「それは行っておいたほうがいい。ぼくも一緒に行ってあげたいが、生憎《あいにく》いま会社を離れられなくてね」

「会社が忙しいときにごめんなさい。母に一目会ったらすぐ帰って来るわ」

「せっかくの里帰りだから少しゆっくりして来るといい」

慎也はやせがまんを張った。妻が出発する日、慎也はふと、彼女がこのまま帰って来ないような不安をおぼえた。

「潤子」

「なあに」

「必ず帰って来てくれよ」

「なにをおっしゃるのよ。帰って来るに決まってるじゃないの」

「それならいいけど」

「変な人。留守中、浮気しちゃいやよ」

「するとでもおもってるのかい」

「おもってないわ」

こうして潤子は旅立って行った。そのまま彼女は帰って来なかった。

2

多摩川の河川敷は各種スポーツ施設や緑地公園に〝廃物利用〟されて、本来の河原がだいぶ少なくなっている。残された自然のままの河川敷は男女の出会いの場や粗大ゴミの捨て場になる。時々不用になった車を乗り捨てて行く者がある。そんな車にはまだ十分使用に耐えるものもあり、捨てられたそばから拾って行く者もある。

乗り捨てられたとおもった車に接近してみると、中でカップルが大胆な痴態を展開していたりして赤面することがある。

九月下旬の早朝、趣味と実益を兼ね、粗大ゴミを物色しながら早朝マラソンをしていた近所のサラリーマンが、放置車の中に人影のようなものを見つけて近づいた。

その放置車はだいぶ以前からその場所にあり、エンジン部分だけが持ち去られていることを知っている。恐る恐る近づいて、破れた窓の間から車内を覗《のぞ》き込んだ彼は、足を折り曲げてリアシートに横たわっている女を見つけた。乱れた髪に隠れて見えないが、若い女らしい。

若い女がこんな所で夜を明かすはずがない。女が死んでいることを知った彼は、急いで家に帰り、110番した。

警察が早朝の河原へ出張って来た。狛江《こまえ》市域の河川敷の一角であり、朝靄《あさもや》の立つ川岸に川崎《かわさき》市の多摩丘陵が優しく烟《けぶ》っている。

女は二十二、三、細面の目鼻立ちの整った美貌《びぼう》の持ち主である。服装は乱れておらず、暴行や格闘の形跡は見当たらない。

頸部《けいぶ》に水平にひもで絞めた痕《あと》が見られた。ひもを首に一周して一息に強く絞めたものであろう。いわゆる「絞頸《こうけい》」と称される殺害方法である。

これが自分の意志による縊死《いし》だと、ひもの痕が斜め上方に向かっている。そして絞頸がひもの交差の痕がはっきりしているのに対して、縊死は索溝（ひもで絞めた）の痕が結び目の反対側にあり、ひもが交叉《こうさ》していない。

自分でひもを首に巻きつけて絞死を図っても、途中で意識が消失してひもが緩んでしまうので死に切れないものである。

被害者は身許《みもと》を示すような所持品は一切身につけていない。

現場で殺害されたものか、あるいは他の場所で殺されて運ばれてきたものか、この段階ではわからない。

所轄署では殺人事件と認めて捜査一課の応援を求めた。検屍《けんし》の第一所見では犯行時刻は一昨夜、すなわち九月二十七日午後十一時ごろから三時間と推定された。その後放置車の中に死体が〝放置〟されていたことになる。

3

潤子は里帰りしたまま消息を晦《くら》ました。都内で大学時代の友人に会ってから実家へ向かうということであったが、いっこうに連絡がこない。その友人の住所は聞いてなかった。実家へ着いたらすぐに電話をくれるということであった。都内に泊まるにしてもホテルから連絡してくるはずである。

「たまには旦那《だんな》様のヒモつきでなく羽根をのばしたいのよ」

と母は笑ったが、慎也には潤子が絶対にそんなことをしないことがわかっている。翌日の夜になってもまだ実家に帰着していない。

彼女の生活のパターンにないことが起こっているのだ。

慎也の不安が高まったとき、ニュースが都下狛江市域の多摩川の河原で身許不明の若い女の死体が発見されたことを報じた。まさかとはおもったが、特徴が似ている。

慎也は恐る恐る管轄の警察に問い合わせの電話をかけてみた。身体の特徴と妻が家を出たときの服装がピタリと一致した。

「まさか、そんな……」

慎也は激しく否定した。他人の空似ということもある。

「きっと他人の空似よ。お義姉《ねえ》さんのはずがないわ。まだ家を出てから二日でしょう。今日あたり実家から電話がくるわよ」

妹もそう言って慰めた。

「ともかく確かめに行ってみる」

慎也は居ても立ってもいられなくなった。

警察も遺体の確認を求めている。慎也の中で不吉な予感が募っていた。これが滞在期間の終わり方ではないのか。慎也が妻に出会ったときから感じていたあえかな脆《もろ》さは、このような残酷な終止符の予感ではなかったのか。

取るものも取りあえず死体を発見した所轄署へ駆けつけた。事件は殺人事件として所轄署に捜査本部が設置されたようである。

遺体は解剖のために指定大学へ搬出されていたので、所轄署の刑事に付き添われて大学のほうへ急いだ。慎也は大学病院の死体安置室で変わり果てた妻と対面した。苦悶《くもん》にやや歪《ゆが》んでいるが、生前のおもかげを残す美しい顔が悲しみをそそる。

「潤子」

後は言葉にならない。

「奥さんですな」

刑事が確認を求めた。

「そうです。どうしてこんなことに……」

妻がかぐや姫であったとしても、あまりにも滞在期間が短い。かぐや姫は天上へ還《かえ》ったが、なんと無残な行き先か。

感情が鬩《せめ》ぎ合って言葉にならない。

「いろいろお尋ねしたいことがあります。署までご同行ください」

被害者の身許が割れたこの時点から、捜査は本格的な軌道に乗ったのである。

警察はまず慎也を疑っているようであった。若い妻が殺された場合、夫は捜査の第一対象である。慎也に確固たるアリバイが成立して、捜査の対象は妻の生前の人間関係、特に男関係に移行していった。

妻の生前の勤め先は、警察にとっては男関係の温床に見えたのである。このときになって慎也は妻の「結婚以前」についてほとんどなにも知らないことに気づいた。それは妻の側でも同じことが言えるだろう。

ただたがいの「運命」を信じて結婚した。水戸の高校を出て、東京へ進学のため親許から離れると、親も娘の東京での生活ぶりをよく知らなかった。特に卒業後、アルバイトを延長して東京に留《とど》まってからの生活史が不明である。

彼女の勤め先は銀座六丁目のクラブ「花壇《かだん》」である。同店に入ったきっかけは三年前、銀座に買い物に来て、スカウトマンに声をかけられてであった。当時女子大三年生であった彼女は、社会見学のつもりで入ったらしい。

生来の素質からたちまち同店の売れっ子ナンバーワンとなったが、身持ちが固く、浮いた噂一つ立たなかった。

「ご主人は結婚に際して奥さんに男友達がいたかどうか聞きませんでしたか」

遺体確認に付き添ってくれた狛江署の石井《いしい》という刑事が問うた。精悍《せいかん》でタフな風貌《ふうぼう》をしているが、目が柔和である。太い首が丸い顔と樽《たる》のような身体を支えている。この目が犯人に見《まみ》えるときは鋭くなるのであろう。

「そういうことは一切聞きませんでした」

慎也は正直に答えた。

「奥さんの以前の職場の関係で、なにか気になりませんでしたか」

「そんなことを考える余裕がありませんでした」

運命だからと言っても刑事には理解してもらえないだろう。

「余裕がなかった。なるほど」

石井はどのように解釈したのか、うなずいて、

「お話をうかがうと、奥さんはご実家へ里帰りされるということで家を出られたのが九月二十七日の朝、そして二日後の二十九日の朝、多摩川の河原で発見されました。真っすぐ実家へ帰れば二十七日の夕方には到着しているはずです。犯行時刻は二十七日午後十一時ごろから二十八日午前二時ごろにかけてですから、奥さんは途中でだれかに会ったものとおもわれます。現場で殺されたのか、他の場所で殺されて発見現場へ運ばれてきたのか、まだわかりませんが、流しの犯行、つまり行きずりの犯行とはおもわれませ

ん。他の場所で殺された場合、流しの犯行であれば、危険を冒して死体を移動しないでしょうし、河原で殺されたのなら、そんな寂しい場所へのこのこ従《つ》いて行かないはずです。我々は犯人は奥さんと面識のある者とみております。それもかなり親しい人物ではないかと。ところが奥さんの身辺にそのような人物が見当たらないのです」

石井の目が深沈たる光を帯びてきた。若い人妻が殺されて、夫が容疑圏外に去れば、「以前」の男の影を捜すのは捜査の常道であろう。どこかに男が隠れているはずだと、石井の目が言っている。

たしかに潤子は結婚以前に「運命の男」以外の男がいたとしても不思議はない。身持ちの固さは秘密主義によって保たれたのかもしれない。

「私には結婚前のことはわからないのです」

慎也は他に言うべき言葉をもたなかった。これが、もう少し結婚生活を共にしていれば、たがいの未知の部分が混ざり合ってきたであろうが、まだ半年の新婚では混ざり合う間もなかった。

慎也が無理押しをしなかったせいもあって、他人性のカプセルはほとんどそのまま残っていた。異性愛はむしろ他人性の強いほうがうながされる。カプセルが溶け合って夫婦が文字どおり〝骨肉〟として一体となったときは、たがいに異性を意識しなくなってしまう。

運命ではあっても、「運命の恋人」の意識が強い間に妻は生命を無法に奪われてしまったのである。

「なにかおもいだされたら、どんな些細《ささい》なことでも結構ですから連絡してください」

石井は言った。

4

取調べ、解剖後の遺体の返還、葬事とめまぐるしく追われて、悲嘆に打ち沈んでいる間はなかった。

たった半年の夫婦生活で、妻は小さな骨壺《こつつぼ》に納まってしまった。その壺の軽さを手に感じたとき妻を失った悲しみが実感となってこみ上げてきた。

「あなたはまだ若い。これからいくらでもよい嫁さんをもらえるよ」

「子供ができてなくてよかったよ。コブなしできみの若さなら、花の独身に返ったようなもんじゃないか」

慰めるつもりでそんな心ないことを言う者もいた。母や妹にもそれほど打撃をあたえていない。他人性が強かった分だけ、肉親としてのチャンネルをもたなかった彼女らにとっては、他人そのものが死んだようなものであった。

一通りの後始末が終わり、妻の遺品を整理しているとき、ふとおもいだされたことがあった。それは妻が生前、水間達彦の作品を読んでいたときのことである。盗み読みを見咎《みとが》められたような顔をして慌てて本を隠し、夫が興味を示すと、こんな本を読む必要はないと珍しく強い声で言った。

チラリと一瞥《いちべつ》しただけであったが、書名は『冬の虹《にじ》』と書かれてあった。だが彼女の遺品の中に『冬の虹』はない。やはり、慎也とのやり取りがあった後、捨てたものとおもわれる。

やはり同書の中には夫に見られては都合の悪い個所《かしょ》があったのだ。それとも水間達彦その人に関心をもたれたくなかったのか。

妻の蔵書の中に水間作品は一冊もない。しかし彼女は「この人の、いい気なところがわりに面白くて時々気晴らしに読む」と言ったのである。時々読むはずの本が一冊もないというのはおかしい。

考えられるのは、読んでいた本を意図的に取り除《の》けたことである。妻と水間達彦の間になんらかの関係があった？　そして妻はそれを夫に知られたくなかったのではないのか。

夫に水間作品を読んでいるところを見られたのは、彼女が犯した失策であった。夫に見咎められても自然に振舞っていればよかったのである。それを夫の関心を不自然に抑止したものだから不審をもたれてしまった。そこに彼女の失策があった。

慎也は、『冬の虹』を買ってきた。発行月日を見て、妻がそれを読んでいた日が発行直後であったのを知った。彼女は発行を待ちかねて書店に飛んで行って、その本を買ったのだ。

「安全な場所」で読むべきだったのを、待ち切れずに読んだものだから、夫に見られてしまった。

いったいこの作品のどこに、妻は惹《ひ》かれたのか。慎也は『冬の虹』を読んでみた。ストーリイらしいストーリイのない、生活感の薄い一人の男の生活史を描いたものである。

主人公は人生に対してなんのビジョンも定見ももっていない。といって絶望しているわけでもない。だいたい職業がよくわからない。親の遺産で食っているわけでもなさそうだし、時々「事務所」へ行って電話を何本かかけ、書類（なんの書類かわからない）に目を通し、ハンコを押し、夜は酒場へ出かけたり、街を歩いたりする。

つき合っている女も何人かいるが、行き当たりばったりの浮気もする。とりたてて好色なわけでもないが、他にすることもないので女を抱くという感じである。

主人公のライフスタイルそのものが、ほかにすることもないのでとりあえず生きているようである。まるで空を行く雲のようにあてどなく、実体がつかめない。

一生懸命生きている人間にとっては「いい気なもんだ」と言いたくなるような生き方である。だがこんな生き方が、諸事シラケている若い都会派読者の共感を呼ぶのかもしれない。

人生の哲学とか目標とか、そういう面倒なものは一切持ち合わせていなくとも、生きて行ける見本のような主人公が、描かれている。生活感はまったくないのだが、奇妙なリアリティが感じられた。

だが『冬の虹』のどこにも慎也に読まれて都合の悪そうな個所は見当たらなかった。潤子はなぜこの作品を夫から遠ざけようとしたのか。

作品の主人公をはじめ、作中人物のいずれにも、潤子と関わりのありそうな人間はいなかった。女性も複数登場しているが、妻に似通った人間は見当たらない。慎也は首を傾げた。出版社なら、その辺の事情を知っているかもしれない。慎也は『冬の虹』の出版社に電話した。

「貴社発行の水間達彦の『冬の虹』に特定のモデルはいるでしょうか」

「さあ、作品の内容に関しては先生に直接お手紙で尋ねられたらいかがですか。私どもから先生にお渡しします」

編集者の答えは素っ気ない。

「実は私の妻がモデルに使われているような気がいたしますので」

慎也がはったりをきかせると、相手の声が改まって、

「お宅はどなたですか」

「名前を言ってもわからないでしょう。だが想像では書けない具体的な描写があります」

慎也にしてみれば会話を転がしている間に作品と妻の関わりを探り出そうとしたのである。

「『冬の虹』は雑誌に連載したものを単行本にまとめるにあたって大幅に書き改めた作品です。読者は、作者が創作した人物でもよく自分のことを書かれたとおもいがちです。

作家の想像力が現実に限りなく接近する結果でもあります」

「雑誌に掲載した作品を書き改めたのですか」

慎也はようやく捜していた手がかりをつかんだとおもった。

単行本化に際して書き改めたとなると、書き直す以前の作品の中に「都合の悪い個所」があるのかもしれない。

慎也は出版社から『冬の虹』が連載されている雑誌のバックナンバーを取り寄せた。

原題は『冬の虹』ではなく、『女精《めしよう》』であった。それにずっと目を通した慎也は『冬の虹』との間に大きな相違を発見した。

『女精』は田舎から上京して来た若い女を囲い、愛玩《あいがん》動物を飼育するように自分好みの女に〝養成〟していく間に、女自身が目覚めて主人公が狙った女像とはまったくかけ離れた女に「化ける」という話である。

女に対して絶対の主人であった男が、主従逆転して女の従者になっていく過程が巧みに描かれていた。だが女精のヒロインは明らかに潤子がモデルではない。特徴もちがう。潤子は進学して東京での学生生活の間に徐々に東京の色に染まったのであって、主人公の男に養成されたのではない。

もし彼女が男に養成されたのであれば、必ず男の影響がちらつくものであるが、そんな影は見えなかった。

ヒロインは潤子がモデルではなかったが、『冬の虹』ではこの『女精』のヒロインが取り除かれて、数人の女になっている。一人のヒロインが数人の女に〝分割〟されてしまった形である。そのために、『女精』の中で若い妖精《ようせい》のような女の変身に翻弄《ほんろう》される中年男の混乱と困惑が奇妙に生々しく描かれていたのが消えて、現実感の薄い男のふわふわしたインスタントラブストーリィになってしまった。

　素人の慎也が読んでも明らかに『女精』のほうが面白い。『女精』の女臭さと濃厚なエロチシズムが『冬の虹』では「目黒のサンマ」のように脱脂されて実体のない人間の「いい気な漁色小説」になってしまっている。

　なぜ作者はこんな改悪をわざわざしたのか。素人にもわかるのであるから、作者自身、よく改悪がわかっているであろう。

　考えられる答えは一つ、作者にとってヒロインの存在が都合悪かったのである。『女精』では妖精として造形しており、一応完結しているので、その後、都合の悪い事情が発生したのであろう。

　たとえばモデルから苦情が寄せられて、止むを得ずヒロインを分割したのかもしれない。それにしてもヒロインがよく描けており、物語の核《コア》になっていただけに、作者としても残念だったにちがいない。核を失って小説そのものが分解されてしまったのだ。

　慎也は『女精』を注意深く読んだ。どこかに妻との関わりはないか。分割された女性の中には妻のかけらも見出せない。

　あきらめかけたとき、作品中の次の文章に引っかかった。

「南麻布という地名はついているが、表通りに面した騒々しい部屋で、車の排ガスのにおいが騒音と共に部屋の中に侵《はい》り込んで来る。

だが彼女が気に入っていることは、北東の窓の端に東京タワーがわずかに見えることである。田舎にいたころから東京タワーが見える部屋に住むのは、彼女の夢であったのだ。特に深夜窓辺に寄って東京タワーを眺めていると、自分が東京の一部になったような気がしてくるのである」

結婚して間もなく潤子は「部屋の窓から東京タワーが見えた」と言ったことがある。慎也は、結婚前、妻の部屋へ行ったことがない。彼女は来るなとは言わなかったが、なんとなく拒絶的な雰囲気が感ぜられたのである。その部屋に夫に知られたくない結婚前の妻の生活史が詰まっていたのであろう。

興味のないことはなかったが、そんなものを掘り起こしても決して愉快にはならない。重要なのは現在と将来である。そうおもって、敢《あ》えて行こうとしなかった。

だが、いまはその生活史の中に妻を殺した犯人が潜んでいるかもしれない。東京に「東京タワーの見える部屋」は無数にあるであろう。だが『女精』と妻のつながりは「東京タワー」だけである。

慎也は妻の結婚前の居所を訪ねてみることにした。妻から聞いた住所は港区南麻布のマンションである。「南麻布」という地名も『女精』のヒロインの居所に一致していた。

第六章　隣り合った愛人

1

宮地由起子《ゆきこ》は、「東京で落ち着いたら迎えに来るからね」という姉の言葉を信じて待っていた。

だが姉はいっこうに迎えに来なかった。迎えどころか、葉書一枚、電話一本来なかった。

姉は由起子に比べて派手だった。田舎は息が詰まると言い、東京に出たがっていた。乏しい給料を貯めては最先端のファッションを追い、休日にはよく東京へ遊びに行った。

それまで上京しなかったのは、きっかけがつかめなかったからである。

一昨年《おととし》、姉は「凄《すご》いスポンサーを見つけた」と言って、叔父《おじ》夫婦に内緒で家出して行った。

幼いころ両親を相次いで失った姉妹は、叔父に引き取られていた。バスの運転手をしている叔父の家での生活は、いとこが四人もいて、肩身が狭いものだった。

姉は高校を二年で中退して町の喫茶店やレストランで働いていた。叔父の家から飛び出して行きたかったが、行く当てがない。そんな生活にいいかげんうんざりしていたところへ「凄いスポンサー」が現われたのである。

「いまのお給料の五倍から十倍稼げるんですって。一番少なくても四十万になるのよ。月八万なんかで馬鹿馬鹿しくてやってなんかいられないわよ」

姉はスポンサーから吹き込まれた話を信じ切ってしまったらしい。姉の言葉になんとなく危惧《きぐ》をおぼえたが、高揚している姉の心に冷水をかけられない。

由起子自身、この家と町から飛び出したくてうずうずしているのである。

「いいわね。叔父さん叔母《おば》さんには絶対に内緒よ。居場所がわかったら必ず追いかけて来てせっかく稼いだお金をみんな吸い上げられてしまうわ。必ず迎えに来るから待っているのよ」

「お姉ちゃん、本当に迎えに来てね」

姉が東京へ行ってしまった後は、敵地に一人で残されるような心細さである。

「大丈夫よ。必ず来るわよ。とにかくあなたは学校を出なくちゃだめ。私は中退しちゃったけど、今どき高校くらい出ていないと馬鹿にされるわよ」

姉はそう言い残して上京したまま消息を絶った。姉が言ったとおり、五倍から十倍稼いでいれば、なんらかの消息が聞こえてもよさそうであったが、まったく音沙汰《おとさた》がなかった。

叔父夫婦からさんざんいやみを言われたが、どうにもならない。歯を喰《く》い縛るようにして昼間はレストランで働き、定時制高校を出た。

「あの恩知らずめ。きっといまごろ東京のどこかのドブの中で死んでいるよ」

叔母は罵《ののし》り、

「まさか、あんたも姉さんの真似をして家出するつもりじゃないだろうね。これからしっかり稼いで、これまで面倒みてやった分を埋め合わせてもらわなけりゃね」

由起子に姉の真似をするなと釘《くぎ》を刺した。これまでも乏しい給料の半分以上を〝食費〟として吸い上げられていたが、これからは大部分を〝徴収〟するつもりらしい。

姉の家出も叔母の〝搾取〟に耐えられなくなったせいもある。

高校を卒業して間もなく東京丸《まる》の内《うち》の歩道の植込みの中から女性の白骨死体が発見されたというニュースが報道された。

その白骨死体と叔母の言葉が重なった。もしかして姉ではなかろうか。思案した揚句、由起子が警察に問い合わせようとした矢先、白骨の身許《みもと》が判明した。数年前秋田県から上京したまま行方を晦《くら》まし、家族から捜索願いを出されていた女性であることが、歯科医に残されていた歯型から確認されたということであった。

女性は殺された疑いが強く、捜査が開始されたと新聞は報じていた。

姉が植込みの中の白骨の主でないことはわかったが、不安が由起子の胸の中で脹《ふく》れ上がっていた。叔母が言ったように姉はすでに東京のどこかで死んでいるのではないだろうか。

いかに叔父夫婦に知られるのがいやだからといって、二年間もまったく音信がないということがあるだろうか。

白骨死体がきっかけになって叔母の言葉を現実性のあるものとして膨張させている。行方不明になった者の二、三割は人知れず殺されている疑いがあるという話を、雑誌で読んだか、だれかから聞いたかした薄い記憶がある。

姉がドブの中で白骨化している夢を見るようになった。骸骨《がいこつ》に姉の顔が重なり、「ユキちゃん、たすけて」と救いを求めている悪夢である。

はっとして目が覚めると全身寝汗にまみれている。姉を捜しに行きたいという想いが強くなった。だが東京のどこを捜せばよいのかまったく手がかりがない。なんの当てもなく飛び出して行っても「丸の内の白骨死体」の二の舞になりかねない。

そんな時期、東京のスーパーに就職した高校の先輩の時田《ときた》昌枝《まさえ》が帰省して来て、ちょうどスーパーが求人しているから一緒に来ないかと誘われた。昌枝は信頼できる先輩である。

チャンスだとおもった。叔父夫婦が反対しても行くつもりになった。

ところが意外に叔父夫婦があっさりと許してくれた。田舎で安給料で働いているより、東京へ出してうんと稼がせ、吸い上げたほうが得と判断したらしい。

「これまでになれたのは、だれのおかげか忘れるんじゃないよ」

と叔母は恩着せがましく言った。叔父は血がつながっているだけに寂しげな顔をして、叔母に内緒でなにがしかの餞別《せんべつ》をくれた。

「いつ帰って来てもいいぞ。姉さんに会えたらよろしくな」

叔父の言葉に由起子は胸が熱くなった。

たとえのたれ死にをしようと帰るものかと心に決めたものの、叔父夫婦がいなかったらいまの自分がないことも確かである。

こうして由起子は上りの列車に身を託した。

東京はテレビでコピー体験をしているだけで行くのは初めてである。時田昌枝が先に行って待っていてくれるとはいうものの、不安と緊張で心身が割れそうなほどこわばっている。

今どき、東京へ行くくらいで馬鹿みたいと、同年配の外国へ行った友達の顔をおもい浮かべるのだが、緊張は少しも救われない。

由起子の緊張を高めている要素は、姉の行方捜しもある。ここのところ毎夜つづいて見た不吉な夢が、文字どおりの夢であってくれればよいが、姉の身になんらかの異変が起きていたらとおもうと、想像は悪いほうへと傾斜していく。

東京のどこかに姉の死体が隠され、犯人が待ちかまえているような気がしてならない。

それが由起子の不安と緊張をうながしている。

「お嬢さんも東京までですか」

偶然席が隣り合った乗客が、彼女の荷物を網棚に乗せるのを手伝ってくれながら問うた。荷物の量から観光の旅行ではないと察したらしい。

「はい」

由起子はうなずいた。三十歳前後の服装の整った折り目正しげな紳士なので、まずはホッとした。

「そうですか」

とうなずいただけで、それ以上は立ち入って来ない。その態度も好感をもてた。自分の行く先は言わなかったが、やはり東京らしい。それも余計なプレッシャーをあたえまいとする気配りかもしれない。

発車の時間が迫ったころ、慌しい足音がして通路を小走りに来る者がいた。

「よかった。間に合って」

「叔父《おじ》さん」

「仕事があってな、遅くなってしまった」

まさか見送りに来てくれるとはおもっていなかった由起子は、びっくりした。その手にどさりと弁当やみかんや飲み物を入れた袋を渡して、

「体に気をつけるんだぞ。落ち着いたら必ず便りをしろよ。姉さんに会ったらよろしくな」

「叔父さん。有難う」

由起子はおもわず目頭が熱くなり、涙声になった。

「馬鹿だな、泣くやつがあるか」

そう言う叔父の目もうるんでいる。自分はどうしてこんないい叔父をこれまで毛嫌いしていたのか。姉と自分は叔父を誤解していたのかもしれない。

発車ベルが鳴り始めた。見送りの人間がホームへ降りている。

「それじゃあ叔父さんは行くからな。体に気をつけるんだぞ。それから叔母《おば》さんがこれをよこした。おまえのために編んだんだとよ」

手に押しつけた紙包みに手編みのセーターが入っていた。

「叔母さんが……」

たまらなくなって、涙が頰を伝った。にじんだ視野の中に車窓越しに手を振る叔父の顔がぼやけた。加速した列車はたちまちホームの人々を振り切って移動する風景の中へ走り出た。

「いいおじさんですね」

隣りの乗客が独り言のようにつぶやいた。話しかけたのではなく、勝手に自分の感想を口にしたという体《てい》である。

「いい叔父と叔母です」

由起子は断定的に言った。姉ももう少し早く叔父と叔母のよさに気がついていれば、家出したまま消息を絶つようなことはなかったであろう。

叔父の見送りが緊張でコチコチになっていた由起子の心身の殻を柔らかく解きほぐした。

「あなたに行かれておじさんご夫婦はきっと寂しくなりますよ。なるべくこまめに便りしてあげることですね」

隣りの乗客はひかえめな口調で言った。

「そうしますわ」

由起子はいまひどく素直になっている自分を感じた。

「お姉さんがおられるようですね」

「一昨年《おととし》に上京しました」

「それは心強いな」

「それが居所が不明なんです」

「居所が不明……」

「家出しちゃったんです」

「その後、便りはないのですか」

「ありません」

「捜索願いは出したのですか」

「まだです。いまにも帰って来るような気がして」

「そりゃあ心配だな」

「せめて生きていてくれればとおもいます」

「まさか。きっと元気で東京の空の下に暮らしていますよ」

「本当にそうだといいのだけれど」

車窓に家並みが切れて山野の風景が流れている。遠方に稜線《りょうせん》を雲に隠した高い山が連なって見える。

「申し遅れました。私はこういう者です」

隣りの乗客が名刺を差し出した。「暮坂慎也」とあり、肩書に代表取締役の文字が刷ってあった。由起子と同じ町の住所になっている。

「宮地由起子と申します。就職して東京へ行くところです」

由起子は名刺をバッグにしまい込んだ。同じ町の住人ということが、二人の隔意を取り除いた。

列車が進むほどに周囲の乗客が交替して、同じ町から出て来たという二人の共通項が、稀少《きしょう》になってくる。

「お仕事ですか」

由起子は話の接ぎ穂として聞いた。

「いいえ。仕事ならいいんですけど」

暮坂の言葉が少し滞った。

「ごめんなさい。私、余計なことをお尋ねしたようだわ」

「そんなことありませんよ。実は家内が結婚前に住んでいた所を見に行くのです」

「奥様が……」

「興味はないかもしれませんが、実は」

暮坂は、妻が東京で殺された経緯を話した。

「奥様が東京で……やっぱり東京は恐い所だわ」

「とはかぎりませんよ。家内は運が悪かったのだとおもいます。悪いやつはほんの一握りです。家内はたまたま悪いほうの確率に当たったのです」

「悪いほうの確率」

由起子は姉が悪いほうの確率に当たったのではないかとおもった。

「これは余計なことを申し上げてしまったかな。大丈夫です。宝くじよりも稀少な確率ですから、めったに当たりませんよ」

慎也は由起子の面を塗った不安の色にやや慌てて補足した。

そんな会話を交わしている間に列車は東京へ近づいて行く。

2

暮坂慎也は上京する列車で知り合った宮地由起子がなんとなく心に引っかかった。まだ二十歳前後であろう、少女のにおいを残していたが、独特の雰囲気を身に帯びている。その周辺に薄い霧が漂っているようなとりとめのなさの中に、確固たる自分の世界をもっている。

長い髪に顔の輪郭が隠されているが、アップの髪型の似合いそうな切れ長の目と意志的な口元をもっている。形のよい唇にはまだ男のスタンプが押されていないようなあどけなさがあるが、キッと唇を結んだときの気品のある蠱惑《こわく》は、まだ本人も自覚していないだけに清潔な色気となって、これから都会の悪達者な男たちを惹《ひ》きつけるにちがいないとおもった。

身体の生硬な線を夕靄《ゆうもや》に包まれたような雰囲気が烟《けぶ》らせているが、それはむしろ強い風の中においたとき、その本領を発揮するような強い芯《しん》が秘められている美しい予感を孕《はら》んでいる。

慎也は彼女に以前どこかで出会ったような気がしたが、彼女は初めてだと言った。ともかく不思議な雰囲気を帯びている女性であった。彼女が帯びた美しい予感の中に、暮坂はまた再会できるかもしれない予感も含まれていればよいがと願っていた。

「またご縁があったらお会いしましょう。早くお姉さんに会えるように祈っております」

「有難う。暮坂さんも一日も早く奥様を殺した犯人か捕まるように祈っております」

終着駅で別辞を交わすと、大都会の人の海の中に別れて行った。

妻の結婚前住んでいたマンションは、南麻布の最南端の低地帯、明治通りに面して建っていた。五階建ての中型マンションであり、北に向かってせり上がった台地上に競い立つ瀟洒《しょうしゃ》なマンションや高級住宅に比べると、味も素っ気もない造りである。

二階以上がマンションになっており、一階は各種商店や事務所が入居している。周辺に麻布という地名に似つかわしくない小商店や零細工場が犇《ひしめ》き合っている。一階の管理事務所に聞くと、妻が住んでいた部屋は四階にあり、すでに他の人間が入居しているということである。

できれば妻が住んでいた部屋を覗《のぞ》きたいとおもったが、他の人が住んでいるのでは仕方がない。

暮坂の落胆した様子を見た人の善さそうな管理人が、

「奥さんがおられた部屋は占《ふさ》がっておりますが、近くの同じ造りの部屋が空いていますよ。感じは同じです」

と言ってくれた。

「その部屋でけっこうです。ちょっと覗かせていただけませんか」

「どうぞ」

管理人はスペアキイをもって気軽に立ち上がった。

案内された部屋は四階棟末の410号室である。妻の住んでいた部屋は406号室で、同じフロアである。2DKで女一人の住居としては十分なスペースである。建物は南に面しておりながら部屋は北を向いているという奇妙な構造になっている。南側は廊下になっている。

「騒音と埃《ほこり》がひどくてね、こんな造りになっているんです」

管理人が説明した。太陽の恵みを犠牲にしても、騒音と埃を閉め出したいのであろう。

外界から隔離され、「自分だけの世界」に閉じこもっている東京の生活がここにある。

北側にベランダがあり、窓の右手にわずかに東京タワーの先端が見えた。

「東京タワーが見えますね」

「ああ、見えますな」

管理人はいま初めて気がついたような声を出した。

「この建物のすべての部屋から東京タワーが見えますか」

「さあ、ここは低地なので、下のほうの階は見えないかもしれないな」

「つかぬことをうかがいますが、家内の所に水間達彦という作家が訪ねて来たことはありませんか」

「水間先生ね」

管理人の口調が水間を知っているような響きを帯びていた。

「水間達彦をご存じですか」

管理人の様子に暮坂は少し勢いづいた。

「水間先生はここに部屋を借りていましたよ」

「水間がここに部屋を借りていた……」

意外な共通項が浮かび上がってきた。

「といっても本人が住んでいたわけではありませんがね」

管理人はニヤリと含み笑いをした。

「仕事部屋にでも使っていたのですか」

暮坂はその笑いの含みを汲《く》み取り損なった。

「女性ですよ。先生、ここに愛人を囲っておったのです」

「愛人をねえ。いまでもここに愛人が住んでいるのですか」

「いいえ、一年半ほど前になるかなあ。愛人が出て行っちゃったとかで、にわかに部屋を引きはらいましたよ」

「そうですか。それではその愛人の女性と家内はつき合っていたかもしれませんね」

「まあおたがい隣り同士ですから、多少の行き来はあったかもしれませんね。詳しいことは知りません。入居者のプライバシーには立ち入らないようにしていますのでね」

「愛人の名前はわかりませんか」

「先生の名義になってましたから。それも偽名だったんです。そうそう、愛人の所へ来た水間先生の正体をおしえてくれたのが、奥さんでしたよ。私はそれまで、そんな有名な小説家だとは知りませんでした。たしかにあの先生でした」

「どんな偽名を使っていたのですか」

「山田正一《やまだしょういち》です」

「偽名でもマンションを借りられるのですか」

「借りられるというわけじゃないけれど、売買するわけじゃないのであまりやかましいことは言いません。家賃も前払いしてくれましたからね」

水間達彦の愛人が、潤子と同じマンションで隣りに住んでいたとは、意外である。家具を取り除《の》けられてガランとした室内は荒涼としてだだっ広く見えた。

そのとき、暮坂は男に飼育されながら太陽に背を向けて、東京タワーを凝《じ》っと見つめている独りの女の姿を瞼《まぶた》にまざまざと描いた。それは『女精《めしょう》』のモデルのイメージに相通ずる。

それはまさに都会の構図であり、彼の妻もその構図にピタリと重なるような生活を結婚前に送っていたのであろう。

だが妻は、なぜ『女精』＝『冬の虹《にじ》』を暮坂から遠ざけようとしたのか。潤子自身は『女精』に関わりはない。『女精』のモデルの隣りに住んでいただけである。きっと水間の姿を見かけてその作品に興味を抱き、『女精』を読み、ヒロインを自分の生きかたに重ねていたのであろう。

潤子にとって『女精』のヒロインは他人事《ひとごと》ではなかったのかもしれない。他人事ではないということは、潤子もヒロインのように、だれかに〝飼育〟されていたのかもしれない。

だが管理人はそのようなにおいを帯びた男が出入りしているのを見かけたことはないと言った。ただし管理事務所に人がいるのは昼間だけで、夜間の出入りはチェックできない。

3

マンションを辞去した暮坂は、潤子の遺体確認の際に世話になった所轄署に挨拶《あいさつ》に立ち寄った。そこに捜査本部が置かれて、まだ捜査がつづけられている。その後の捜査の状況も聞きたかった。

前回、病院まで案内してくれた石井という刑事が居合わせた。彼は歓迎してくれて、その後の捜査がはかばかしく進んでいないことをすまなげな表情で語ってくれた。

「奥さんの人間関係から洗っていったのですが、めぼしいのが浮かび上がらんのです。本部の大勢は流しの犯行に傾きかかっております」

石井刑事は「人間関係」と表現を和らげたが、「男関係」のことである。

「すると行きずりの犯人が家内を河原へ運んだか、連れ出したかということですか」

「私は、流しだとは考えておりません。犯人は必ず奥さんに識鑑がある、つまりなんらかのつながりがある人間と私はにらんでおります」

石井刑事は断定調に言った。

「家内の生前の人間関係の中に水間達彦という作家は浮かび上がってこなかったでしょうか」

「みずま、聞いたような名前ですな」

「いま売れっ子の作家です」

「ああ、あの水間達彦ですか。特に浮かんでおりませんが、水間がどうかしたのですか」

暮坂は潤子と『冬の虹』のいきさつを語った。

「ほう、奥さんが、水間の作品をね」

「そして家内と水間の愛人が同じマンションの隣人同士でした」

「そのことは一応頭の中に入れておきましょう。今後の捜査に役立つかもしれません」

石井は暮坂の話を真剣に聞いてくれた。

第七章　騒々しいアリバイ

1

宮地由起子は時田昌枝の世話でスーパー「福助《ふくすけ》」に入社した。「福助」は最近都下にヤングカジュアルの衣料品を主力に急伸してきた新興スーパーである。彼女が配属された先は、最近出店した中野区内のある私鉄駅前店である。

いかにも新興らしく社風は溌剌《はつらつ》としていて明るい。店の近くに寮があり、時田昌枝と同じ部屋に住むことになった。

由起子は新しい職場が気に入った。田舎にいたころレストランのレジもやっていたので、すぐにスーパーのチェッカーがやれるようになった。呑《の》み込みが早く、客あしらいの上手な彼女は、短期間に店の重要な戦力となり、客からも好かれた。

他にレジスターが空いていても、彼女のカウンターに行列して待っている。チェッカーにもそれぞれ固定ファンが付くのである。

由起子の人気は新人にもかかわらず抜群であった。この地域には昔ながらの古い家に加えて新興のマンションやアパートが多い。

したがって客層も老若男女多様である。ファンも若い層から年配までバラエティに富んでいる。スーパーの客はそれぞれの生活水準や家族構成やライフスタイルなどが反映して面白い。

上等の肉や高価な嗜好品《しこうひん》をいとも無造作に大量に買い込んでいく客のかたわらで、丹念に人参《にんじん》やレタスなどを比べて一個一個慎重に選んでいる客がいる。単身赴任なのか、年配の紳士が一人用のおでんパックや野菜パックを買っている。

毎日時報のように正確に同じ時間に現われる客、トイレットペーパーばかり買い込んでいく客、スーパーに遊びに来る客、長蛇の列ができているのに〝胴巻〟から一円玉を山のように取り出して一枚一枚悠々と数える客、いずれの客も田舎では見たこともないパターンであり、人生の影を濃く背負っている。

時折り、プレゼントをくれる客もいた。田舎では、客からプレゼントをもらったことがなかったのでびっくりした。

東京は人間が冷たい所だと聞いてきていたので、意外な気がした。

「なかなか打ち解け合わないけど、みんな寂しいのよ。人間の暖かさに餓えているのよ」

昌枝が言った。

「だったらなぜ打ち解け合わないの」

「突っ張っているのよ。それぞれが自分の殻の中に閉じこもっている。人間が多すぎるから殻を固くしないと押しつぶされちゃうのね」

「スーパーへ来ると、殻から出るの」

「由起子には殻をつぶされる恐れがないからね。でもあなたも東京に長くいると、自然に殻が厚く固くなるわよ」

「そんな風になりたくないなあ」

「身を衛《まも》るためよ。東京の人間は未知の人に会ったとき、挨拶をする前にまず自分の身を衛ることを考えるわ」

「寂しいわね」

「そうよ。だからその寂しさを由起子に慰めてもらおうとするのよ」

「私にはそんな大それた役はつとまらないわ。精々明るくにこやかにお客様に応対するだけだわ」

「それでいいのよ。東京の人ってハートの応対に餓えているのよ。街の喫茶店やレストランや人の集まるお店が、東京くらい暖かげで人間の触れ合いがありそうに見える街はないでしょ。街の灯《ひ》が夜気に柔らかくにじんでいて、お店の中では客が楽しげに顔を寄せ合うようにして語り合ったり、食事をしたり、お酒を飲んだりしている。一見すると東京には不幸な人はいないみたい」

「それは私も感じたわ。みんないいお洋服着て、お金があって、東京の生活をエンジョイしているようだわ」

「楽しげに見えれば見えるほど、東京から弾《はじ》き出されないために必死になっているのよ。

東京に居つづけるだけでも大変なことなのよ。少しでも東京の圧力に負けると弾き出されてしまうわ。だからみんな精いっぱい美しい服を着て、いい格好をして突っ張っているの。それが東京の人間である証拠としてね」

「東京に居つづけるためには、証拠が要るの」

「要るわ。東京から受け入れられているという証拠が」

「いい格好をすれば、東京から受け入れられるの」

「受け入れられているとおもえるのよ。少なくともいい格好をしている間だけは。他の人もそうおもってくれるわ。だからみんなそのために大変なのよ。東京は格好の街よ。格好が東京っ子の証明なのね。いつも突っ張っていて疲れちゃってるのよ。でもいい格好を止めたときは、弾き出されるわ」

昌枝の言葉はよくわからないながらも、実感がこもっていた。田舎にいたときのようにちょっと外へ出るときも、素足にサンダルを突っかけるというわけにはいかない。そんな姿では心細くて、一歩も出られない。

まして一駅区間でも電車に乗って行くときは、〝完全武装〟が必要である。昌枝の言う「格好」が武装なのであろう。

東京に長く居れば居るほどに、その武装が厚くなっていくのかもしれない。

2

「由起子さん、休みの日はなにをしてるの」

由起子の熱心なファンの一人である若い男が馴《な》れ馴《な》れしげな口調で尋ねた。ちょうど客の列が切れたときを狙って来たようである。独身のサラリーマンらしく、一人用の野菜パックや半調理製品やインスタント食品をよく買っていく。入社してレジ台に立つと早々に由起子のフルネームを聞いて自分は「軍司」と名乗った。

「お洗濯とかお片づけとかしているうちになんとなく一日が終わってしまいます」

由起子が当たり障りのない答えをすると、

「勿体《もったい》ないなあ。今度一度食事をしませんか」

イエスともノーとも言わないうちに、次の客がバスケットに商品を満載してカウンターに置いたものだから、軍司は、未練げに離れた。

男の客から誘われたのは上京して初めてである。二十三、四か、なかなか整ったマスクの持ち主であったが、目の光に卑しさがあるようで好きになれない。

「由起子、あの軍司という客には気をつけたほうがいいわよ」

昌枝が注意した。

「どうして」

「ちょっといい子と見るとすぐ声をかけるの。店の女の子にも陥《お》とされた子がいるのよ。

それも黙っていればよいのに、人に吹聴するの。居辛《いづら》くなってその子辞めちゃったわ」

「非道《ひど》い人なのね」

やはり目の中に感じた卑しげな光は錯覚ではなかった。昌枝の忠告がなくとも相手になるつもりはない。

卑しさは買い物にも現われている。一度にすむ買い物を小口にいくつかに分けて何度も来る。店内をうろうろしながら、レジ台が空くのを待っている。客の列が切れたときを見計らっては、チューインガムやチョコレートの箱を一個もってやって来てデートにしつこく誘う。

柳に風と受け流しているが、ますますしつこくなって、退社時、店の通用口で待ち伏せしたりしている。薄気味悪くなって、昌枝と一緒に帰っていた。

その軍司が珍しく連れと一緒に買い物に来た。

「上京するとき、列車で一緒になった人で、偶然再会してから時々会っている」

と軍司は連れを紹介した。同年配の頰の削《そ》げた長身の男である。

「浅川です」

と名乗って、由起子を値踏みする目で見た。由起子は衣服の上から犯されているような気がした。類は友を呼ぶと言うが、眼光に同じような卑しさがあった。

軍司一人でもいいかげんもてあましているのに、二人になったらどうしようかと、由起子は当惑した。だがその懸念は予想もしなかった形で消された。

その日は、「二人ですき焼きをする」ということで、牛肉、シラタキ、春菊、ねぎ、エノキダケ、焼き豆腐、卵などを買った。これに眠け覚ましだと言ってブラックチューインガムをつけ加えた。いつも軍司が買うチューインガムである。

3

十月三十一日午後一時、新宿メトロホテルのルームメイド吉屋《よしや》房子《ふさこ》は二十八階の2802号室の客が出発予定にもかかわらず、フロントからの電話に応答しないので部屋の様子を見てくれとフロントから要請されて、同室の前へ行った。

2802号室はダブルであり、客数は記録されていない。出発時間《チェックアウトタイム》は十一時である。ドアには入室禁止《ドント・ディスターブ・タッグ》札が出ている。これが出されていると、従業員はノックもできない。

客が、室内でだれにも邪魔されずに眠りたいときや情事に耽《ふけ》りたいときに出す「従業員除《よ》け」の札であるが、出発時に取りはずさずに行ってしまう客が少なくない。

吉屋は、チェックアウトタイムを二時間も超過しているので、もうさしつかえあるまいと判断してチャイムを押した。室内の様子に耳を澄ましたが、まったく気配は生じない。

「やっぱり出発しちゃったのかしら」

吉屋はつぶやいて、ノックをした。客の中にはべつに悪意はなく、フロントへ立ち寄らずに出発してしまう者もいる。会計をするのを忘れてしまうのである。

ノックにも応答はなかった。房子は止むを得ずマスターキイで入室することにした。ベテランの客室係となれば、無人か、室内で息を殺しているのか、感じ分けられる。この道三十年の吉屋は、無人と判断した。

室内はドアから逆L字形の構造になっており、ベッドは出入口から死角の位置になっている。

「お客様」

無人とわかっていても、吉屋はドア口に佇《たたず》んで一応声をかけてみた。室内はカーテンが引かれて消灯されているので暗い。

「お客様」

吉屋は再度声をかけて、壁際にあるルームライトのスイッチを押した。まず椅子の倒れているのが目に入った。

吉屋はいやな予感がした。家具、什器《じゅうき》の定位置を移動させていく客はいるが、椅子を倒したまま いく客は少ない。吉屋の長い経験でも二、三度しかなかった。

彼女の記憶では、その数少ない経験において、室内灯やテレビを点《つ》けっぱなしにしていった。ところがこのケースは、椅子を転倒させたまま、室内灯、テレビ、ラジオ等はちゃんと消してある。その一種のアンバランスも彼女の不吉な予感をうながしている。

吉屋はそろりと室内に入り込んだ。

「お客さ……」

再三声をかけようとして、語尾がのどの奥に凍りついた。死角になっていたベッドが視野に入った。

客はベッドの上に横たわっていた。ホテル備えつけの浴衣《ゆかた》を羽織り、寝乱れたベッドシーツの上にうつむけに倒れている。後頭部に赤黒い粘液の塊りがこびりつき、シーツの上に流れ落ちて小さなプールをつくっている。

顔は死角になっていて見えないが、一見して客の身に異変が起きたことはわかった。

悲鳴を口中に呑《の》んで、室内電話からフロントへ連絡したのはさすがである。

このような場合、警察へ電話すべきか否かの判断はフロントが下すことになっている。かけつけて来たフロントマネージャーは現場を一目見て、総支配人レベルの判断事項であるのを悟った。

総支配人が来た。ホテルはなるべく警察を入れたがらないが、内聞に付せられるべき性質の事件ではなかった。総支配人の判断で警察に連絡された。死体が発見されてから、この間約二十分である。ホテルの判断としては早いほうであった。だがこの間に犯人が安全圏に逃げてしまわないという保証はない。

警察が臨場して来た。ホテルにとって不幸中の幸いにも、館内で重要なイベントは開かれていない。また発見した時間帯も朝の出発時間帯と夕方の到着《チエックイン》時間帯の間の空白帯であった。

被害者は昨日午後五時ごろ当日の予約で到着した。フロントのレジスターカードには「浅川真、会社員　中野区沼袋《ぬまぶくろ》六—××」と記入されていた。

受けつけたフロント係は当日予約でもあり、荷物もほとんどもっていなかったので、五万円の預かり金《デポジット》を取っていた。沼袋といえばホテルから近い。そんな近くに家がありながらホテルへ来る目的は、ほとんどが情事である。

だが浅川が到着したとき、女の姿は見えなかったという。女だけものかげに隠れていたのか、あるいは後から来て部屋で合流したのかもしれない。浅川は一人で行くからよいと言ってボーイの案内を断わっている。

ベッドは明らかに二人で使った痕跡《こんせき》があった。枕には女の長い髪が残り、備えつけの浴衣、バスタオル、スリッパなど二人分使用されており、女性用シャワーキャップも使用されていた。時々男もシャワーキャップを用いることがあるが、被害者には洗髪した形跡があり、シャンプーとリンスが一人分消費されていた。

またトラッシュの中には女の唇紋が捺《お》されたティッシュペーパーや、明らかな情事の痕跡が残されていた。

だがフロント係や客室係は、女の姿を目撃していない。同ホテルは客室数二千を擁するマンモスホテルであり、フロントを経由せずに部屋へ出入りできる。各階にあるフロアステーションにも常に従業員が屯《たむろ》しているとはかぎらない。最近の省力でキイステーションに従業員は集められて、客に呼ばれたときだけ行くようにしている。

問題の２８０２号室は棟末に位置しており、非常階段を経由しても部屋のすぐ前へ出られる。従業員の目にまったく触れずに同室に出入りすることは十分可能であった。

「本人は到着時に棟末の部屋をリクエストしたのですか」

臨場した新宿署の捜査員は尋ねた。

「なるべく静かな部屋がよいとおっしゃいました」

被害者のチェックインを担当したフロント係が答えた。彼にしてみれば貧乏くじを抽《ひ》いたようなものである。たまたま自分の勤務時間帯にそこに来合わせた被害者を受けつけたばかりに警察の質問の集中砲火を浴びせられ、ホテルの幹部から白い目を向けられる。

「その他になにか気がついたことはありませんか」

「特にございません」

「たとえばだれか後から訪ねて来るというようなことを言ってませんでしたか」

「おっしゃってませんでした」

「予約は本人がしてきたのですか」

「予約は予約課で受けつけておりますが、予約の記録によりますとご本人が電話でとなっております」

電話では予約係に聞いても声による識別はできまい。

「当日の予約ということですが、何時ごろだったのですか」

「記録は午後一時となっています」

併行して被害者がレジスターカードに記入した住所が当たられたが、沼袋に六丁目は存在しなかった。こうなると被害者の名前も本名かどうか怪しくなってくる。

検屍《けんし》によって死亡時刻は昨夜の午後十一時から午前一時ごろの間と推定された。犯人は被害者の隙をうかがって金槌《かなづち》のような鈍器で後頭部を殴打したものと認められた。頭髪に隠されているが、頭蓋骨《ずがいこつ》が陥没しており、頭蓋内を損傷している模様である。その他身体に創傷は見当たらない。

格闘や抵抗した痕跡は見られない。倒れた椅子は犯人が逃走する際つまずいたためであろう。

情事の後、無防備になった隙を突いたとすれば、犯人はパートナーの女である。室内に凶器は残されていない。金槌状の凶器を用意してきたとなると、計画的な犯行である。被害者が易々と室内に犯人（パートナーの女でなくとも）を引き入れているところからも、被害者と犯人は面識があると考えられる。

生憎《あいにく》、犯行当夜、被害者の隣室と向かいの部屋は空室であった。２８０２号室の近くの客もみな出発していたが、それぞれの居住先まで聞き込みの触手が伸ばされた。まだ旅行中の者もあったが、自宅に帰着していた者は、特に異常な気配や挙動不審の者には気がつかなかったと答えた。

大都会のシティホテルは一夜ごとにほとんどの客が交替してしまうために、事件が発生した際に聞き込みがきわめて困難である。

被害者の持ち物が調べられた。着衣はセーターにレザーのサファリ風上衣《うわぎ》とナイロンのズボン、黒い革靴がアンバランスである。

ポケットには五万円弱の現金入りの財布、百円ライターと数本中身が残っているハイライト、汚れたハンカチ、胸ポケットには年代物のモンブランの万年筆がさし込んであった。枕元のベッドサイドテーブルには、四、五千円のデジタルの腕時計がおいてある。持ち物といえばそれだけである。

これでは当日予約でなくても、フロントでデポジットマネーを取られたであろう。

「おや、これはなんだ」

現場を検索していた新宿署の牛尾《うしお》刑事は床からなにかつまみ上げた。白い紙きれで数字と記号のようなものが打刻されている。ちょうどベッドと壁の間の気づき難《にく》い隙間に落ちていた。

「なにかのレシートみたいですね」

牛尾の手元を覗《のぞ》き込んだ相棒の大上《おおがみ》刑事が言った。彼らは新宿署の「牛狼《モーウル》コンビ」と呼ばれる名物二人組である。

紙片には次のような文字と数字が読めた。

毎度有難うございます
福助沼袋店　TEL　03　386　6×25

「これはまさにレシートだよ。沼袋とあるから、被害者か犯人はやはり沼袋と無関係ではなさそうだ。沼袋の『福助』という店でなにか買い物をしている」

「電話番号があります」

大上が早速沼袋の「福助」に電話した。

「モーさん、『福助』はスーパーです」

「スーパーか、すると被害者か犯人は沼袋に生活の本拠があるな」

スーパーはおおむね自宅の近くの店を利用する。よほど珍しい物でもないかぎり、出先で食料品や生活用品は買わない。

「レシートを持参してくれれば、買い物の内容がわかるかもしれないと言ってましたよ」

「そいつは有難い。買った商品がわかれば、買い主がわかるかもしれないな」

重大な手がかりと言うべきであった。

大上も被害者の遺品から奇妙なことに気がついた。

「モーさん、この万年筆ですがね」

「典型的なモンブランだ」

黒い樹脂の太軸、キャップと尻《しり》の部分に金の輪が巻いてある。キャップの腰を巻いた金の輪にMONTBLANC—MEISTERSTUCK NO149の文字が彫ってある。キャップの頭頂部に白い星のマークが載っている。

「ここを見てください」

大上はキャップを除《と》った。金色のいかついペン先が現われた。18Cと彫ってある。

「ペン先じゃありません。ペン軸の先端を見てください」

「やあ、字が彫ってあるな」

キャップに隠されていた文字が見える。

「暮坂武雄」と読めた。所有者の名前を彫ったらしい。普通、万年筆に名前を刻む場合は、軸の握り部分に縦に彫るケースが多い。ところがこれは軸の先端部分を巻くようにして横に四つの文字が彫ってある。

「面白い所に彫ったものだな」

「被害者の名前とちがいます」

「これが本名かもしれないよ」

「暮坂武雄か。偽名にしても浅川真とは似ても似つかない」

偽名を用いる場合は、どこかに本名との関連をもつことが多い。

「友人の名前を借りたか、まったく無関係の人間の名前を用いたか」

本名から連想するのを避けて、友人や有名人や電話帳などから無断借用するケースも多い。

「モーさんの名前は正直《まさなお》でしょう」

「うん、文字どおり正直すぎて面白味がない。もっともおれは気に入っているがね。それがどうかしたかね」

「私もいかにも刑事らしい名前で好きですが、いまの若者はそういう名前はつけないでしょうね。被害者は二十三、四だ。この年代だとヒロシとかタカシとかコウジとかケンジなんて名前が人気があるそうです」

「そうか、武雄なんて名前はつけないというわけだな」

牛尾は大上の含みを了解した。武雄とは、いかにも戦中、戦前のにおいのする名前である。当時の軍事色を反映して武雄、武男を始めとして功《いさお》、勲《いさお》、征男《まさお》、勝利《かつとし》、武《たけし》などという勇ましい名前が幅をきかした。和男《かずお》、和子《かずこ》は昭和に入って多くなった名前であり、アキラは昭和の代表的男性名前である。

大上は、万年筆の本来の所有者が被害者の浅川真ではないのではと示唆している。

死体は解剖のために搬出された。解剖の結果、検視の所見が裏づけられた。

死因は金槌か玄翁《げんのう》状の鈍器の作用による頭蓋骨陥没骨折に伴う脳損傷と判定された。

同日午後新宿署に捜査本部が開設されて、本格的な捜査が始められた。捜査一課から那《な》須《す》班が投入された。捜査の焦点は、被害者のパートナーに絞られた。

だが間もなくパートナーの身許《みもと》が割れた。パートナーがニュースをテレビで見て名乗り出て来たのである。彼女は二十一歳の根本有子《ねもとゆうこ》というコールガールで、十月三十日午後八時ごろ被害者から電話で呼ばれて、同日九時三十分ごろ被害者の部屋を出たという。

そのときは被害者は元気だったと証言した。自分が犯人として疑われているようなのでびっくりして名乗り出たそうである。

被害者と根本有子との間には過去いかなるつながりもない。その日電話で呼ばれて初めて会ったばかりである。二人の間にはなんのトラブルもなく、被害者は有子に満足して、一万円上乗せしてくれたという。

念のために根本有子に「福助」のレシートについて尋ねたが、まったく心当たりはないと答えた。

「私、沼袋のスーパーなんかで買い物をしたことはないわ。私の家は亀戸《かめいど》です。私がこんなことをしていることは家には内緒にしてください」

有子は真剣な顔をして訴えた。驚いたことに彼女はごく普通のサラリーマン家庭の娘で洋裁学院の学生であった。根本有子にはまったく動機がなかった。

彼女はひとまず容疑圏外に去った。一方、現場に落ちていた「福助」のレシートの線から新たに有力容疑者が浮かび上がってきた。

同店を当たった牛尾と大上コンビは、同店のチェッカー宮地由起子から、

「このレシートは私が打ったものです。0011扱いとあるのが、私のレジ台番号です。ギュウカタとあるのは牛肩肉、セイカは青果のことで値段から178がねぎ、148が春菊、298がエノキダケ、その他シラタキと卵が打刻してありますので、すき焼きの材料を買っていかれたお客様です」

「このレシートの商品を買った客はだれですか」

「軍司さんいうお客さんです。よくお見えになります」

「ぐんじ？　浅川という名前ではありませんか」

しっかりした反応に牛尾と大上は気負い込んだ。

「浅川？　そういえばこのすき焼き材料を買われたとき軍司さんと一緒に来られた人が、そんなお名前だったとおもいます」

「浅川がぐんじと一緒に来た⁉」

ますます手応えが強くなった。

「なんでも上京するとき同じ列車に乗り合わせたとおっしゃってました。偶然再会して

毎度有難うございます
福助沼袋店
TEL　03　386　6X25

ヤキチクワ	128
0011　セイカ	148
(771)　ギュウカタ	1,236
ゼンノウ　タマゴ	220
0011　セイカ	178
0011　セイカ	148
0011　セイカ	298
セイカ	122
キクヤ　アブラアゲ	55
キクヤ　ヤキドウフ	85
イイダ　シラタキ	108
0011　セイカ	100
ブラックチューインガム	95
小　計	2,921
点　数　13	
合　計	¥2,921
現　金	10,021
釣　銭	7,100
0011扱　#	21001

0406 3:45PM 8X年10月28日

から時々会っているということでした」

「そのぐんじという人の住居をご存じですか」

「知りませんけど、このご近所の方だとおもいます」

スーパーの従業員から有力な聞き込みが得られた。

「軍司」の住居が捜された。スーパー店員の証言によると、浅川は軍司と一緒に連れ立って来た際、同名で自己紹介したそうであるから、ホテルでまったくでたらめな名前をレジスターしたのでもなさそうである。偽名であるとしても平素使っている名前のようである。

派出所の受持ち区域住人案内簿から軍司の住居は意外にあっさりと割り出された。沼袋一の十×平和荘という「福助」の近くのアパートに住んでいた。二階建てのプレハブ小型アパートで十室ほどの構成である。

アパートの大家には、カメラマンという触れ込みであるが、新聞社や出版社に所属しているのでもなさそうである。フリーにしてもカメラをもって出歩いている姿を見た者はいない。

部屋でぶらぶらしているかとおもうと、何日も帰って来ないことがある。要するに、なにをやっているのかわからないというのが近所の聞き込み評である。

派出所に提出した巡回連絡カードによれば軍司弘之、二十四歳、独身、本籍地は長野県松本《まつもと》市である。

警察では、
①職務質問を受けた時間、場所が不審な者
②年齢不相応な派手な生活をしている者
③巡回連絡カードを提出せず、住民登録もしていない者
④風俗女性と同棲《どうせい》していて、ヒモになっている者
⑤定職がなく、昼間家にいて夜間外出する者
⑥アパートの居住者と挨拶《あいさつ》をせず、交際のない者
の項目に該当する者を「不審者」としてコンピューターに登録するが、軍司は不審者とされていない。軍司の場合、⑤⑥だけが該当することになる。時折り女性が出入りしているようだが、それも特定の女性ではなさそうである。問題の浅川が軍司の所に出入りしているところは、アパートの居住者に数回目撃されている。

捜査本部では軍司弘之への出頭要請を決定した。いまのところ持ち札はスーパーのレシートだけであるが、軍司は犯人像として申し分ない。まず任意出頭を求めて、自供を得てから逮捕状を執行しようという作戦である。

十一月三日朝、牛尾、大上以下七名の捜査員は軍司のアパートを訪れ、まだ寝ていた同人に同行を求めた。

殺人事件の捜査本部からいきなり任意同行を求められて軍司はショックを受けた模様

である。

「おれは警察から呼ばれるような覚えはないぞ」

軍司は言い張ったが、

「なにも後ろ暗いことがなければ、警察へ出頭して堂々と申し開きをすればいいじゃないか」

と言われて渋々身支度をした。出頭を拒否することによって立場が悪くなるのを恐れたようである。

警察に同行してから改めて浅川真との関係を聞かれた。

「きみは浅川真さんを知っているね」

「知ってはいるが、そんなに親しいわけじゃない」

「上京の列車で一緒になり、時々会っているそうじゃないか。十月二十八日の夜は二人ですき焼き鍋《なべ》を囲んだね」

軍司は警察がそこまで知っていることに驚いたらしい。

「浅川さんが殺されたことは知っているかね」

「テレビで見てびっくりした」

「彼が殺された時間帯の三十日の午後十一時から翌朝にかけてどこにいたのかね」

「お、おれを疑っているのか」

「質問に答えてもらいたい」

「おれは浅川を殺してなんかいない」

「同夜どこにいたのかと聞いているんだ」

「よく覚えていない」

「まだいく日もたっていない。おもいだすんだな」

「多分、家で寝ていたとおもう」

「それを証明することができるかね。たとえば訪ねてきた人とか、電話があったとか」

「自分の家で寝ていたのをなぜ証明する必要があるんだ」

軍司は開きなおった。その前に「福助」のレシートが突きつけられた。

「これが殺しの現場に落ちていたんだよ。これはきみが『福助』で浅川さんと一緒にすき焼きの具を買ったときのレシートだ。きみの立場はきわめて深刻だよ。たすかりたかったらアリバイを出すんだね」

軍司は蒼白《そうはく》になった。

「おれじゃない。おれは殺《や》ってない」

それでも土俵際で必死に踏ん張っている。

「だから当夜のアリバイを聞いている」

「レシートは浅川自身がポケットに突っ込んでいたのがこぼれ落ちたのかもしれない。おれはスーパーのレシートなんかいつも捨ててしまうんだ」

「きみが金を払ったのになぜ浅川がレシートをもっているんだね」

「レジの女の子から渡されたのをなにげなくポケットに入れたのだろう」

「同じ確率で、いやそれ以上の確率できみもレシートをポケットに入れられるよ」

「おれじゃないってば」

軍司は泣き声になった。このままアリバイを申し立てられなければ、軍司の立場はきわめて深刻になる。そのとき軍司の表情がパッと明るくなった。

「そうだ、おもいだしたぞ。あの夜は二階の新婚の気配が気になって眠れなかったので、いやがらせにステレオのボリュームを高くしてやったんだ。そうしたら隣りから苦情を言って来やがった」

「ステレオをかけたのは何時ごろかね」

「十一時ごろだったとおもうな。いちゃいちゃしている気配が気になって、ステレオをつけたんだ」

「苦情は何時ごろきたんだ」

「午前一時ごろだったとおもうよ」

「電話で言って来たのか、それとも……」

「直接言って来たよ」

「そしてどうしたんだね」

「ステレオを消したよ。お二階さんも静かになっていた」

取調官は考えこんだ。沼袋から新宿の現場まで三十分もあれば往復できる。犯行時間を加えても一時間もあれば十分であろう。午後十一時ステレオのボリュームを上げて、犯行現場を往復すれば午前一時の苦情に応対できる。

だが苦情は午前一時にくるとはかぎらない。犯行のために不在にした間に苦情がくれば、いっぺんにアリバイは失われてしまう。

「ステレオはなにをかけたのかね。レコードかね。それともラジオの音楽かね」

「レコードだよ」

「LPか」

「LPだよ。途中で何枚かかけ替えたよ」

「自動チェンジやリピートにしていたのではないのか」

「レコード盤を自動反転するオートチェンジ機構があれば複数のレコードを連続して演奏できるし、リピートにしておけば、一枚のレコードを何回でも反復して演奏できる。

「そんなことはしない。一枚一枚かけ替えたよ。メイデンのヘビメタやボン・ジョヴィ、ラット、ヴァン・ヘイレンのハードロックをかけた」

これで取調官の推測は打ち消された。十曲ほど入れたLPでも精々二十五分〜三十分である。これを演奏中一枚一枚取り替えたとなれば、三十分で犯行時間を含んで現場を往復するのは、かなり難しい芸当となる。

オートチェンジ機構の有無やリピート使用について嘘を吐《つ》いても調べればすぐに露見してしまう。

早速、軍司の供述のウラが取られた。その結果、軍司のステレオにはオートリバース機構はなかった。

また隣人たちに問い合わせて、軍司が午後十一時ごろから午前一時過ぎまで何枚かのレコードを取り替えてかけていたことを確かめた。

「ロックばかりでしたが、同じ曲はありませんでした」

「いかがでしょう。テープの再生演奏ではなかったでしょうか」

裏づけ捜査に当たった牛尾がもう一つの可能性を考えた。テープなら異なるグループのLPを何枚も録音しておける。

「あれはテープの再生音ではありません。テープとレコードの音は、はっきり聞き分けられますよ」

隣人は証言した。軍司のステレオにチューナーやテープデッキは接続されていない。

軍司のアリバイはほぼ成立したといってよかった。彼は犯行時間帯にまたがってステレオをかけていた。レコードをかけ替えるためには少なくとも三十分刻みに部屋にいなければならない。

共犯者にレコードをかけ替えさせて、犯行現場を往復するという手も可能であるが、軍司の周辺に共犯者になるような人物が見当たらない。しかも隣人が、共犯者が部屋にいる間に苦情を言って来れば、アリバイ工作はたちまち崩れてしまう。

軍司の供述によると、

「浅川とは、上京後間もなく新宿のホコテンで再会してからつき合っていた。彼がどこに住んでいるか知らない。新宿の風営店（風俗営業の店）を転々としていたらしく、最後に会ったときは、ピンキャバのポーターをしていて、店の寮に住んでいると言っていた。だが店の名は聞いていない。いつも浅川のほうから連絡がきた。それ以上のことはなにも知らない。本当だよ」ということであった。

捜査本部は軍司の供述のウラを取り、その結果を検討した。

「まだ完全に容疑は漂白されていないが、軍司の犯人適格性は不十分」というのが、本部の大勢意見となった。

「しかし、どうもあの野郎、キナくさいにおいがする。叩《たた》けば埃《ほこり》が出そうです」

大上は猟犬のように鼻をひくひくさせた。軍司は、出版社から依頼を受けてグラビア写真などを撮っていると言ったが、その出版社名を挙げられなかった。カメラマンではあっても、いかがわしい写真を撮っていたらしい。

第八章　行路病死の遺品

1

新宿署の牛尾と代々木《よよぎ》署の菅原善雄《すがわらよしお》は、時折り会って一緒に飲む。たがいに隣接署なので、両署管内に跨《またが》る事件でよく顔が合い、情報交換の意味もあるが、なによりも気が合うのである。忙しい勤務の合間を縫って会うと、つい遅くまで語り合ってしまう。

新宿メトロホテル殺人事件の捜査が膠着《こうちゃく》の気配を示しているとき、牛尾は菅原に会った。

話題はどうしても現在かかえている事件に向かっていく。

「コールガールや軍司も圏外へ去って、いまのところ皆目見当がつかない」

牛尾の口調に少し疲労が感じられる。

「盗《と》られたものはない。凶器は残っていない。犯人は被害者と面識があり、計画的犯行という線は固いわけですね」

「被害者の生前の人間関係ははなはだ漠然としています。実際、東京という所は人間の海だと思います。一人の人間が殺されても生前なにをして生きていたのか、さっぱりわからない。被害者には友人や恋人はいなかったのか。彼の死に涙を流す者はいないのか。

人間の数が多すぎて一人くらい死んでも、だれも関心を寄せない。人間の海としても、魔の海ですね」

「魔の海か。言い得てますな。いまに人が殺されてもニュースにならなくなる時代がくるようなそら恐ろしさをおぼえます」

「せめて魔の海にしないために我々が頑張っているんだが、時々、力の限界を感じますなあ」

「まあ我々の仕事は限界への挑戦でしょうか」

「限界への挑戦か、その言葉は勇気が出ますな。我々があきらめたら、もはや魔の海に無条件降伏になってしまう」

「みんな、この魔海に夢を託してやってくる。一見この美しい都会のどこに、そんな魔性があるのかとおもいますよ。まあ女性も美しい女性のほうが魔性を秘めているからなあ」

「そんなことを言うと、美しい女が怒りますよ」

「大丈夫。魔性を秘めているような女には縁がありません」

「いや、あきらめてはいけません」

二人は乾杯した。こんな会話が二人にとって楽しいのである。楽しい時間が経過して、二人は立ち上がった。

「ここは私に任せてください」

「すみませんな。それではご馳走《ちそう》になります」

牛尾は素直に菅原の好意を受けた。

今夜は菅原の〝巣〟で飲んでいた。

伝票に菅原が見るからにごついペンでサインをした。

「おやモンブランですね」

なにげなくそのペンに目を向けた牛尾が言った。

「最近このタイプの万年筆が少なくなりました」

「最近はボールペンが幅をきかせて、こんな風格のある万年筆を使う人が少なくなりました。ホテル殺人事件のガイシャも同じペンをもっていましたよ」

「モンブランですか」

「そうです。しかしどうやら自分のものではないらしいのです」

「どうしてですか」

「べつの名前がペン軸に彫ってありました。暮坂武雄という文字です。我が署《うち》の大上君が被害者の名前にしては古くさいと言いましてね。たしかに武雄なんて名前は戦中、戦前のにおいがします」

「くれさかたけお？」

菅原の目が底光りした。

「なにか心当たりがありますか」

牛尾が菅原の緊張を敏感に見て取った。

「くれさかたけおは、このような字を書きますか」

菅原はモンブランで伝票の裏に「暮坂武雄」と書いた。

牛尾が驚いた。

「善《ぜん》さん、どうしてそれを」

「昨年の三月、うちの管内の公園で地方から上京してきた人が、脳卒中の発作を起こして急死しました」

「ああ、そんな事件がありましたな」

牛尾が薄い記憶を探っている。

「その人が暮坂武雄という名前でした」

「いったいどういうことですかな」

牛尾が菅原の顔色を探った。

「暮坂氏は金策に上京しましてね、発作に襲われたとき三千万円もっていたのです。ところが、死体の周辺にはそんな金はありませんでした。急死する直前田舎の自宅へ電話をかけて三千万円の金策ができたと報告しているのです」

「小切手とか、銀行振込みとかではなかったのですか」

「いや金を貸した人がたしかに現金を渡したと言っておるのです。嘘をつくような人物ではない。本人も現金をもっていた口吻《こうふん》を家族に漏らしております」

「するとだれかが死体から金を奪って持ち去ったということに……」

「我々はそのように推測しました」

「持ち逃げ犯人はわからずじまいだったのですな」

菅原がうなずいた。

「すると、暮坂の万年筆を持っていた浅川が暮坂になんらかのつながりをもっていたことになります」

二人の間で、あるおもわくが醸成されている。おもわくの中で持ち逃げ犯人と浅川が重なりつつある。まだピタリと重ね合わせるわけにはいかない。モンブランは、べつの機会でも暮坂から浅川の手に渡る可能性があるからである。

同姓同名の暮坂ということも考えられる。

だか、両名の間にいかなるつながりもなかったら、そして同姓同名でなければ、浅川が金を持ち逃げした際に、モンブランも一緒に持ち去った可能性がきわめて強くなる。

「浅川を三千万円持ち去り犯人と仮定した場合、それが浅川殺しに連なっていないでしょうか」

菅原が仮説を立てた。

「仮にそうだとしても、なぜいまごろになってという疑問がありますね。三千万円持ち去りは昨年三月のことでしょう。トラブルが発生するならそのときだとおもいますが」

「モンブランの件は早速遺族に問い合わせてみますが、なんだかつながってくるような予感がしますね」

「同感です。モンブランの前の所有者が暮坂武雄氏と確認されれば、浅川との間になんらかのつながりがあったことになります。それが浅川殺しにつながるかどうか……」

牛尾は胸の予感を測っている。

2

妻の結婚以前の住居を確かめに上京してまもなく、東京の代々木署から暮坂慎也に意外な問い合わせが来た。父が上京したときにモンブランの万年筆をもっていかなかったかという問い合わせである。

代々木署は、父が倒れた場所の管轄署であった。

「そういえば、父はモンブランの万年筆を愛用していました」

「それは黒い樹脂製で、キャップの下の軸に名前が彫られていて、キャップと尻《しり》の部分に金のタガが巻かれ、18Cのペン先をつけていますか」

「そうです。そのペンがどうして……」

「そのペンは遺品の中になかったですね」

「あのとき三千万円のかげで忘れていましたが、そういわれてみるとモンブランはありませんでした」

「そのモンブランが出てきたのです。浅川真という名前に心当たりはありませんか。ご父君の友人か知己にそんな名前の人はいませんでしたか」

「いま初めて聞く名前ですが、その浅川なんとかさんはどういう人ですか」

「新宿のホテルで殺された被害者です。彼がご父君のペンをもっていたのです」

「なんですって」

慎也は驚いた。

父のペンと殺人事件の被害者とのつながりがわからない。

「現在は事件の捜査資料なので、警察がお預かりしておりますが、ご父君の遺品と確認されれば、いずれお返しいたします。近くこちらへ上京される機会はございませんか」

「そういうことであれば、すぐに上京します」

先日上京して間もなくであるが、父の遺品が現われたとなると、できるだけ早くこの目で確かめたかった。

暮坂慎也によって、モンブランは父武雄の遺品であることが確認された。だが、生前暮坂武雄と浅川真の間にはいかなるつながりもない。

となると浅川がモンブランを手に入れられる機会は、暮坂武雄が倒れたときということになる。

これをさらに裏づける有力な証人が現われた。暮坂武雄に三千万円融通した医師が、武雄が借用証を書いた際に件《くだん》のモンブランを用いたと証言したのである。

その借用証を任意提出してもらい、件のモンブランの筆線と比較対照したところ、まぎれもなく同一のペンによって書かれたものであることが確認された。

暮坂武雄は医師の家にいたときは、モンブランをもっていた。彼が死体となって翌朝発見されたとき、モンブランは三千万円とともに消えていたのである。

モンブランをもっていた浅川が、三千万円を持ち去ったという推測が容易にうながされる。ただし、浅川が金の持ち去り犯人からペンだけもらったという可能性も残されている。

「浅川がペンをもらったとすれば、とりあえず考えられるのは軍司弘之ではないか」

という意見が有力になってきた。

「軍司が金を持ち逃げして、その事実を浅川が知っていたとすれば、軍司に殺人の動機がある」

「なぜ軍司一人を持ち去り犯人と限定するのか。浅川と二人で持ち去ったと考えても少しもおかしくないではないか」

新たな視点からの意見が出た。

「彼らが三千万円持ち去りの共犯であったとしても、そしてそれが殺人の動機となったとしても、なぜいまごろ殺したのか。持ち去りから約一年七ヵ月経過している」

このことは牛尾が菅原と一緒に飲んだときすでに問題にしていた。

「古い共犯者が邪魔になるというケースは決して珍しくないだろう。軍司にとって旧悪を知っている者の存在が都合が悪くなった事情が発生したのかもしれない」

「旧悪というが、脳卒中の発作で倒れた人間の金を持ち去ったんだ。殺して口を塞ぐほどの共犯者ではあるまい」

「脳卒中の発作で倒れたことになっているが、二人が発作の原因をつくったのではないか。つまり、金を奪われたので、発作を起こした可能性は十分にあり得るだろう」

モンブランの元所有者の確認は、渋谷区の公園行路病死に伴う三千万円紛失事件と、新宿メトロホテル殺人事件との間に意外な関連を生じさせただけに留《とど》まらず、行路病死の奥に潜むかもしれない凶悪な犯罪を示唆した。

三千万円を奪われて、血圧がにわかに上昇し、ストレスの蓄積で脆《もろ》くなっていた脳血管が一挙に破壊された。これは強盗致死に該当する。事件は意外な奥行きを見せつつ年が替わった。

3

いったん容疑圏外に去りかけた軍司弘之が再度マークされた。いまのところ浅川の生前の最も濃厚な人間関係が、軍司である。

軍司に再出頭を求めるべく赴いた捜査員は愕然《がくぜん》とした。彼が数日前から家に帰っていないのである。

同じアパートの居住者に聞くと、これまでにも数日ふらりと出かけたまま帰って来なかったことがあったという。

捜索許可状を取って室内を検《あらた》めたところ、十万円弱の現金と共に多少の衣類や生活用具はそのまま残されていた。警察にマークされたために慌てて高飛びした形跡も見えない。

メールボックスには五日前の新聞からたまっている。室内に夥《おびただ》しい女のヌード写真があった。芸術性とはほど遠いいかがわしいポーズばかりである。ポルノ雑誌の出版元らしい人間の名刺が何枚か残されていた。そのほかの人間関係を示す郵便物やメモ等はまったくない。女のにおいもなかった。軍司もかなり侘《わび》しい生活をしていたようである。

ポルノ雑誌の出版元に問い合わせると、ここのところ姿を見せないということである。いずれも警察に対しては弱みをかかえているので、捜査本部の問い合わせに対して怯《おび》えているようである。

「軍司君の写真はいやらしさばかりが強調されていて色っぽさに欠けるので、ここのところ敬遠しています」

と版元の一人が答えた。

「ほう、いやらしさと色っぽさはちがうのですか」

牛尾は尋ねた。ポルノ雑誌でもいやらしい写真は敬遠するのかと不思議におもった。

「ちがいますよ。いやらしい写真は汚いです。見て不快感をおぼえます。色っぽい写真は美しい。女体の美しさを最大限に引き出します。軍司君の写真は女体ではなく、性器だけを撮っているのです」

「なるほど、そんなものですかな」

牛尾は軍司の部屋にあった夥しいポルノ写真をおもいだした。

「今どき、彼の撮った写真を買う所はないとおもいます。客も目が肥えていますので、女性器だけ撮ったような写真には鼻も引っかけません」

その版元だけでなく、軍司の〝作品〟は、おおむね評判が悪かった。特に、この数カ月は各社とも軍司に注文を出していない。それにもかかわらず、軍司はさほど生活に窮していた模様は見えない。家賃の滞納もなく、衣類やアクセサリー類も高級品が多い。

「軍司は女を騙《だま》していかがわしい写真を撮り、恐喝していたのではないか」

という意見が出た。恐喝用写真であるなら出版社の言う「いやらしさ」もわかる。

高飛びした形跡が認められないので、張り込みをすることになった。だが軍司はそのまま忽然《こつぜん》として消息を絶ってしまったのである。

第九章　再会した乗客

1

父の万年筆が意外な所から現われてきた。どんな経緯で浅川という人間の手に入ったのかわからないが、まぎれもなく父が愛用していたモンブランである。

浅川真などという名前は父の生前の人間関係の中に聞いたことがない。母に問うても知らないという。しかも、浅川は新宿のホテルで殺されていた。警察は浅川の殺人被害が父の三千万円持ち逃げ被害と関連があると疑っている気配である。

事件関係者としてその後の捜査経過を見守っていた慎也は、浅川真の殺された現場に落ちていたというスーパーのレシートが気になった。スーパーは自分の住居の近くの店を利用するのが普通であるが、浅川は居所不明であり、近くに住んでいる軍司という浅川の友人が調べられてアリバイが成立したそうである。

モンブランが父の遺品と確かめられて軍司が再度マークされたが、軍司は消えてしまった。

軍司はどこへ行ったのか。軍司が自分の意志によって姿を隠したのでなければ、〝外部の意志〟が働いたことになる。なんのためにそんな意志が働いたのか。

警察が疑っているように三千万円の持ち去りと浅川の死が関連があるなら、軍司の蒸発もその延長にあるのではないだろうか。

慎也の中でおもわくが服《ふく》れてきた。妻が殺されたことから、父の行路病死と三千万円持ち去り被害のほうへ意識が向け変えられた。

年が替わって一月下旬、たまたま仕事の用事があって、再三上京する機会があった。用事をすませた後、慎也はかねて気がかりになっていた〃スーパー〃へ行ってみることにした。

沼袋は新宿から近い。レシートを発行した「福助」は沼袋駅改札口右手の商店街にある。中型のスーパーで、没個性的な商店街の中に、屋上の看板人形が目立っている。

まだ買い物の時間帯には早く、店内には客の姿は疎《まば》らである。「福助」へ来たものの、とりたててすることはなにもない。買い物の用事もないし、店員に聞くべきこともない。

警察が、現場に落ちていたレシートから「福助」に来て、必要なことはすべて聞き出している。レシートから軍司が割り出されたと刑事から聞いた。

軍司がレシートを落としたのでなければ、彼と一緒に買い物に来た浅川が身につけていたものであり、犯人を示すなんの手がかりにもならない。

仕方がないので、帰りの電車での飲み物に缶ジュースを数本買ってレジ台へ来た。閑《ひま》な時間帯なので、レジ台は二台しか開いていない。

慎也はなにげなく髪の長い若い女のレジ台の前に立った。

「いらっしゃいませ」

若い女店員が愛想よく声をかけて、顔を向けた。

「あ、あなたは……」

「いつぞや列車の中で」

二人が同時に声を発した。

「あなたがここにいらっしゃるとはおもいませんでした」

「こんなに早く再会できるとはおもいませんでした」

宮地由起子はレジスターを打つのも忘れて再会の驚きに身を委ねている。

「こちらにお勤めだったのですか」

「こちらへはなにかご用事でも」

今度は同時に質問を発し合っている。

「実は、ちょっと関係のある事件の現場に、この店のレシートが落ちていたので、興味をひかれてきたのです」

「その事件って、浅川という人が新宿で殺された事件じゃありません？」

由起子が打てば響くように答えた。

「ご存じだったのですか」

「あのレシートは私が打ったのです」

「これは因縁ですね。詳しくお話をうかがいたいが、何時ごろお閑になりますか」

「今日は早番なので六時には上がれます」

「それまで近くで時間をつぶしています。ところでご迷惑じゃないかな」

「ご迷惑なんて。私もぜひお話ししたいわ」

由起子は頰を薄く紅潮させて言った。

2

慎也は宮地由起子との再会に驚いていた。彼女と新宿駅で別れたとき、また再会できるような予感をもったが、こんなに早くその機会がこようとはおもわなかった。

しかも浅川の殺された現場に落ちていたレシートは彼女が打ったという。慎也は由起子と目に見えない因縁の糸でつながれているような気がした。

そのとき、ふと心を走った空想にまさかと頭を振った。由起子との因縁の糸が、妻が殺された事件にまでつづいているような気がしたのである。

妻の結婚前の住居を確かめるための上京途次の車中で知り合った宮地由起子が、父の行路病死に関わっているかもしれない「浅川のレシート」を打ったという尋常ではない因縁を、妻の事件にまで引き伸ばしたくなったのである。

午後六時少し過ぎ、二人は落ち合った。

「今日は東京に泊まるつもりなので、さしつかえなかったら一緒にお食事でもいかがですか」

慎也はしごくすんなりと誘った。

「一緒にお食事できるなんて嬉《うれ》しいわ。東京へ出てきてから、会社と寮の外で食事をするのは初めてなんです」

由起子は全身に喜びを弾ませた。彼らは新宿の超高層ホテルのトップフロアにあるレストランでテーブルを囲んだ。窓外にはよみがえったばかりの東京の灯《ひ》の海が視野の限り広がっている。

人間の海は、夜の闇の中に醜悪なものすべてを隠して、光の海に変えている。闇の底に確実に存在する不正や邪悪なものや醜悪なものは目に見えない。都会の美しいものだけを高所から購《あがな》った夜景の中に、上京後間もない由起子がなんの違和感もないどころか、むしろ夜景を引き立てる主役としてピタリとおさまっている。「錦上《きんじょう》に添えた花」ではなく、錦《にしき》に生気をもたせる核《コア》となっている。

慎也が見惚《みと》れていると、由起子が窓外に目を向けて、

「綺麗《きれい》だわ」

と嘆声を漏らした。慎也が嘆声をあげるべき対象は異なっていたが、黙っていた。わざとらしいし、それを言うべき時期が早すぎることをおもったのである。

「お姉さんは見つかりましたか」

食事のコースが始まったところで、慎也のほうから控えめに問うた。

「まだなんの手がかりもありません」

由起子の眉《まゆ》が少し曇った。

「あきらめないことです。そのうちにきっと会えますよ」

慎也は励ました。

「私も田舎を出るときは、そうおもっていました。でも東京へ来て、あまりにもたくさんの人がいるのを見て絶望的になっちゃったわ」

「あきらめてはいけません。ぼくたちが出会えたように、きっとお姉さんに会えますよ」

「そうだわ。私たちが会えたように、会えるかもしれないわ」

由起子は自分に言い聞かせるように言った。

「そうです。決してあきらめないことです」

「そうするわ。まだ上京していくらもたっていないんですもの。あきらめるには早すぎるわ」

「その意気です」

「浅川という人が殺された事件で私に聞きたいことがあるとおっしゃってましたけど」

「実はその浅川なる人物が父の万年筆をもっていたのです」

慎也は父の行路病死と三千万円持ち逃げ被害時に同時に消えたモンブランを浅川がもっていたことを話した。

「そんな悲しいことがあったんですのね」

由起子の表情が同情の意を表した。

「ですから、父と浅川のつながりを私なりに探っていたのです」

「それで、『福助』へいらっしゃったのですね」

「ええ、そこでまさかあなたと再会しようとはおもいませんでした」

語りながらも食事のコースは進んでいる。ワインが入り、悲しい記憶を掘り起こしているにもかかわらず、気分が陶然としてきていた。

「そのレシートは軍司さんに渡したとおもうのですけど、浅川さんがつまみ取って行ったような気もします。ちょうどそのとき、次のお客様がいらっしゃったのでそこの記憶がぼやけているのです。でも軍司さんと浅川さん以外の人でないことは確かだわ」

「軍司という人間はいま蒸発しているそうです」

「本当？　でもどうして。あの人犯人じゃないということになって〝釈放〟されたって聞きましたけど」

初耳だったらしく、由起子の表情がびっくりしている。

「モンブランは軍司が浅川にやったかもしれないということになって再度警察が軍司をマークしたとき蒸発したそうです」

「すると軍司さんがお父さんのお金を持ち去ったというわけですの」

「その可能性も出てきたのです。あるいはその場に軍司と浅川が一緒にいたかもしれない」

「あの二人ならやりかねないわ」

「どうしてそのように言えるのですか」

「私の先入観かもしれないけれど、あの二人の目の中になんとなく卑しい光があるように感じていたのです」

「あなたの直感なら当たるかもしれないな」

「買いかぶられても困るけど、なんとなくいやな予感がしたことは確かですわ」

「二人が父の金を持ち逃げしたと仮定しても、なぜいまごろになって浅川が殺されたのだろう。分け前をめぐっての争いなら、そのときに殺されたはずです」

「でも軍司さんは容疑が晴れたんでしょう」

「アリバイが成立して釈放された後、モンブランが父の遺品と判明して再マークされたんだが、そのときなぜ軍司は姿を消してしまったのか」

「逃げたんじゃないのかしら」

「いやそうじゃない。住居には高飛びした形跡はなかったそうだ」

二人はいつの間にか恋人同士のような親しげな口をきき合っている。親しくなるほどにテーブルを囲む距離が近くなる。

「どういうことかしら」

「軍司の蒸発が自分の意志によるものでなかったら、第三者に強制されたということになる。なぜそんな強制をしたのか。考えられるのは浅川殺しに関して軍司がなにかを知っていた場合だ」

「軍司さんが浅川さんを殺した犯人を知っていたとおっしゃるの」

「もし、軍司が犯人を知っていたら、犯人にとって軍司の存在は脅威だったとおもう」

「犯人が軍司さんをどうかしちゃったのかしら」

由起子の表情が緊張している。

「軍司が高飛びした様子もないのに、本人の意志ではなく蒸発したとしたら、浅川殺しとの関連がまず考えられるよ」

「でもその場合、浅川さんはどんな理由から殺されたのかしら。モンブランとの関係からお父さんのお金の持ち逃げが原因じゃないかと疑われたんでしょ。でもそれだったら、もっと早く殺されたはずだし」

「犯人はまったくべつの線から来たのかもしれないな。そして軍司はそれを知っていた」

「軍司さんはどうしてそれを知ったのでしょうね」

「二人は上京の列車で知り合ったそうだね、ちょうどぼくたちのように。心細い東京で再会したとき、戦場で味方に出会ったような気がしたのかもしれない」

慎也は由起子の目の奥を凝《じ》っと見入った。由起子がうなずいた。上京後間もない由起子には再会時の両人の気持ちが理解できるであろう。だがその気持ちを彼女と慎也の間に、いま押しつけるのは慎也の背負《しょ》いすぎというものである。

「彼らが東京で密着していったとしても不思議はない。だから軍司は犯人を知り得る位置にいた……」

浅川殺し犯人と父の金の持ち去りが直接関係はないとしても、軍司の蒸発が浅川の死の延長におかれているならば、父と間接に連なっていることになるだろう。

「軍司さんが浅川さんを殺した犯人にどうかされたのなら共通の理由でしょうね」

「そういうことになるね」

「でもその場合、ちょっとおかしいことになるわ」

「なにがおかしいんだね」

慎也は由起子の深みを帯びた目を覗《のぞ》いた。

「軍司さんが犯人を知っていたとしたら、犯人は浅川さんを殺しても仕方がないでしょう。少なくとも二人を同時に消してしまわなければ、犯人の安全は保障されないわ」

「なるほど、犯人は浅川を殺した時点では軍司に知られていることを知らなかったとしたらどうだろう」

「どういうこと?」

「つまりだ。軍司は一方的に犯人を知っていた。そしてその事実を犯人に知らせた」

「なぜ警察に連絡しないで犯人に知らせるの」

「警察に知らせても一円にもならないからね」

「恐喝したとおっしゃるの」

「軍司の目の底に卑しい光を感じたんだろう。彼が犯人を恐喝してもおかしくない」

「すると軍司さんは……」

由起子が慎也が示唆する先の恐ろしい想像に行き当たって表情を改めた。

「ぼくの想像にすぎないが、突然の蒸発にあり得るかもしれないとおもったんだ」

「警察はどうおもっているのかしら」

「警察はまだ軍司が殺されたとは考えていないらしい。モンブランが父の遺品と確認されており、警察の大勢意見は、三千万円持ち逃げとの関連を疑い、軍司の行方を追っている。素人の考えすぎかもしれない」

「傍目《おかめ》八目《はちもく》という言葉を聞いたことがあるわ。それに浅川さんや軍司さんの卑しい目の光は警察が見たわけじゃないもの」

「女性の直感は恐いからな」

「あら、私がいかにも恐い女みたい」

由起子が少し頬を脹《ふく》らました。

「ごめん。そういう意味で言ったんじゃない。ぼくの推測もあなたの直感の上に成り立っている」

「いいわ。だったら許してあげるわ。でも私の直感が誤っていたら、その推測が崩れてしまうわね」

由起子の表情が親しみを増している。コースはデザートに入っていた。

第十章　葬られた隠し場

1

軍司弘之の住居の張り込みを五日間つづけたが、彼は帰って来なかった。この間、彼が立ちまわりそうな先はすべて当たられた。

軍司の生家は松本市の郊外であり、両親が健在である。だが生家にも帰って来ていない。出先で交通事故に遭った様子もない。該当するような事故も報告されていない。

軍司が捜査陣の動向を察知して高飛びしたとは考えられない。住居も帰ってくるつもりで外出した模様である。

寒気の厳しい季節であり、当てのない張り込みは辛《つら》い。

「どうもおかしい」

張り込み五日目で捜査陣もようやく不審を抱いてきた。

「軍司は帰りたくても帰れない状態に陥っているのではないか」

という意見が出てきた。捜査本部の、軍司の行方を浅川の運命と重ね合わせる発想が遅れたのは、軍司を容疑者とみる先入観に強く染色されていたからである。

軍司の理由不明の蒸発が、ようやく容疑者から被害者へと、捜査本部の発想を転換させてきた。

推測を嫌い、物証を堆《つ》み重ねて犯人にアプローチしていく捜査の姿勢が、柔軟な発想を妨げるのは否めない。

だが、浅川の人間関係がきわめて乏しく（浮かんだのは軍司一人）、モンブランによって一昨年《おととし》の行路病死者と三千万円持ち逃げ事件との関連が疑われてきただけに無理からぬところがあった。

「軍司が殺されているとすれば、犯人は浅川殺しのそれと共通するか」

「動機はなにか」

暮坂慎也と宮地由起子の間で交わされたのとほぼ同じ検討が行なわれた。だが慎也の推測と少しちがっていたのは、牛尾の意見である。

「軍司にはそれまでの女のいかがわしい写真を撮ってはケチな恐喝を働いていた形跡があります。だが、女に対する恐喝には浅川は加わっていた様子はありません。同じカモを恐喝するには彼らがもっと密着して行動する必要がありますが、そんな気配は、軍司の住居に残っていません。浅川が殺されてから、軍司は犯人を察知したのではないのでしょうか。そして犯人の恐喝を始めたとたんに殺されてしまったと考えられないでしょうか」

「すると軍司は浅川の生活関係をよく知っていることになるね」

捜査の現場指揮を執っている那須警部が言った。

「そうです。浅川が殺されたとき、軍司は殺人の動機におもい当たったのです。浅川の死に触発されるなにかが軍司の潜在意識にあって、それが表面に浮かび上がってきたとしたら」

「二人の共通項を徹底的に洗ってみよう」

「共通項として、モンブランの元所有者の暮坂武雄は考えられませんか」

大上が発言した。すでに暮坂は共通項として浮かんでいたが、軍司を被害者に転換すると、その線からの犯人がいなくなってしまう。みなの疑問に答えるように大上は、

「暮坂武雄の死因が、三千万円を奪われたために生じたのであれば、遺族にとっては持ち去り犯人は許し難い仇《かたき》のはずです」と言った。

大上の示唆に、本部のメンバーははっとなった。大上は、浅川殺しと軍司の蒸発に新たな容疑者を示唆したのである。

「暮坂武雄には息子がいる。しかし息子を疑うとすれば、なぜいまごろ父の仇を討ったのかね。また息子はどうやって仇を知り得たのかね」

那須が問うた。

「それはまだわかりません。ただ、暮坂のモンブランを浅川がもっていたのですから、暮坂の息子を無視できないとおもいます」

捜査の鉾先《ほこさき》が意外な方向に向いてきたとき、慎也は新宿のホテルで宮地由起子と食事をしていた。そして事件はさらに予想外な展開をした。いやそれは予想されたというべ

きであろうか。

軍司の行方は杳《よう》として知れなかった。彼の消息不明がつづくほどに、軍司はすでに殺害されているのではないかという牛尾の意見(暮坂慎也の意見でもある)が可能性を強くしてくる。同時に大上説が有力になってくる。だが、慎也がいかにして「父の仇」の存在を知り得たかというネックを突破できないかぎり安易に手は出せなかった。

2

東京も西の果て、八王子市街を通り抜けると高尾《たかお》の山が迫って来る。都心方向からの怒濤《どとう》のような乱開発攻勢を、最後の防波堤となって食い止めている健《けな》げな高尾の山並みの麓《ふもと》へ迫ると、入線している電車の末端車輛《しゃりょう》が混むように、小さな家並みが街道の両側を埋め立てる。観光客目当ての土産品屋や食堂が目立つ。

列車が高尾駅を出て、小仏峠のトンネルを越えれば、神奈川県である。昔ながらの甲《こう》州《しゅう》街道はトンネルを潜らず南方へ大きく迂回《うかい》して大垂水《おおたるみ》峠を越えて行く。

この甲州街道は高尾山域の東南縁をなした形になっている。高尾駅の南側、甲州街道と町田街道に挟まれた丘陵地帯は開発と高尾山域のハイカーや観光客の賑《にぎ》わいから取り残された、忘れられた一角である。

だがこの地域に新たなラッシュが起きた。都会の過密に用地難をきたしていた墓地が、この地の閑静さとアクセスの便に目をつけた不動産業者によってにわかに造成されたのである。丘陵が整地され、緩やかな斜面を刻んで墓地団地が出現した。

地域的にも空白の一角が、伐《き》り開かれ、東京霊園、高尾霊園、中央霊園、高尾墓園、八王子霊園、八王子南霊園などとそれぞれもっともらしい名前をつけて分譲された。一般庶民は死んでからも地価の高い都心には葬られない仕組みになっているのである。

盆や春秋の彼岸には高尾駅前から各墓地行きのバスが仕立てられ、駐車場は墓参のマイカーで満杯になる。

二月下旬は一月の高尾山域の初詣《はつもう》でや節分、三月の彼岸の間に挟まれて、霊園一帯は世間から忘れられた静寂の中にある。この時期、墓参の人も絶える。

二月二十六日、早春の日射しに誘われて、一台のマイカーがこの地域に迷い込んで来た。車内には若いカップルが乗っていた。彼らは公園のようなたたずまいに誘われて、初めは墓地とは気づかずに入って来た。

豊かな自然の中にカシ、ブナ、クヌギ、アカマツの林を侍《はべ》らせた広大な墓地は、下手な公園よりもずっと公園らしく、落ち着いている。彼らは途中でここが墓地であることに気づいたが、愛を語らうには理想的な空間であることを悟った。

管理事務所も人がいるのかいないのかわからないように閑散としている。

彼らは車で入れるところまで入り、降り立った。広大な霊園は静まり返り、人影も見えない。風もなく、日だまりは汗ばむほどに暖かい。この山域に棲息《せいそく》する百種を越えるといわれる野鳥のさえずりも、昼寝でもしているのか絶えている。

彼らは御影石《みかげいし》を堆んだひときわ見事な墓の縁石に腰かけて話しはじめた。やがてどちらからともなく抱擁の姿勢に入り、唇を交わす。

女が抵抗をしないのに男は増長して次第により大胆な行為に移行しようとした。

そのとき女が初めて柔らかい拒絶の意志を手先に伝えてきた。男はあまりに明るすぎて恥ずかしいのだろうとおもった。だが最初の抵抗を押え込んでしまえば、後は彼女のほうが積極的になるだろう。男は女の抵抗を無視して進めようとした。

「待って」

女があえいだ。何をいまさらと男はおもった。もはや身体が引っ込みがつかなくなっている。

「車へ戻ろうか」

男はささやいた。マイカーの中ならすでに何回か経験ずみである。

「ここ、なにかいやなにおいがしない？」

女が言った。そういえば来たときから妙に生臭いにおいが漂っていたようである。男は木のにおいかと思っていた。木の肌からそんなにおいが立つことがある。

「凄《すご》くくさいわ」

女は眉《まゆ》をしかめた。彼女のほうがにおいに敏感なようである。男は自分がくさいと言われたような気がして興ざめた。

「どこから来るのかしら」

女は鼻をくんくんさせた。

「場所を変えよう」

できれば狭いマイカーの中より、自然の中がいい。彼はこの環境が気に入っていた。真っ昼間の墓地というのは刺戟《しげき》的である。常にだれかに見られているようなのも、刺戟をうながしている。

「変だわよ、このにおい」

女はこだわった。

「いいじゃないか、そんなもの、もっと奥のほうへ行こうよ」

「なんだか、お墓の下からにおってくるようだわ」

「おい、よせよ」

男は女の手を引こうとしたとき、位置が変わり、空気が流れて濃厚な腐敗臭を嗅《か》いだ。木の肌のにおいとは明らかに異なっている。その辺で犬か猫でも死んでいるのか。

「ねえ、死体を土葬にしたのかしら」

「まさか」

御影石の墓標の下にコンクリートで固めた唐櫃《かろうと》（納骨室）を穿《うが》った墓に死体を土葬するとは考えられない。今日では火葬が八割を越えているが、一部にはまだ土葬が残っている。都内では条例により、土葬禁止区域が定められているが、男はこの地域が禁止区域かどうか、さらに土葬などという葬制があることすら知らなかった。

「これは絶対、お墓の下でなにか腐っているにおいだわ」

女が言い張った。二人は周辺に林立している墓石の下に腐りかかった死体が埋まっているような恐怖をおぼえた。

「出よう」

男は白茶けた顔になって立ち上がった。

3

カップルによって、園内の墓の下からひどくくさいにおいを発しているという報《しら》せを受けた管理事務所では、首を傾げながらも一応件《くだん》の墓を調べてみた。

現場に行ってみると、たしかに尋常ではないにおいが漂っている。臭源を探すと、どうやら件の墓の唐櫃の中のようである。注意して見ると唐櫃に蓋《ふた》をしている御影石が少しずれているようである。

件の墓には最近、新仏《にいぼとけ》は入っていないはずである。管理人は応援を呼んで敷石を動かした。敷石の重さは三十キロほどで一人で動かせないことはなかったが、恐かった。

敷石をはずすと、中に籠《こも》っていた腐臭が出口を見出して吹き出てきた。もはやなにものかが唐櫃の中にあることはまちがいない。悪臭に耐えて唐櫃を覗《のぞ》き込んだ管理人は、

「し、し、死んでる」

と言って墓地の管理人らしくもなく、腰を抜かしかけた。大騒ぎになり、警察に通報された。

警察が臨場してきた。唐櫃には若い男の腐乱死体が入っていた。腐乱の状況から死後経過約一ヵ月と見立てられた。以前にも多磨霊園で同じような事件が起きた。失恋した男が敷石を上げて唐櫃の中に潜り込み、中から敷石を元の位置へ戻して睡眠薬自殺を遂げたのである。

だが検視によって死者の後頭部に鈍器で殴打した痕跡《こんせき》が発見されるにおよんで、にわかに〝犯罪死〟の様相を濃くした。唐櫃の中には後頭部の創傷に見合うような鈍器は残されていない。

年齢は二十代前半、細身で一メートル七十センチ近い身長を折り曲げるようにして唐櫃に押し込まれていた。

セーターにジーンズ、レザーのジャンパーを引っかけている。足に黒い革のスリッポンシューズを履いている。だが身許《みもと》を示すようなものはなにも身につけていない。

「墓場に死体を隠すとは、人を喰《く》った犯人だな」

臨場していた八王子署の増成《ますなり》刑事が相棒の池亀《いけがめ》にささやいた。

「しかし巧妙な隠し場ではあるよ。蓋が少しずれていたのでにおいが漏れて発見されたが、蓋をきっちりとかぶせておいたら、墓に新しい仏がくるまでわからなかったかもしれない」

「見つかったときは骨になっていてね。墓の中で古い仏もさぞや驚いたことだろう」

死体は搬出された。八王子署に「高尾墓地殺人死体遺棄事件」の特別捜査本部が開設された。

死者の身許はまもなく割れた。死者の身体的特徴を警察庁のコンピューターに照会したところ一月二十一日より住居を出たまま消息を絶っていた軍司弘之（二十三歳）中野区沼袋一の十×平和荘、カメラマンであることが判明した。同人は昨年十月三十日新宿メトロホテルで殺害された浅川真の事件に関連があると疑われ、その行方を捜されていたものである。

軍司の死体が発見されたという連絡に新宿署の捜査本部は色めき立った。ここに牛尾説が裏書きされたことになった。それは大上説も捜査のスポットライトを浴びた形になる。

その後の捜査によって、浅川―軍司を結ぶ共通項は上京時、同じ列車に乗り合わせたということしかわからない。浅川の生前の居所を捜して歌舞伎町周辺のピンキャバや風営店が洗われたが、反応はなかった。都内都下の全風営店となると星の数ほどになる。それに浅川が風営関係にいたとはかぎらないのである。

捜査本部は、暮坂慎也の任意出頭を検討した。暮坂が、いつ、どうやって浅川の存在を知り得たかというネックは突破されていなかったが、軍司の死体が発見されてみると、暮坂を無視できないという大上の意見が有力になった。

ともかく暮坂に出頭を求めようということに決定した。

第十一章　同じ屋根の下の正体

1

捜査本部から所轄の地元署まで出頭要請を受けた慎也は、いやな予感がした。前回モンブランの確認を電話で求められたときとは、どうも様子が違うのである。東京から刑事が出張して来ていた。任意だとは言うが、拒絶できない押しつけがましさがある。

ともかく出頭の求めに応じた慎也は、自分にかけられた容易ならざる容疑に仰天した。

彼は昨年十月三十日の夜、どこでなにをしていたかと問われた。

「なんだかアリバイを聞かれているようですね」

慎也は鼻白んだ。

「お気を悪くなさったら許してください。多少とも関係のある方にはお尋ねしていることです」

モンブランの確認のときに顔馴染《かおなじ》みになった牛尾という刑事が穏やかな表情で言った。

「関係というと浅川という人が殺された事件ですか」

浅川殺しならば、被害者が父の遺品を持っていたのであるから、多少の関係がある。

「それもあります」

牛尾の口調に含みがあった。

「十月三十日の夜はもちろん家におりましたよ」

「それを証明できますか」

「自分の家にいましたので、母と妹が知っています」

「ご家族の他にどなたかいらっしゃいませんか。訪問者とか、電話をかけてきた人とか」

「家族の証言では弱いということですね。ちょっと待ってください。昨年の十月三十日とおっしゃいましたね」

慎也におもい当たることがあった。牛尾がうなずいた。

「ちょうどそのころ叔母《おば》が客に来て家に泊まっていたとおもいます。しかしこれも身内ですね」

慎也はおもいもかけなかった疑惑に当惑していた。

「いや、おばさんがおられたのならけっこうです。そのおばさんの電話番号とご住所をおしえておいてください。お尋ねついでにもう一つお尋ねしますが、今年の一月二十一日ごろはどちらにおられましたか」

牛尾はこだわらずに次の質問に移行した。この日以後軍司が消息を絶ったのであるが、当日に軍司が殺害されたとはかぎらない。

犯行日が確定されていないので、言葉どおり「ついで」の質問である。だが慎也はその日の意味を知らなかった。

「その日はちょうど上京しておりました」

慎也が答えたので、室内の空気がザワッと揺れたようである。聴取の補佐をしている若い刑事が身じろぎをしたらしい。

「ほう、上京してどちらにおられました」

牛尾は平静な口調で問うた。この刑事だけが冷静な目で慎也を見てくれているようである。

「仕事で上京して、仕事関係の人に何人か会い、夕方から、ある女性と新宿のホテルで食事をしました」

「その女性の名前はおしえてもらえますか」

「べつに迷惑はかけないとおもいます。おそらく刑事さんもご存じの女性だとおもいます」

「ほう、我々が知っている」

「沼袋のスーパー『福助』でレジ係をしている宮地由起子という女性です。浅川の現場に落ちていたレシートを打った女性です」

「ああ、宮地由起子さんなら知っていますよ。捜査にたいへん協力してもらいました。なぜ彼女に会ったのですか」

慎也は宮地由起子とのいきさつを全部語った。刑事の表情が素直な驚きを浮かべている。

「そんなことがあったのですか。それは奇遇でしたな。この広い東京で偶然出会うなんて宝くじに当たる確率より少ない。縁があったのですな」

牛尾がゆったりと笑って、

「ご迷惑をおかけしました。一応関係者には職務上、すべて当たらなければならないのです。どうぞお気を悪くなさらないでください」

と詫《わ》びた。どうやら警察の疑惑は解けたようである。

2

暮坂慎也が引き取った後で牛尾は、

「暮坂はシロだね。一応ウラは取るが、彼は浅川や軍司となんのつながりもない。その存在すら知らない人間を殺すことはできない。仮に存在を知っていたとしても、浅川が父親の金を奪った人物かどうかわからないんだ。いくら気の短い犯人でも、そんな曖昧《あいまい》な殺人はしないよ」

「暮坂を疑うのは、やはり無理ですかね。暮坂を〝最後の関係者〟としてマークしたんだが」

大上が未練げに言った。大上の着眼そのものは悪くない。だが、暮坂が浅川と軍司の存在を知り得る位置にいないのである。

「ちょっと待ってくれよ」

牛尾が目を光らせた。

「なにかありましたか」

大上が牛尾の眼光を探った。

「暮坂という名前にどうも引っかかりがあるような気がしてならなかったんだが、いまふとおもいだした。昨年九月ごろだったとおもうが、多摩川の河原の放置車に女の死体が乗っていたという事件があっただろう」

「ああ、そんな事件がありましたね」

「あの事件、狛江の管轄だったとおもうが、まだ犯人は挙がってなかったな」

「あの事件がどうかしました」

「あのガイシャの名前がたしか暮坂だったよ」

「あ」

大上の表情が改まった。

「偶然の一致かもしれない。だが暮坂という姓は珍しい部類だ。暮坂慎也とあの女との間になにかのつながりがあるか調べてみる価値はありそうだね」

もし両者になんらかの関連があれば、暮坂慎也は二つの殺人事件、軍司を加えれば三件の殺人事件の〝関係者〟ということになる。

「早速、狛江に照会してみましょう」

狛江署に照会して、被害者が暮坂慎也の妻であったことが確かめられた。

「これは意外な展開になりましたね」

大上の表情が緊張した。

「問題は暮坂の細君殺しと軍司と浅川殺しの間に関連があるかどうかだね」

「モーさんはつながっていると考えますか」

「まだなんとも言えないな。だが無視はできないね」

「狛江の殺しはまだなんの手がかりもつかめず捜査は膠着《こうちゃく》状態ということです」

牛尾の発見は捜査本部を緊張させた。早速狛江署と連絡が取られ、両者初の会議がもたれた。まだこの時点では両件の関連が不明なので、情報交換会議の色彩が強い。

狛江署から来た石井刑事が事件のあらましを説明した。

「犯人は被害者と面識のある人間という見込みの下に、被害者の身辺を洗ったのですが、ついに怪しい人物は浮かび上がりませんでした。亭主のアリバイも当たりましたが、犯行時間帯の完全なアリバイが成立しております。また亭主には妻を殺すべき理由がまったくありません。被害者は新婚半年でした。結婚前、銀座のクラブ『花壇』の売れっ子ホステスでしたが、身持ちが固く、特定の男が浮かび上がりません。男関係を秘匿していたのかもしれません。

ただし、関係はまったく証明されていませんが、亭主が一人だけ気になる男がいると言ってました」

「気になる男？」

「水間達彦という作家です。被害者が生前読んでいたという本の作者です」

「愛読者だったのですか」

「それが、愛読者というのでもなさそうです」

石井は暮坂慎也から聞いた『冬の虹《にじ》』のいきさつを話した。同書を読んでいた妻を見て、暮坂が自分も読もうかと言ったところ、彼女は読む必要はないと答えて、その本を隠してしまった。『冬の虹』は『女精《めしょう》』を書き訂《なお》したものであるが、『女精』のモデルの女性が『冬の虹』では数人の登場人物に分割されていたという。

「その話、ちょっと気になりますな」

「私も気になりましたので、被害者と水間のつながりを調べてみました。二人の間に直接のつながりはありませんでした」

「直接のつながりがないというと」

石井の言葉には含みがあった。

「暮坂の細君が結婚前住んでいたマンションに水間も住んでいたのです」

「それは大きなつながりじゃありませんか」

一同が騒《ざわ》めいた。

「実際に住んでいたのは水間ではなく、彼の名義でいや彼が偽名で部屋を借り、女を囲っていた模様です。ですから直接のつながりはないと申し上げました」

「水間の愛人は現在そのマンションに住んでいるのですか」

「とうに引きはらっております。女の名前もわかっておりません。水間すらはじめ正体がわからなかったのを、暮坂の細君が水間の顔を知っていて管理人におしえたのだそうです」

『冬の虹』、いや『女精』のモデルというのが、水間がマンションに囲っていた愛人なのでしょうか」

「その可能性は大きいでしょうね」

「水間はなぜ一人のモデルを数人に分割したのでしょう」

これは慎也が抱いた不審でもある。

「そのこと自体には不審はありません。作家が実在のモデルに迷惑をかけないために、数人のキャラクターに分けたり、歪形《デフオルメ》したりする例は珍しくありませんから。ただ、水間が囲っていたという愛人がまったく幻のように実体が感じられないのです」

「マンションで人形のように水間に愛玩《あいがん》されていたのですか」

「名前も、どこから来て、どこへ行ってしまったのかもわかりません。住んでいた期間も約半年で、まことに霧のように曖昧模糊《あいまいもこ》としております」

「水間としてはその女とつき合っている事実を秘匿したかったのでしょうな。だからモデルがわからないように『女精』のヒロインを『冬の虹』で数人に分割した」

「だが少なくとも『女精』を書いていた時期には分割する必要がなかったとおもわれます。『女精』を発表後、作者とモデルの間になにかまずい事情が発生して分割せざるを得なくなった。その間に水間は部屋を引きはらい、モデルはどこかへ行っております」

石井の表情がその意味を問いかけるように一同を見まわした。

「その後、暮坂の細君が結婚し、そして多摩川で死体となって発見されたというわけですな」

「そうです。時間的に整理してみますと、水間が愛人をマンションに囲ったのが三年前の九月下旬から一昨年《おととし》の三月下旬まで。愛人はそのころマンションから見えなくなりました。一方、暮坂の細君は大学生時代から同じマンションに住んでいて昨年春、暮坂と結婚するために引きはらっております。その間半年は水間の幻の愛人と同じマンションの屋根の下に暮らしていたことになります」

「水間に出会ったかもしれませんね」

「同じ屋根の下ですからね。だから水間の正体を知った」

「水間は暮坂の細君に正体を知られたということを知っていたでしょうか」

「細君が話しかけていれば知っていたでしょう。話しかけなくとも、彼女の反応から悟っていたでしょう」

いつの間にか議題が水間達彦に絞られている。それだけ一座の関心が水間に集まっていたのである。

「石井さんは、暮坂の細君殺しと水間達彦の間に関連があるとお考えですかな」

那須警部が討議の整理役をかって出た。

会議の目的は狛江の事件とこちらの担当事件との間につながりを見つけることであって、暮坂の細君殺しと水間の関連を見つけることではない。だが水間という新たな登場人物が、こちらの事件につながってくる可能性があるのである。

「まだ断定できませんが、私はきなくさいにおいを嗅《か》いでおります。ただし私の嗅覚《きゅうかく》だけではなんともなりませんので、水間が囲っていた模様の愛人の行方を捜しておりましたところ、貴署《そちら》から照会をうけたのです」

「愛人の行方はわかりましたか」

「まだわかりません。水間本人に確かめたいところですが、知らないととぼけられたらそれまでですから。唯一の〃証人〃であった暮坂の細君は死んでしまったし、水間がマンションを借りたことすら確かめておりません。仮に水間が認めたとしても、別れてその後の行方を知らないと言われればそれまでです」

「ちょっとよろしいですかな」

黙って聞いていた牛尾が発言を求めた。

みなの視線が集まった。

「水間の愛人の行方不明に、水間が関わっているとすれば、そしてそのことを暮坂の細君が知っていたとしたらどうでしょうか。あくまでも仮定の話ですが」

牛尾の発言の後、束の間、一座に沈黙が屯《たむろ》した。一同が牛尾の示唆の重大性を測っている。

「つまり、水間が愛人を殺したかもしれないということかな」

那須警部が牛尾の示唆を明確に言いなおした。

「その可能性も考えられるとおもいます。そして暮坂の細君がその事実を知っていたとしたら、水間にとって彼女の存在は脅威だったにちがいありません」

示唆が意外な局面を現わしかけている。

「すると、水間は暮坂の細君殺しに対して無色の位置に立てなくなります」

石井刑事が牛尾の大胆な仮説に驚きの色を隠さなかった。狛江署の捜査本部ではまだ水間をマークしていない。石井がちょっと心にかけた程度であり、それも水間の愛人の行方について犯罪の存在は疑っていない。

「暮坂の細君が水間を恐喝しなかったとしても、彼女の存在そのものが水間の人生に投げかけられた暗雲だったでしょう。彼女ならば水間と面識があったと考えられるし、深夜多摩川に誘い出されたかもしれない。ただし水間と彼女の間に関連があったとしても、我々の事件にはなんのつながりもなさそうです。水間と浅川、軍司。また暮坂の細君と浅川、軍司のつながりが見つかれば、事件は新たな構成をもつかもしれません。それまではあくまでも私の仮説としてお聞きください」

牛尾は自説に謙虚な条件をつけた。

第十二章　放置された秘蔵車

1

牛尾の示唆によって捜査本部は浅川、軍司と水間達彦および暮坂潤子とのつながりの発見を当面の捜査方針として決定した。彼らの間になんらかの関連があれば、三件の殺人事件は一挙に連続する可能性が生じてくる。牛尾説によればさらに一件の殺人（？）事件（水間の幻の愛人を被害者とする）が潜在する可能性があるのである。

その後の捜査によっても、彼らの間にいかなるつながりも発見できなかった。直接の関係はもちろん、間接的にもなんの接点も見出せない。彼らは生活圏すらまったく重なり合わなかった。

暮坂潤子殺しと、浅川、軍司殺しはまったく別件（三件の独立した殺人）として大勢の意見が定まりかけたとき、牛尾が古い車輛《しやりよう》盗難事件を警察の記録の中から引っ張り出してきた。

暮坂武雄の行路病死と三千万円紛失事件は、その後の三件の殺人事件に連なっていないかという発想の下に、古い記録を再調査している間に、その周辺に埋もれていた記録が牛尾の目に留まった。

一昨年三月二十五日、衝突変形痕跡《こんせき》のある一台のBMWが目黒区の路上に乗り捨てられているのを、近所の人が不審を抱いて警察へ届け出た。登録番号から、オーナーに連絡したところ、前夜駐車中に盗まれたらしかった。だが盗難届けを出していない。

そのカーオーナーというのが、水間達彦である。牛尾は自分の発見を大上に伝えた。

「ウルさん、どうおもう。高価な外車を盗まれて被害届けを出していないんだぜ」

「盗まれたという意識がなかったということはありませんか」

「出先で駐《と》めた車が消えていて、盗まれた意識がないということが考えられるだろうか。一時間や二時間じゃないよ。彼が出先だという港区の路上に駐車したのが、三月二十四日の午後十一時ごろ、発見されたのが、翌日の午前十時、目黒区の路上にあまり長く放置されているのを、近くの住人が不審がって届け出てきたんだ。その間まる一昼夜、盗まれたことを気がつかなかったことになるよ。BMWといえば安い車じゃない。雑誌のグラビア写真で見たことがあるが、水間は秘蔵車だとひけらかしていたよ」

「なるほど。秘蔵車にしては、ずいぶんのんびりしてますね」

「それだけじゃない。この盗難車の発生日がいつだとおもう。一昨年の三月二十四日だよ」

「一昨年の三月二十四日……」

大上にはそのことの意味が咄嗟《とっさ》にわからないようである。

「暮坂武雄、暮坂慎也の父親が渋谷区の公園で行路病死した日だよ」

「あっ」

大上もようやくその重大な符合に気づいた。

「放置されていた場所も、暮坂武雄が死んだ公園からあまり離れていないよ」

「なにか引っかかりがありそうですね」

大上の表情が興味をもってきた。すべての事件の〝原点〟ではないかと牛尾がマークした暮坂武雄の急死現場からあまり離れていない地点で、後に暮坂の息子の妻になった女と同じマンションを「借りていた」水間達彦の車が、暮坂が急死した同じ夜に盗まれ、翌日発見された。この関連性を偶然として片づけるか。あるいは必然の糸で結ばれているとみるか。

「水間はなぜ愛車の盗難届けを出さなかったか」

この謎がわかるかと問うように、牛尾は相棒の顔を覗《のぞ》いた。

「盗まれたことを知っていて、届けを出さなかったとすれば……」

「そうだ。水間は盗まれた事実を知っていて、届け出なかったのにちがいない」

「届け出るとなにか都合の悪い事情でもあったのでしょうか」

「それだよ。都合の悪い事情でもなければ、秘蔵の愛車を盗まれて届け出ないはずはない」

「都合の悪い事情とはなんでしょう」

二人のおもわくが脹《ふく》らみつつある。

「例えば車になにか人に見られたくないようなものを積んでいた場合が考えられるね」

「そういえばそんな映画を見たことがあります。車の持ち主が犯罪を実行している間に車を盗まれたというストーリイだった」

「自分がなにか後ろ暗いことをしている最中に車を盗まれたら、被害届けを出せないだろうな。車の存在が、自分の脛《すね》の傷を暴くことになる」

「水間はそのとき、なにか後ろ暗いことをやっていたのでしょうか」

「とりあえず考えられるのは、暮坂武雄との関連だな」

「水間が暮坂にどのように関連するのですか」

「三千万円だよ」

「三千万円……！」

「車に人に見られたくないようなものを積んでいた場合があると言っただろう」

「すると水間が暮坂の三千万円を。まさか」

大上が目の前に張られていた幕を取りはらわれたような顔をした。

「可能性はあるだろう。たまたま暮坂が発作を起こした現場に行き合わせた。大金が目に入って悪心を起こし持ち逃げした」

「その金を車ごと盗まれたというわけですか」

「うん」

「一つわからない点があります。三千万円も積んだまま路上に車を駐めますか」

「それが一つのネックだな。路上に車を駐めても、金はもっていくはずだ」

「金以外の都合の悪いものを積んでいたということは考えられませんか」

今度は大上が謎を問いかけてきた。

「金以外の都合の悪いものか……」

「モーさん、水間の幻の恋人の行方が気になると、会議で言ってたじゃないですか」

「ウルさん、きみは……」

牛尾は愕然《がくぜん》とした。自分の着眼より発したことでありながら、大上の大胆な発想を逆輸入して驚いている。

「もしそうだとすると、これはきわめつけに都合が悪い〝積み荷〟になりますよ。とても盗難届けを出せないでしょう」

「そのとおりだが、それだったら、車が発見されたとき、〝積み荷〟はどこへ行ってしまったのかね」

車が発見されたとき、そんな積み荷があったとは記録されていない。

「車泥棒が始末したんですよ」

「車泥棒がなぜ始末したのかな。盗んだ車の中に死体が積んであったら、たいていびっくりしてその場に車ごと放り出して逃げ出すだろう」

「そうですね」

大上の臆測《おくそく》も、そこから先へ進まない。

「その点は保留して、きみが言うように死体を車泥棒が始末したと仮定してみよう。車泥棒は、死体の犯人をだれだとおもうだろうね」

「それはまず車のオーナーを疑うでしょうね」

「車のオーナーをナンバーや車検証から、車泥棒は知ることができるね」

「モーさん」

大上にも牛尾の重大な示唆がわかりかけている。

「車泥棒にとって車中の死体は車のオーナーに対する絶好の恐喝材料となるとおもわないかね」

「車泥棒がカーオーナーつまり水間を恐喝したというのですか」

「あり得るとはおもわないかね。相手は売れっ子の作家だ。吸い甲斐《がい》のあるカモだよ」

「そのために車泥棒が死体を隠したというのですか」

「うん。そして水間の周辺に格好の車泥棒がうろうろしていたとはおもわないか」

「格好の車泥棒……」

「まさか暮坂の細君が車泥棒では……」

「彼女にも盗めないこともないが、死体を隠してそれを恐喝のタネに使うというイメージじゃないな。もっと格好のコンビがいるじゃないか」

「コンビ……あっ」

大上はようやく牛尾の示唆の先に立つ人間像におもい当たった。

「どうかね。ぴたりとおさまらないかね」

「おさまりますよ。まさに誂《あつら》えたようにね。しかし、浅川と軍司とは気がつきませんでした」

「ぼくもウルさんとしゃべっている間におもいついたんだよ。頭が刺戟《しげき》を受けてね」

「それにしても凄《すご》い発想ですね」

「きみの〝積み荷〟の発想が土台になっているよ。浅川と軍司が水間の車を盗んだ。その車内に水間の愛人の死体が積まれていた。これが普通の車泥棒なら逃げ出すところだが、浅川と軍司は〝積み荷〟の利用を考えたんだ。文字どおりの、そして恐るべき〝廃物利用〟だね。だが彼らは水間を見くびりすぎていた。図に乗って、ついに自分たちの命を失ってしまった——ということになる」

「凄い推理だとおもいますが、その場合、暮坂武雄の行路病死と三千万円の持ち去り、および暮坂慎也の細君殺しとの関連はどうなりますか」

「暮坂武雄が死んだ翌日、車が発見されたというのが気になるが、まだ関連はわからない。連なっているかもしれないし、無関係かもしれない。ただ、言えることは、水間と暮坂武雄とは時間的に接近しており、暮坂慎也の細君とは場所的に接近しているということだよ」

暮坂武雄の行路病死と水間の車盗難は同じ夜に発生しており、暮坂潤子は結婚前、水間が偽名で借りた（未確認）同じマンションに、同時期に住んでいた。

これはこれまでなんのつながりも見出せなかったのに比べて大きな進展といえるだろう。

「これだけ状況が揃えば水間に任意出頭を求められるのではありませんか」

「早速、捜査会議に持ち出してみよう」

牛尾の着眼は捜査本部に波紋を生じさせた。あまりにも大胆な発想であり、見込み捜査に陥る危険を戒める者もいた。

見込み捜査とは先入観による捜査である。捜査官のおもい込みだけで、捜査を誤った方角へ導く危険性が大きい。

「水間の愛人の行方どころか、その存在すら確かめられていないのに、勝手に彼女を死体にして、あまつさえ水間となんのつながりも発見されていない浅川と軍司にその〝幻の死体〟を隠させ、それを材料に水間に恐喝させて、水間を浅川、軍司殺しの容疑者に仕立て上げてしまうのは乱暴すぎる」

という反対意見である。だが、水間が秘蔵車を盗まれて被害届けを出さなかった不審は反対説の者も解けなかった。牛尾説は大胆であるだけに、八方塞がりの捜査本部にとって魅力があった。

「ともかく任意に呼んで事情を聴いてみよう」

那須の言葉が結論になった。なんの手がかりもなかった捜査本部が、ともかく任意取調べの対象をつかんだのである。

2

殺人事件の捜査本部から突然呼ばれた水間達彦は衝撃を隠しきれなかった。平静な態度を維持しているが、内心の動揺を抑えきれない。練達の取調官は、水間の動揺の底に潜んでいる異常な反応を感じ取っていた。初めて捜査本部に呼ばれた者の初心《うぶ》な緊張や不安とは異なる身構えがある。

潔白な者には、緊張や不安はあっても鎧《よろい》で固めたような武装はない。水間には武装があった。

その武装を感じ取ったとき、取調官は牛尾説がかなりいい線を突いている手応えをおぼえた。

「本日はお忙しいところを、突然お呼び立てして申しわけありませんな」

水間の取調べに当たったのは、老練の那須警部である。補佐に、牛尾が当たった。那須が直接取調べを担当したのは、それだけ牛尾説に共鳴しているとみてよい。

まずは世間話でもするように、柔らかく相手の労をねぎらう。

「びっくりしましたよ。警察から呼び出されるような心当たりがありませんので」

水間が内心のおもわくを隠して如才ない口調で答えた。

「潔白な方はどなたもお心当たりがなくてびっくりなさいますよ。捜査の参考までにおうかがいいたしますので、どうぞリラックスしてください。任意のご協力ですから、いつお引き取りをいただいてもけっこうですよ」

「いやせっかく来たのですから、自分でも納得のいくまで協力させていただきます。なぜ呼ばれたのかわからないと気持ちが悪いですからね」

「そのようにおっしゃっていただくとたすかります。まずおうかがいいたしますが、一昨年《おととし》三月二十四日夜、先生はご愛用の車を港区の路上に駐《と》めておいて、盗難にあわれましたね」

「ああ、そんなことがありましたな」

那須の凝視の先で、水間は平静を装って答えた。

「警察の記録に残っております。車は翌日夜、目黒区の路上に乗り捨てられてあるのを発見されましたが、先生はなぜ被害届けを出さなかったのですか」

「だいぶ前のことなので記憶が薄れておりますが、出そうとおもっている間に発見されたのだとおもいます」

「なるほど。しかし盗まれてから発見されるまで約一昼夜経過しています。先生はその車を、雑誌のグラビア写真で〝秘蔵車〟とご紹介されておられましたな」

「そのとき原稿に追われていまして、届けを出すのが億劫《おっくう》になったのだとおもいます。盗難の届けとなると、根掘り葉掘り質問されて、ずいぶん時間を取られるのでしょう。

原稿を仕上げてから届けを出そうとおもっていたのです」

如才ない答えである。記憶が薄れていると言いながら質問された場合に備えてあらかじめ用意をしていたような答えである。

「車に衝突痕跡《こんせき》がありましたが、先生に事故のお心当たりがありますか」

「ありません、車泥棒がどこかにぶつけたのだとおもいます」

「ちょうど先生が『女精《めしよう》』のご執筆を終えられたころですかな」

突然那須の口から『女精』が出たので、水間は一瞬虚を衝《つ》かれたような表情をした。

「さあ、そうでしたかな」

咄嗟《とつさ》に立ち直ってとぼけようとしたところへ、

「まちがいありません。私も雑誌で愛読しておりました。次号が待ち遠しかったものです。あの作品には我々年配の者にとって切実な問題がありました。あのヒロインがなかなか魅力的でしたな」主人公に丹精されて、化けていく過程がなんともいえない」

那須は、水間を呼ぶ前に
「私としては仕上がり感がよくなかったので脱稿後、出版をためらった作品です」

水間はあまり話題にしたくない様子である。

「えっ、あの素晴らしい作品が、仕上がりがよくなかったのですか。私は実に見事な作品と拝読いたしましたが。先生は、『女精』を『冬の虹』と改題されてご出版なさいましたが、『女精』の魅力的なヒロインの性格を、『冬の虹』では数名の女性に分割されたのは、なにか特別な意図がおありだったのですか」

「特別な理由はありません」

「ほう、特別な理由もなく、あの魅力的なヒロインを数人の女性に分けてしまうというのは、私のようなヒロインのファンにとってはまことに残念でした。私は年甲斐《としがい》もなく、あのヒロインに恋をしておりましたよ。あのような女性にめぐり逢《あ》えたなら、男冥利《おとこみょうり》に尽きます。先生、『女精』のヒロインにはモデルがいるのですか」

「べつにおりません。あんな女は実在しません。私の空想の産物です」

話題がますます水間の敬遠したがっている方向へ行くようである。

「ヒロインは空想の産物だったのですか。作家の想像力とは凄いものですな。とうてい想像の人物とはおもえない生々しさがありました」

那須が驚いた表情をしてみせた。

「あの程度の人物を造形できなくては、プロの作家をやっていけません」

「厳しいのですな。先生が『女精』を執筆されていた時期に、南麻布のマンションに仕事場を構えておられたでしょう。私は、そこに一時期住んでいた女性がモデルかとおもいました」

那須はぐさりと核心の一つに斬り込んだ。水間は蒼白《そうはく》になった。警察がそこまで調べているとはおもわなかったようである。水間の反応は、牛尾説（から派生した大上説）を裏書きするものでもある。

「わ、私は、南麻布に仕事場など構えていませんよ」

水間はようやく反駁《はんばく》した。

「おかしいな。管理人が先生をたしかに見ているのですが」

那須は首を傾げた。

「他人の空似じゃありませんか。このごろ作家の偽者が出て、迷惑をするのです。被害をうけた読者がよく本物に苦情を言ってくるので、困ってしまうことがあります」

「偽者ねえ。しかし『女精』のヒロインが住んでいた南麻布のマンションは、まさに先生の偽者が借りたというマンションそのものですよ」

「そ、そ、それはきっと私が麻布という土地柄が好きなので、たまたまそういう相似になったのかもしれない」

水間の言葉が滞った。

「これも他人ならぬ、他の地の空似ですかな」

那須が皮肉っぽく言った。

「麻布はよく散歩して地理や土地の事情はほとんど頭に入っております」

「きっと先生の麻布好きを知っている偽者が、先生の作品世界に浸ろうとして借りたのかもしれませんな」

那須はこだわらずにさらりと言うと、

「偽者が借りたという南麻布三丁目のマンションの仕事部屋に若い女が住みついており

ました。実はその女性が一昨年三月下旬から急に姿を消してしまったのです。先生の偽者もほぼ同じ時期に部屋を引きはらっております。それが先生の愛車が盗まれた日と同じころなのですが、なにか関係があるのでしょうか」

「関係あるわけないでしょう」

水間はこれまで抑えていた感情を一気に現わしたような強い声を発した。怒気が面に現われている。

「ほう、関係はございませんか」

那須が仏像のように無表情な面を向けた。

「関係ありません。私はもともとそんな女を知りません。知らない女がいつ部屋を引きはらってどこへ行こうと、私にはなんの関係もありません。たまたま同じ時期に重なっただけです」

水間はうっかり怒色を現わしたことを悔いるように、語気を抑えて言い訂《なお》した。

「そうでしょうなあ。たまたま同じ時期に重なり合っただけなのでしょう。これだけ夥《おびただ》しい人間が住んでいる東京ですから、偶然そのような符合があってもおかしくない」

那須はむしろ水間を弁護するような口調で言うと、

「ところで先生は、浅川真という男をご存じですかな」

と質問の鉾先《ほこさき》を急転回させた。

「あさかわ？　いや知りません。その人がどうかしたのですか」

今度は意志の力で平静を装っているのか、特に動揺や反応は見られない。

「ご存じなければよろしいのです。それでは軍司弘之は」

「知りませんよ」

「ご存じない」

那須の凝視を昂然《こうぜん》とうけて、

「知っているはずがないではありませんか。いま初めて聞いた名前です」

「それではついでにお尋ねしますが、昨年十月三十日午後十一時ごろから未明にかけて、どちらにおられましたか」

「昨年十月三十日ですか」

水間が不安げに那須の顔色を探っている。

「そうです。月末のころは作家の先生方は締切りに追われてお忙しいと聞いておりますが、当時執筆されていたお作品を想い起こされれば、おもい出せるのではありませんか」

那須は水間が時間の経過を口実に逃げられないように、やんわりと追いつめて行く。

「ちょっとメモを見てみます」

水間は手帳を取り出した。その手つきがしっかりしている。それを見たとき牛尾はおや？とおもった。那須が問うた日の意味を訝《いぶか》ることもなく手帳を繰った水間に違和感をおぼえたのである。ふつうはなぜそんなことを聞くのかと問い返すものである。

牛尾は水間の態度にその質問をされることを予想して、答えを用意していたように感じた。

「ああ、ありました。十月三十日は雑誌の締切りに追われてホテルに缶詰になっておりました」

案の定、該当する頁を探り当てた水間は読み上げるようにすらすらと答えた。

「ホテルに缶詰。どちらのホテルに」

「新宿の帝都プラーザに」

那須の窪《くぼ》んだ眼窩《がんか》がきらりと光った。帝都プラーザなら、浅川真が殺されたメトロホテルの隣りに建つ超高層ホテルである。歩いても数分の距離である。

「そこに一人で缶詰になっておられたのですか」

「いいえ、一人では脱《ぬ》け出して遊んでしまうので、担当編集者が監視役として貼りついていましたよ」

「ずっと同じ室内で貼りついていたのですか」

「十月三十日午後五時ごろチェックインして翌朝十時にチェックアウトするまで、ずっと貼りついていましたよ。締切りぎりぎりだったので、一晩徹夜して四十枚書き上げ、翌朝、編集者に渡しました。私もめったにああいうハードな仕事はしないので、よく憶《おぼ》えています」

「その間一睡もしなかったのですか」

「私は一睡もしませんでした。眠ると、もう、起きられなくなるのがわかっておりますから」

「一晩に四十枚とは凄《すご》いものですな。我々はたった一、二枚の調書を書くのにも四苦八苦しておるのに」

那須の表情には素朴な感嘆の色がある。これは彼の特技の一つである。取調べ中でも相手の供述に共鳴や感嘆することがあれば、素直に反応する。それがつい相手の警戒の鎧《よろい》を緩めさせてしまうのである。

「我々の同業には一晩に百枚くらい書くサムライもおりますよ」

水間が聞かれもしないことを答えた。那須のペースに乗りかけている。

「先生がご執筆中、編集者もずっと起きていたのですか」

「多分ね。うっかり寝ると、私がいつ逃げ出すかわかりませんからね。作家がうんうんうなりながら書いているかたわらで編集者は眠れませんよ」

もしそれが事実であれば、水間の浅川殺しに対してのアリバイは成立したことになる。被害者の殺されたホテルの隣りのホテルに居合わせても、一晩中、編集者にピタリと貼りつかれていては、脱け出せない。

だが同じ夜、犯行現場の隣りのホテルに居合わせたという事実は見逃せない。編集者がうたた寝をしている隙に現場まで往復したかもしれないし、編集者が共謀の可能性も考えられる。

だが那須も牛尾も水間の口調から編集者が共謀ではないと直感した。水間はこのアリバイに自信をもっている。だがアリバイに自信があるということは、後ろ暗さをかかえていることの傍証でもある。

「それにしても先生は、昨年のメモをいつも持ち歩いておられるのですか」

那須に指摘されて、水間は確固たるアリバイに安んじて、いい気になりすぎていたのを悟ったようである。

「現在執筆中の作品に、昨年のメモが必要だったので持っていたのです」

際どいところで言い逃れた。

「そうですか。実際、小説を書いておられると、なにが必要になるかわからんでしょうからな。ついでにもう一つお尋ねします。昨年の九月二十七日の夜はどちらにおられましたか」

これは暮坂潤子が殺害された時間帯である。

「九月二十七日……しかしさっきからなんだかアリバイのようなことばかり聞いているが、いったいぼくがなにをしたというのですか」

水間はようやく気がついたようである。堅牢《けんろう》なアリバイに陶酔して、最初に発すべき質問を忘れてしまったようである。

「さしつかえなければ、ご協力いただけませんかな」

那須が茫洋《ぼうよう》たる表情で問うた。

「その日にどんな意味があるんですか。失礼じゃないか。いきなり警察に呼びつけて、アリバイを聞くなんて」

「アリバイとは申し上げておりませんが、一応関係者にはすべてお尋ねしております」

「関係者だと!? ぼくは警察から呼び出されるような事件には関係していない」

水間が憤然と色をなした。那須と牛尾は水間の反応に彼が暮坂潤子殺しに対してアリバイがないと察した。

「先生、無関係とは言えませんぞ」

那須の声が改まった。窪んだ眼窩の底から、強い眼光が一直線に水間の目の奥に射かけられている。水間は迫力に圧《お》されてたじたじとなった。

「どんな関係があるというのだ」

水間が肩をそびやかした。

「先生の偽者といわれる男が、マンションに女を囲い、彼女が消息不明になっておるのです。都会で蒸発した者の約三分の一は殺人事件の被害者となっていると考えられるのです。マンションの管理人は先生ご本人と信じているようです。会えば偽者か本物かわかると言っておりますよ。まあこれも有名税だとおもってご協力いただけませんか」

言葉遣いは丁寧だが、いやだと言えば管理人に面通しさせるがどうだという含みがある。

「九月二十七日は特にメモに書いてない。多分家にいたとおもう」

水間は仕方なく答えた。「管理人に面通し」が効いたようである。

「ご在宅中に訪問者や電話などはありませんでしたか」

「訪問者はなかったとおもうが、電話は何本かあったんじゃないかな」

「どなたからですか」

「いずれも出版関係だよ。しかし九月二十七日だったか、よく憶えていない」

「名前を憶えておられますか」

「B社の安田《やすだ》君とN社の大前《おおまえ》君とS社の山崎《やまざき》君なんかがかけてきたようにおもうが、はっきりしない。電話まで一々メモをしておかないからね」

「大事な内容ならメモするんじゃありませんか」

「メモがないので、日常業務的な連絡だったとおもう」

「その件はそれくらいにして、先生は暮坂潤子、当時は三上潤子という名の女性をご存じではありませんか」

「みかみじゅんこ？　いや知らないね」

再々度鉾先《ほこさき》が変わった質問に、水間は反応を示さない。反応を意志的に抑えているようでもない。

「先生の大ファンでしてね。南麻布のマンションで先生の正体を、いや偽者の正体というべきなのですかな。偽者が偽名を使っていたのを見破ったのですが、彼女も先生ご本人とおもったようで、偽者とは気づかなかったようです。ややこしいですな。つまり化けの皮を二枚かぶっていて一枚だけ剝《は》ぎ取ったが、あと一枚はさすがの彼女も見破れなかったようです。それだけ偽者がよく似ていたのですな」

「そのみかみなんとかがどうしたのかね」

水間はじれったくなったようである。

「昨年の九月二十九日、多摩川の河原で他殺体となって発見されました」

「他殺体……ぼくには関係ない。そんな読者の名前は聞いたことがない」

水間は三上潤子殺害容疑のアリバイを聞かれたと悟って激しく否認した。

彼女が殺されたと聞いて愕然《がくぜん》とした様子である。

「先生のファンでしたので一応お尋ねしたのです」

「ファンが死ぬたびに疑われていたのでは、作家はたまらないよ」

「偽者が借りていた同じマンションに住んでいたファンはそんなに何人もいないでしょう」

那須に皮肉っぽく切り返されて、

「とにかくぼくはそんな女性は知らない。ぼくには一切関係ない」

「彼女は生前、『女精』のモデルは、先生の偽者に同じマンションに囲われていた女性だと証言していましたよ」

那須ははったりをきかせた。

「そんなことは読者の勝手なおもい込みにすぎない」

また水間の声が激してきた。

「先生、そんなに興奮なさることでもないでしょう。読者がそのようにおもい込むなんて作者にとって嬉《うれ》しいんじゃありませんか。それだけ先生の人間造形がリアルで、読者が感情移入した証拠です。彼女がそのように証言しようといっこうにかまわないじゃありませんか。それとも彼女に証言されると都合の悪いことでもあるのですか」

那須が皮肉っぽく水間の顔を覗《のぞ》き込んだ。

「なにも不都合なことなんかない。ぼくは帰らせてもらう。不愉快だよ」

水間が席を蹴《け》って立ち上がったときは、聞きたいことのほとんどすべてを聞いていた。

3

あと軍司弘之が殺害された時間のアリバイが残っていたが、これは犯行時間が確定されていない。アリバイを問いたくとも、犯行時間が茫漠《ぼうばく》としていた。

水間が帰った後、同人の供述を検討するために会議がもたれた。まず取調べの補佐にあたった牛尾の意見が求められた。

「私の印象ではクロです。まず言動から推しても不自然な点が多い。彼はマンションの管理人との面通しを恐れています。ということは、マンションを借りた事実を秘匿したい事情があることを問わず語りに語っています。つまり彼が女を囲っていた事実を伏せておきたいのです。

なぜ伏せたいのか。彼は独身であり、愛人を何人かかえていようと家庭が破壊されることもなければ、社会的地位に影響を受けるわけでもありません。また同女が行方不明になろうと、手を切った女であれば、なんらさしつかえないはずです。結局、同女の行方不明に彼が深く関わっていることを暗に示しています。

また、浅川殺しのアリバイに関して自信をもっていたことは、彼がその事件に関わっている傍証とも考えられます。浅川に対しては計画的でおそらく入念にアリバイを用意したのでしょう。これから供述のウラを取りますが、アリバイの証人は信頼できるとおもいます。それに反して暮坂潤子殺しにはまったく反応せず、アリバイもありませんでした。

さらに軍司殺しについては、水間が関わっているかもしれませんが、少なくとも浅川殺しのように計画的ではありません。もしアリバイを用意していたとすれば、死体を隠してしまっては、せっかくのアリバイが用をなさなくなります。墓に死体を隠した手口も一見巧妙のようでいて、切羽つまっての苦しまぎれの隠し場所の観がします。あちこち物色しながら墓地に来て、咄嗟《とっさ》にそこに隠してしまったということではないでしょうか。つまり犯人にとって軍司殺しは予期せざる殺人という色彩が濃厚に感じられます」

牛尾の意見は取調べの結果を要領よく総括していた。那須は我が意を得たりというようにうなずいて、

「水間を呼ぶ前は、彼と浅川を結びつけるのは、やや強引にすぎるきらいがあった。だ

が水間の取調べによって、両人の間になんらかの関係があるという心証を得た。犯行現場のすぐ隣りのホテルに犯行の夜、居合わせたという事実は無視できない。これで水間のアリバイのウラが取れて、完全にアリバイが成立すれば、どこかにトリックがあるにちがいない。これより鋭意、アリバイの裏づけ、また水間の幻の愛人の行方を捜査したいとおもう」

那須が牛尾の意見を補った後、那須班の山路《やまじ》部長刑事が発言した。

「水間の幻の愛人の行方ですが、彼女が殺されたと断定するのは、まだ早計だとおもいます。たとえば、彼女が妊娠したために、水間の独身イメージが損なわれるのを嫌って、人目につかない所で出産させたというようなケースも考えられます。もしそうなら、浅川、軍司に死体を積んだ車を盗まれて、恐喝されたという仮説は成り立たなくなります。車の盗難届けを出さなかった理由についての水間の申し立てには、一応の説得力があるとおもいます。原稿に追われている流行作家なら原稿が仕上がってから届けても、不思議はないとおもいます」

山路の発言は、牛尾説（大上説を含む）の痛いところを突いていた。車が〝危険な荷〟を積んでいなければ牛尾説は成り立たなくなる。

「山路さんの意見ももっともだとおもいますが、出産のためならとうに出産しているはずです。そんなに長い期間、母子を隠し通すというのは無理ではないでしょうか。牛尾刑事が言ったように、水間は独身イメージが損なわれても作家生命になんら影響はないとおもいます。それより妊娠させた女性を世間から隠したことが露見したときのほうが、社会的に糾弾されるのではないでしょうか。私はやはり幻の恋人の身辺になにかの異変が生じて、水間がそれに深く関わっているとおもいます」

那須班の横渡《よこわたり》刑事が牛尾説を支持した。

「水間を暮坂潤子殺しと無関係とするのは、時期尚早ではないでしょうか。水間にとって正体を悟られた潤子の存在は脅威であったとおもいますが」

那須班の河西《かさい》刑事がべつの視点から反駁《はんばく》した。

「この点はもっと掘り下げる必要があるとおもいますが、水間の正体を察知したのは暮坂潤子一人ではありません。マンションの管理人も知っていたし、他にも知っていた住人がいたかもしれない。水間が潤子一人を殺す意味はないとおもいますが」

大上が発言した。

「潤子だけが、水間と愛人の関係について重大なことを知っていたかもしれない」

「それにしても潤子が殺されたのは、愛人が姿を消してから一年半以上も後です。その間なにをしていたのでしょうか」

「愛人の蒸発後ということであれば、浅川、軍司はさらに後になるが。その間ずっと恐喝を加えていたとは考えられないだろうか」

「もし彼らが水間を恐喝していたとするならば、それこそ一人ずつ間隔をおいて殺害するのはナンセンスです。浅川、軍司の間には人間関係がありますが、この両人と潤子の間にはなんのつながりもみられません。また潤子殺しの手口と、浅川、軍司殺しの手口は明らかにちがっております」

意見は分かれたが、まだ水間の供述に基づいているだけの議論なので、今後の裏づけ捜査によって、どのような局面が展開するかわからない。

第十三章　アリバイを連絡するドア

1

ともかく水間の任意取調べによって、彼に対する本部の心証が悪くなったことにおいては一致していた。早速供述の裏づけが行なわれた。水間が証人として挙げたN社の担当編集者、大前は水間の言葉を裏づけた。

「たしかに十月三十日は新宿の帝都プラーザホテルに水間先生を缶詰にして私が原稿が仕上がるまでべったりと貼りついていましたよ」

大前は断言した。

「夕方五時ごろにホテルに入り、翌日午前十時に出発するまで徹夜で書きつづけたということですが、その間、ずっと先生と一緒におられたのですか」

「そうです」

「その間、食事などでちょっと部屋から出たことはありませんか」

「食事はルームサービスを取りましたので、まったく部屋から出ておりません」

「作家の先生によっては、そばにだれかがいると書けないという人がいるようですが、水間先生はそのようなことはないのですか」

「水間先生は執筆は一人を好まれます」

「それなのになぜ、ずっと貼りついておられたのですか」

「貼りつくと申しましても、同じ部屋にべったりいるわけではありませんよ。隣りの部屋に待機していたのです」

「隣りの部屋！」

水間の口吻《こうふん》では同じ部屋にいたということであった。隣室なら隣接のメトロホテルまで往復する時間を稼ぎ出せそうである。

「スイートの中の応接部屋のほうに私がおりまして、先生は寝室のほうで執筆しておられました」

「スイートというのは寝室や応接間やVIP護衛用の部屋などが組み込まれている合成部屋のことですね」

「そんな豪勢なスイートではなく、寝室プラス応接間がセットになっているセミスイートです」

「寝室のほうから外へ出入りできますか」

「できません。応接間のほうに廊下に面したドアがありますので、必ず応接間を経由することになります」

「すると、先生が外へ出るためには必ずあなたの目に触れることになりますね」

「そうです。仮に私の目を潜って脱出したとしても帰って来られません」

「それはなぜですか」

「私がキイを預かっていたからです。デスクの引出しに入れておきました。先生はキイの在り場所を知らないはずです。ドアはオートロックですので、私に開けてもらわなければ入れません。そんなことはありませんでした」

「ホテルのスペアキイを借りたとしたらどうでしょう」

「それはホテルに聞いてみなければわかりませんが、どうしてそんなことをするのですか」

「その夜はずっと起きておられたのですか。十七時間も一睡もされなかったのですか」

「先生から寝《やす》むように言われましたが、隣りの部屋でうんうんうなりながら仕事をしておられるのに、私だけが寝るわけにはいきません。かねて読みたいとおもっていた本を何冊か持ち込んで読んだり、有料テレビの映画を見たりしていました」

「時々水間先生の様子を見ましたか」

「執筆中覗《のぞ》かれると気が散るので、先生のほうから声をかけるまではノータッチにしてくれと言われておりました」

「水間先生が声をかけたことはありましたか」

「午前一時ごろに眠けざましにコーヒーをルームサービスで取ってくれないかと頼まれました」

「午前一時ですか」

ちょうど犯行時間帯の最下限にあたる。水間がなんらかの方法を用いて部屋を脱《ぬ》け、犯行を終了してホテルへ戻って来てから、アリバイを確立するために自分の姿を大前に確認させたのかもしれない。

「コーヒーのルームサービス前は、何時ごろ声をかけましたか」

「午後八時ごろ応接室で一緒に、これもルームサービスの夕食を摂《と》った後、先生は寝室に閉じ籠《こも》られました」

「すると八時に夕食を摂った後、午前一時までの間はノータッチだったわけですね」

この間に犯行時間はすっぽりと入るのである。

「そうです」

「でも隣りの部屋なら気配でわかるでしょう。執筆している姿も見えるでしょう」

「境のドアを閉めていましたから、姿は見えませんよ。作家はたいてい執筆している姿を見られるのを嫌います」

「よく雑誌のグラビアに作家の執筆中の姿が写っていますが」

「あれは読者サービスのヤラセです」

「缶詰になった部屋番号は憶《おぼ》えていますか」

「いま憶えていませんが、ホテルを調べればわかるとおもいます」

「水間先生はよく缶詰になるのですか」

「そのときが初めてです。缶詰というのは一社がその作家を独占するために使う手なのですが、最近はほとんど廃れてしまいました。あっても作家が自主的に行なう缶詰ですね。ホテルの部屋は小説執筆用につくられておりませんので」

「水間先生を缶詰にする必要があったわけですか」

「いや、あのときは会社が申し出たわけではなく、先生のほうから家では気分が乗らなくて書けないので、ホテルに缶詰になりたいとご自分からおっしゃられたのです。一人だと意志が弱くて脱け出してしまうので、私に張り番をしてくれということで、私が付いたのです」

「そうだったのですか。それでホテルはあなたが予約をしたのですか」

「いえ、先生が予約をされ、部屋もご自分で決めておられました」

「自分で決めた！」

「支払いも自分でされました」

「それではいわゆる自主缶詰ですな」

「そういうことになりますね」

「自主缶詰をする必要があったのですか」

「私どもの雑誌の締切りは月初めの五、六日ごろなので、まだ多少余裕はありましたが、早く原稿をいただければそれに越したことはないので、自主缶詰歓迎です」

「水間先生は速筆ですか」

「いや遅筆のほうです。一時間精々一、二枚です。一晩完徹して四十枚というのは、あの先生にとっても記録じゃないでしょうか。朝の七時ごろには仕上がったとおっしゃってましたから正味十三、四時間で四十枚書いたことになります。私もびっくりしましたよ」

「あらかじめかなり書いてあって、残りをホテルで仕上げたということはありませんかね」

「いいえ。家では気分が乗らなくて書けないとおっしゃってましたから、ホテルで全部書いたとおもいます」

裏づけ捜査を進めるほどに怪しげな状況が浮かんできた。

だが大前が嘘を言ってないかぎり、大前の目をごまかして部屋から脱け出すことは不可能である。そして大前が嘘をつく必然性はなにもない。水間のアリバイ工作を完全にするためには、大前が信頼すべき証人でなければならないのである。

大前から水間の供述のウラを取った牛尾と大上は帝都プラーザホテルへ向かった。水間が自主缶詰になった〝現場〟を確認するためである。

帝都プラーザホテルは、新宿新都心に林立する超高層ビル群の嚆矢《こうし》で、地上五十二階の本館に最近竣工《しゅんこう》した新館タワー四十八階が忠実な従者のように侍《はべ》っている。メトロホテルはこれに隣接した敷地に六十階の超高層を以《も》って妍《けん》を競っている。両ビルの間を常にビル風が吹き抜けている。早春の冷たい風が刑事の体温を根こそぎ奪い取るかのように襲いかかってきた。強い風圧がうっかり歩いていると、身体をよろめかせる。

ホテルに出入りする人たちはこの〝風狭間《かぜはざま》〟を歩くうちに髪や衣装が乱れてしまう。折りから卒業シーズンで謝恩会からの帰途でもあるのか、華やかな振袖《ふりそで》に着飾った娘たちが、裾《すそ》を強風に取られて悲鳴を上げた。

ようやく帝都プラーザホテルに着き、フロントで用件を伝える。フロントマネージャー（F・M）が出て来て、慇懃《いんぎん》無礼な表情にあからさまに迷惑げな色を浮かべた。警察の立ち入りは客商売にとって常に迷惑なのである。だが警察の要請となると拒否できない。宿泊記録を調べて、たしかに昨年十月三十日同館４４２３号室に水間達彦が宿泊した事実を認めた。

ちょうど同室が空いていたので、見せてもらうことにした。標準よりやや広めのツインルームに、応接室が付いている。バス、トイレットルームもユニット式ではなく、豪華な感じである。廊下には応接室のドアから出入りするようになっているために寝室が奥まった感じである。応接室と寝室の間にはコネクティングドア（内扉）があり、寝室がサイドからロックできるようになっている。つまり廊下サイドからは二重のロックによってプライバシーが保証されることになる。

窓は固定式《ハメコロシ》になっている。青みがかった遮光ガラスの外に東京の街衢《がいく》が海のように広がって見える。

応接室には窓際にデスク、ティーテーブルを囲んで革張りの長椅子とシングルソファが二脚、背もたれのないストール型ソファが一脚配されている。応接室のデスクは広々としており、採光、布置、照明などに配慮が行き届き、寝室にある化粧テーブルよりもはるかに執筆に適している。

大前は応接室の長椅子に横たわって、仮眠を取ったかもしれない。その間そっと脱出するのは可能であったであろう。だが帰って来たとき、眠っているという保証はない。完全なアリバイ工作が必要なとき、そんな危険な不確定性に賭《か》けたとはおもえない。

そうだ、重要なことを忘れていた。大前の目をなんとかかすめて脱出できたとしても、キイをもたない水間は部屋へ戻れない。

「当夜水間氏はスペアキイを借りませんでしたか」

牛尾は水間が不確定性に賭けたと仮定して質問した。

「スペアキイを出したときは、一々台帳に記入しますので調べてみましょうか」

「おねがいします」

結局、十月三十日夜、4423号室のスペアキイが借り出された記録はなかった。

「おや、これはなんですか」

あきらめかけた牛尾の目が寝室の壁に設けられているドアのようなものを見つけた。壁と同色であったためにこれまで見過ごしていたのである。

「それは隣室《アジョイニング・ルーム》とのコネクティングドアです」

「アジョイニングとはなんですか」

「4423は隣りの4424と合わせてビッグスイートとしても利用できます。大家族

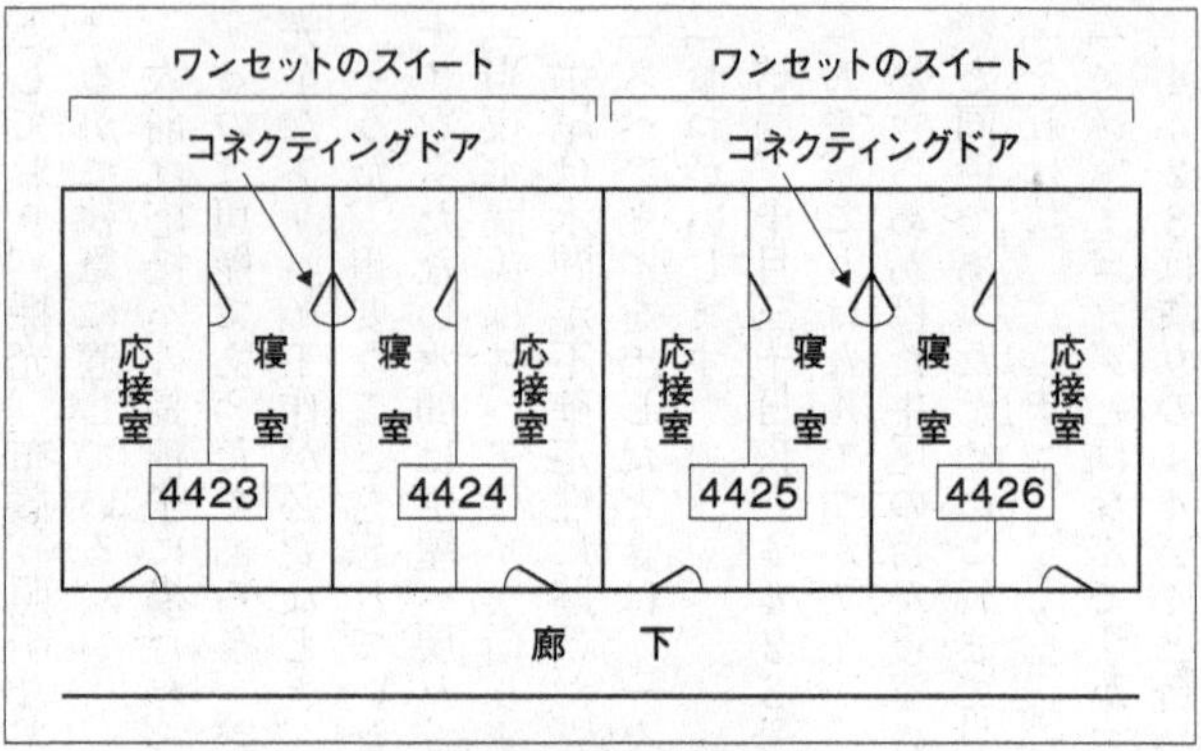

現場客室の関係位置図

やグループにそのようなご利用をいただくことがございます。ふだんはセミスイートとして切り売りしているわけです。そのようなお部屋を相互にアジョイニングと呼んでおります」

「それではこのドアを使って隣りへ脱《ぬ》けられますね」

「いいえ、こちら側からは開けられますが、この奥にもう一枚同じドアがございまして、隣室からロックされております」

F・Mは隔壁ドアのロックをはずして開いて見せた。その奥に同じ体裁のドアがピタリと塞《ふさ》いでいる。

「ですからアジョイニング・ルームにべつのお客様がいらっしゃって、たまたま同時にロックをはずすという偶然が重ならないかぎり、このドアを通ることはできません。その場合でも隣りのお客様に知られてしまいます」

牛尾が考えた可能性はあっけなく否定された。だが彼はこだわった。アジョイニング・ルームとの間に設けられたドアはそれほど魅力的に映じたのである。

「十月三十日夜、４４２４に客は入っていましたか」

もし隣りの客と通謀していれば、水間は大前に知られず簡単に脱出して、帰室できるのである。

「当夜は空室でした」

だがF・Mの言葉は、最後の可能性を打ち砕いた。空室ではアジョイニング・ルームは経由できない。水間のアリバイは二重のロックによって完璧《かんぺき》に密閉されていたのである。

2

一方、石井刑事が暮坂潤子殺しのアリバイを当たった結果、B社の編集者から九月二十七日夜、原稿に関して問い合わせる事項が生じて、水間と同夜午後十一時ごろから小一時間電話で話したという事実が確認された。

同夜がその雑誌の校了日に当たったため、再度電話するかもしれないと言ったところ、水間は何時でもかまわないから電話してくれと答えたそうである。

潤子の死亡推定時刻は、午後十一時ごろから三時間とされているが、編集者からいつセカンドコールがあるかわからない状況の中で、練馬区の隅にある水間の自宅から狛江市域の犯行現場まで駆けつけていって、潤子を殺害したとは考えられない。

仮に、水間の自宅かその近くで犯行を演じて死体を現場まで運んで行ったとしても、編集者のいつあるやもしれないセカンドコールに備えられないのである。犯人ならそんな危険を冒すとはおもえない。

暮坂潤子殺しの水間のアリバイは成立したといってよかった。

だが裏づけ捜査によって不自然な状況が浮かび上がってきた。それらを列挙してみると、

①水間に缶詰の必要がないのに、自分から申し出て自主缶詰になった。

②遅筆の水間が一夜で四十枚書き上げた（原稿はあらかじめ一部または全部でき上がっていた？）。

③執筆は一人を好むにもかかわらず、編集者を呼び寄せた。それでいながら編集者のほうから声をかけるのを禁じた。

④編集者にキイを預けた。

⑤ホテルの予約を水間自身が行なった。つまり帝都プラーザを選んだのも水間である。

などである。

「しかしながら水間には浅川殺しのアリバイは成立した。彼は犯行時間帯に密閉されていて脱け出ることも、また仮に脱け出したとしても部屋へ戻ることができない状態にあった。つまり水間のアリバイは密閉されていた。

だが彼のアリバイには不自然な点が多すぎる。彼はアリバイ工作をした後で、なんらかのトリックを弄《ろう》して密閉された部屋から犯行現場まで往復したのではないかと疑われる。一方、暮坂潤子殺しに対するアリバイについては不自然な点はない。第三者を使って殺させることもできるが、その場合は完全なアリバイを用意しておくはずだ。水間は同女殺しには無関係とみてよいだろう」

那須は裏づけ捜査の結果から結論した。水間にアリバイは成立したものの、そのことによって彼の疑惑はいっそう煮つまってきたのである。

第十四章　幻の愛の形見

1

暮坂慎也は、浅川殺しについていったん警察から疑われかけたが、アリバイが成立して疑いは晴れたようである。その後の捜査の行方を見守っていると、ある作家が参考人として新宿署の捜査本部に呼ばれて取調べをうけたとある新聞が素っ破抜いた。作家の名前は伏せられていたが、慎也にはピンときた。

潤子と水間のつながりは、狛江署の石井刑事に話しておいたが、まさか浅川や軍司殺しにつながってこようとはおもわなかった。両人の殺人事件では、慎也自身が疑われたのである。これが妻が殺された事件に関わってくるとすれば、また自分に疑いがかかってくるかもわからない。

妻が殺されたときも、アリバイを聞かれたが、水間の登場（浅川、軍司殺し）によって、新たな局面となりそうである。

慎也はおもいきって新宿署の牛尾刑事に連絡を取ってみることにした。牛尾に取調べを受けたのであるが、それは役目柄することで、その底に慎也の潔白を信じているような暖かさが感じられた。

「こちらからご連絡しようとおもっていたところでしたよ」

牛尾は慎也の電話を待ちかねていたような口調で言った。

「こちらの新聞には書いてないのですが、参考人として呼ばれた作家というのは水間達彦ではありませんか」

「そうです。狛江署の石井刑事にあなたの着眼から発していることを聞きましたよ。プロの刑事真っ青の着眼でしたな」

「それで水間の取調べの結果はいかがだったのですか。さしつかえなければお聞かせねがえませんか」

「任意取調べの段階なのでまだ公にできませんが、あなたは関係者なので捜査にさしつかえない範囲で申しあげます。水間氏にはアリバイが成立しました」

「アリバイが。それでは結局、彼は潔白だったのですか」

「それがアリバイが成立して、かえって事件に関わりがある状況が濃くなりました。まったく無関係ならアリバイがなくとも不思議はないのですが、不自然なアリバイがあったために、かえって関係色を強めてしまいました」

「不自然なアリバイ……」

「アリバイ工作のにおいがぷんぷんとします。ただいまの時点で申し上げられるのは、これだけですが、亡くなられた奥さんの遺品の中には水間氏とのつながりを示すようなものはなにもありませんでしたか」

「すでに石井刑事に申し上げましたが、あるべきはずの水間達彦の作品がなかったので、不審をもったのです」

「なるほど。その作品というのが、『冬の虹《にじ》』ということでしたな」

「そうです。そしてその前身ともいうべき作品が『女精《めしょう》』でした」

「本人は南麻布のマンションを借りた事実もそこに愛人を囲っていた事実も否定しています。したがってあなたが推測したようにそこに住んでいた女性は、『女精』のモデルではないということになります」

「嘘だ！ 水間が南麻布のマンションを借りたのは事実です。マンションの描写は想像では書けない具体性があります。管理人も家内から聞いて改めて水間であることを確かめております」

「我々も水間氏だとおもっています。水間氏は管理人との面通しを嫌がっております。したがってモデルもマンションに囲っていた女性だとにらんでいます。水間氏は彼女と関わりがあったことを隠したいらしいのです」

「まだ彼女の行方はわからないのですか」

「わかりません。そこでお尋ねしたいのです、奥さんがその女性の身許《みもと》か消息について生前漏らしたことはなかったか、また遺品の中にそれらを示唆するようなものはなかったでしょうか」

「本以外はなにもありません。いやその本、『冬の虹』も見えなくなっておりました」

「そうですか」

牛尾の口調は落胆したようである。電話を切った後、慎也は捜査本部がかなり濃厚な嫌疑を水間に据えている気配を察した。

慎也は再度『冬の虹』と『女精』を読みなおしてみた。

前回読んだときよりも主人公の稀薄《きはく》性が目立つ。主人公のいいかげんな生き方がシラケ世代の共感を呼ぶのであろう。こんな本を読む人間の気が知れなかったが、そこにはまぎれもなく現代の反映がある。

再読している間に次第に心の中に形を成してきたものがある。

『冬の虹』ではヒロインのイメージが分散しているが、『女精』では鮮明である。主人公に飼育されている間にヒロインが「化ける」のであるが、作者は主人公がヒロインに出会ったときの印象を次のように書いている。

「長い髪が顔の輪郭を山麓《さんろく》にまつわった靄《もや》のように烟《けぶ》らせているが、切れ長な目とよく通った鼻筋と引き締まった唇は、山のスカイラインのように明確である。髪をアップにまとめても似合いそうなマスクは都会的であるが、まだ人工の洗練を加えられていない素朴さを残している。その素朴さが、彼女につけ込む隙となって悪達者の芦原《あしはら》（小説の主人公）を誘っているようである。

衣服に隠されている肢体は、女として十分に発達し、表情に残すあどけなさと多少のアンバランスがないこともないが、それがトータルのとりとめのない謎っぽさを合成している。右頰の笑窪《えくぼ》がその謎を深めている」

描写はまだつづいているが、読むほどに心の中の成形が固まってくる。どこかで彼女に出会っているような気がするのである。

前回読んだときはそんな気がしなかった。すると、今回再読するまでの間に、このヒロインに似た女性に出会ったことになる。だがおもいだせない。

いったい、いつどこで？　おもいをめぐらすほどに心の成形が薄皮一枚隔てて、忘却のカプセルの中に閉じこめられている。

「――彼女を包むとりとめのない曖昧模糊《あいまいもこ》たる霧のような雰囲気は、女の中に潜む謎が気化したものかもしれない。いや謎というより彼女の心奥に埋められているおののくような予感なのかもしれない」

その文章を読んだとき、薄皮が破れた。カプセルの中から具体的な輪郭をもった一個のおもかげが微笑みかけてきた。

「由起子さん、宮地由起子さん……」

予感という言葉が慎也を触発したのである。上京の電車で初めて由起子に出会ったとき、彼女の中に潜在しているような美しい予感をおぼえたものである。それが再会の予感を伴った。

『女精』のヒロインのイメージは、宮地由起子に似ている。いや彼女そのものを描写したようである。ちがうのは右頰に笑窪がないことだけだ。

　しかし由起子と水間達彦の間につながりがあったとは聞いていない。もしあれば、彼女の口から漏れたはずである。由起子に再会して食事をしたとき、浅川と軍司の関係を「上京の列車で知り合い、戦場（東京）で味方に出会ったような気がしたのかもしれない」と形容したが、それはそのまま由起子と慎也の関係になぞらえたつもりであった。

　由起子は慎也の言葉に共感をおぼえていたようである。もし彼女が水間を知っていたら少なくとも「だれ知る者のない東京」ではない。

　由起子には先に上京している姉がいると言っていた。だが姉は上京後、消息不明になっているそうである。

　そのとき慎也は脳に電流が走ったようなショックをおぼえた。しばらくの間、ショックのために脳が痺《しび》れたようになっている。

　触発されたはずみに迸《ほとばし》った火花がおもってもいなかった発想を照らし出している。由起子の姉の消息不明が、水間の幻の愛人の蒸発とピタリと重なり合い、一個のまがまがしい像形を結んでいた。

　二個の像形はなんの違和感もわずかなズレもなく完全に重なり合っている。

　水間が『女精』のモデルにした幻の愛人は、由起子の姉ではなかったのか。姉妹であるから特徴もイメージも似ている。由起子に車中で初めて出会ったとき既知感があったのは、『女精』のイメージが残っていたからである。

　また『女精』を再読したとき、ヒロインが速やかに結像したのも、由起子の素地があったせいである。

水間の愛人は、由起子の姉ではないのか。想像は速やかに固まって、胸の中に不動となった。

慎也は待ち切れなくなって由起子に電話をかけた。運よく彼女は休憩時間に入っていた。

慎也が名乗ると、由起子が声を弾ませて、

「いま東京ですか」

と問いかけた。

「いや、会社だけど、これから至急あなたに会わなければならないかもしれない用事が生じたのです」

「私に？　なんのご用かしら」

由起子の声は期待をもったようである。

「その前にあなたとお姉さんはよく似ていますか」

「よく双子のようだと言われたわ。背丈も同じくらいで、よくまちがえられたわ」

「双子のようね。それから、お姉さんから水間達彦という名前を聞いたことはあるかな」

「みずま……」

「――達彦、作家だよ。かなりの売れっ子だ」

「ああ、あの水間達彦ね。いいえ、ないわ。水間達彦がどうかしたの」

「電話では話せない。これからそちらへ行きたいんだけど、少し時間を取れないかな」

「六時からオフになるけど、列車は何時ごろ着きますか」

「これから最も早く出る特急に乗れば、午後八時半には新宿へ着くよ」

「お迎えに行くわ」

由起子はためらわずに言った。慎也に対して東京砂漠の味方のような意識をもっているようである。

2

暮坂慎也が新宿駅列車発着ホームに降り立つと、「いらっしゃい」と由起子が満面に喜色を現わして駆け寄って来た。前回会ったときよりも、またさらに洗練がうながされているように見える。

「――マスクは都会的であるが、まだ人工の洗練を加えられていない素朴さを残している。その素朴さが、彼女につけ込む隙となって悪達者の芦原を誘っているようである」という『女精』の文章がよみがえった。

由起子が「都会の女」として洗練度を増してくるにしたがい、慎也のつけ込む隙がなくなっていくようである。『女精』の主人公のように悪達者ではない慎也は、手も足も出なくなってしまうだろう。

「びっくりしたわ。でも嬉《うれ》しいわ」

由起子は人目がなかったら慎也にすがりつかんばかりにした。降りて来た男の乗客たちが羨《うらや》ましげな視線を二人に集めた。いま彼らは東京砂漠の中で三度出会った味方同士であった。

「まず、どこかで食事でもしながら話そう」

「先日のホテルへ行きましょうか」

由起子は言った。受け取り方によっては大胆な言葉である。二人は帝都プラーザに入った。

「電話では話せないことって、どんなこと」

由起子が待ち切れないように聞いた。

「あなたを驚かせることだよ」

「なんだか恐いわ」

由起子が両手で胸を抱きかかえるようにした。

「恐いことだよ」

「脅かさないで」

「まず腹ごしらえをしよう」

「腹が空いては戦さはできぬということ？」

「いや、まずあなたと食事を楽しみたい」

「私も」

二人はホテルのレストランで向かい合った。時間が遅かったので、メインダイニングを避けて深夜営業のシーフードのレストランへ入った。

まずは白ワインで乾杯して、たがいの目を見合った。由起子の深みを帯びたまなざしの奥に、キャンドルライトが揺れている。

慎也はそのとき、妻に初めて出会った夜の場面を想い起こした。あのとき潤子に運命を感じたが、その運命の位置に由起子が坐《すわ》りかけているのを悟って愕然《がくぜん》とした。ホテルも潤子と初めて結ばれた同じホテルである。

由起子がいたずらっぽい笑みを浮かべて、「いま奥様のことを考えてらっしゃったのでしょう」と言ったものだから、慎也はますますうろたえた。

「ごめんなさい。変なことを言ったりして。私、そんな権利なんかないのに、あなたの奥様にふと嫉妬《しっと》をおぼえることがあるの。亡くなった後まで、これほどしっかりと暮坂さんの心を捕まえている奥様って、いったいどんな女性かとおもって。私っていやな女ね」

由起子は恥ずかしげに身をすくめた。

「あまりにも早く死んでしまったので、結婚していた実感がない。時々、彼女は幻影ではなかったかとおもうんだ。彼女がたしかにこの世に存在したとしても、短い滞在を許された客だったのだ」

「まるでかぐや姫みたい」

由起子が慎也が妻に出会ったときの不吉な予感を言い当てた。由起子にも「予感」があった。だがそれは不吉な予感ではない。再会の予感を含む、女の謎を孕《はら》んだ予感である。水間はそれを作家らしく「女の中に潜む謎が気化した」と表現した。もっとも彼の表現の対象は、由起子ではなく彼女の姉（？）であるが。

もし水間が由起子の姉の蒸発に関わっているとすれば、彼女のもつ予感に負けたのかもしれない。それほど由起子がもっている予感には（おそらく姉も）男に迫るものがある。

「そうなんだ。かぐや姫みたいに実体がない」

潤子との間にあった〝運命〟は実体を欠いた運命であったかもしれない。

帆立貝のコキーユから始まった料理はどの皿《ディッシュ》も満足すべきものであった。

「実はきみにこれを読んでもらいたくてね」

時機を測って雑誌からスクラップした『女精』を由起子の前に差し出した。

「これなあに」

由起子が不審げな視線を向けたのに、

「ちょっと暗くて読み難《にく》いが、赤線を引いた個所《かしょ》を読んでくれないか」

と慎也は言った。由起子がキャンドルライトの下で、慎也が赤の傍線を引いた個所を読み始めた。読み進むうちに彼女の面に驚愕《きょうがく》の色が浮かんだ。慎也が予期したとおりの十分な反応である。

「どうだい」

読み終わったところで問いかけた。

「これは姉よ。姉そのものよ」

由起子は喘《あえ》ぐように言った。まだ驚愕のショックから立ち直れないでいる。

「やっぱりそうか」

「姉と私を区別するものが、右頬の笑窪《えくぼ》だったの。この辺にできたの」

由起子は右頬の下、唇の端からやや右上の個所を指で示しながら、

「よく友達が姉と区別がつかなくて、笑ってと言ったものよ」

「これで『女精』のモデルはお姉さんと確定したようなものだな」

「姉と水間達彦はどんな関係があったのかしら」

「落ち着いて聞くんだよ。お姉さんは水間の愛人になっていた形跡がある。それが一昨年《おととし》の三月下旬から、住んでいたマンションから姿を消したきり、行方不明になっている」

「水間は知っているんでしょ」

「それが、水間が偽名でマンションを借りており、自分は一切その女性を知らない、と言い張っているんだ」

「でも、マンションの入居者や管理人なんかが、水間を知っているんでしょう」

「面通しをさせれば確かめられるかもしれないが、まだその段階までいっていないらしい。ぼくの妻がたまたま同じマンションに住んでいて、水間の正体を見破ったんだ」

「奥様が！」

「家内が、偽名を用いていた水間の正体を管理人におしえたらしいんだよ」

「他の居住者で水間を見た人はいないのかしら」

「いたかもしれないが、住人の交替が激しくてね。当時の人はいなくなっちゃったんだよ。それに証拠があるわけでもないので、他人の空似だととぼけられたら、それまでだよ」

「姉はどこへ行ったのかしら。まさか水間が」

由起子の表情が怯《おび》えた。

「警察はそのまさかを疑っている。だが、なんの証拠もない。水間とお姉さんとの関係はもとより、水間がマンションを借りたという証拠もないんだ」

「でも水間が書いたこの小説の中の女性は、姉にまちがいないわ」

「水間は想像の産物だと言い張っている。『女精』を出版するに当たって『冬の虹』と改題して、ヒロインを数人の女性に分割してしまった」

「どうしてそんなことをしたの」

「もちろんお姉さんとのつながりを隠すためさ」

「それが証拠にならないかしら」

「疑わしい材料にはなるだろうけど、それで止《とど》めを刺すことはできない」

「止めというと、水間が姉を殺した疑いがあるのね」

「その疑いが濃厚だね。そして死体をどこかに隠してしまった」

「そんなこと考えたくないわ」

「最悪の場合の想像だよ。少なくとも水間はお姉さんの蒸発に関わっている」

「それなのにどうして」

「だから証拠がないんだ。だが警察は水間がその存在が確認されていない幻の愛人をどうかしたと疑っているが、その身許《みもと》を突き止めていない。ぼくたちが警察より先行したのだ。ぼくらの発見を警察に伝えれば、捜査が進展するかもしれない」

「ああ、お姉さん。無事でいて」

由起子が祈るような声で言った。

3

暮坂慎也の着眼は捜査本部を色めき立たせた。幻の愛人の身許が割り出せれば、捜査は新たな局面を開く。

「暮坂の着眼だけで、幻の愛人を宮地杏子と決めつけるのは危険だ。『女精』のヒロインの具体的特徴といえば右頬の笑窪だけであり、あとは抽象的な描写にすぎない。小説的な粉飾を施したヒロインが、たまたまある人物に似ていたとしても、読者の勝手なおもい込みだ。小説の登場人物に似ているとおもうことはよくある」と捜査本部の興奮に冷水をかけたのは、山路である。彼も暮坂の着眼に興奮させられていたが、逆の視点から眺める者が常に必要である。

彼の言うとおり、ヒロインの描写は、その用語どおり「曖昧模糊《あいまいもこ》」としており、具体的な身体の特徴は「右頰の笑窪」だけである。その部位に笑窪のある者は、少なくないだろう。

「たしかに曖昧な言葉遣いではありますが、ヒロインの雰囲気を巧みに伝えております。宮地杏子に会ったことはありませんが、その妹に会った印象では、小説の中の描写とよく似ています。都会的なマスクの中に素朴さが残っており、悪達者な都会の男につけ込む隙を見せて誘っているようだとか、切れ長な目と引き締まった唇が山のスカイラインのようだとか、さすがに小説家はうまいことを言うなあとおもったものです。抽象的ではあるけど、その人物をよく知っている者が読めば、ピタリとくる文章なのではないでしょうか。抽象化されているだけに、印象を忠実に表すことがあります」

牛尾が反駁《はんばく》した。

「それはモーさんが悪達者でないから、この程度の文章でピタリときちゃうんだよ」

と山路がまぜっ返したものだから、一座がどっと沸いた。

ともあれ、暮坂の着眼は無視できなかった。妹から宮地杏子の写真を借り出して南麻布のマンションの管理人に見せたところ、たしかに410号室「山田正一」名義の部屋に住んでいた女性にまちがいないと証言した。

ここに水間の幻の愛人の身許は突き止められたとみてよかった。だが、水間は山田正一であることを頑として否認している。また、水間のアリバイ（浅川殺しの）は不自然な点が多かったが、脱出不能の壁によって堅固に守られていた。浅川殺しの動機も臆測《おくそく》に頼るだけで証明されていない。軍司殺しにいたってはその背後に模糊と烟《けむ》っている。

那須はそれまでの事件の発生と捜査の経緯を整理してみた。表に現われている殺人事件は三件、潜在しているかもしれないものが一件、そしてすべての事件の源になっているかもしれない事件か事故か不明なものが一件、これらが相互にからまり合い輻輳《ふくそう》しているのである。

まず第一の事件（あるいは事故）

一昨年三月二十四日夜、暮坂武雄が渋谷区内の公園で行路病死。その際もっていたはずの三千万円が（モンブランの万年筆と共に）死体から紛失。

第二の事件（？）

一昨年三月下旬より宮地杏子の蒸発。同女の居室を山田正一名義で借りた水間達彦（と推定される）がその蒸発に関わっているとみられるが、水間は同女との関係も、同女の部屋を借りた事実も否認。

第三の事件
昨年九月二十七日夜半、暮坂慎也の妻潤子が頸部《けいぶ》を絞められ、死体を狛江市域の多摩川河原に遺棄された。夫の慎也にはアリバイ成立。

第四の事件

昨年十月三十日夜半、浅川真が新宿のメトロホテルにて鈍器で後頭部を殴られて殺害される。死者の服に暮坂武雄の万年筆があったところから、第一の事件との関連を疑われる。現場に落ちていたスーパーのレシートから軍司弘之が浮上するも、アリバイ成立。軍司は本年一月二十一日ごろより消息を絶つ。

第五の事件

本年二月二十六日、軍司の死体、都下八王子市域高尾墓地より発見。死後経過約一ヵ月。死因、後頭部を鈍器で殴られ、脳損傷。手口は浅川殺しと同じ。

各事件のからまり合い

行路病死した暮坂武雄の遺体から三千万円と万年筆を奪った浅川真と軍司弘之は、宮地杏子の死体（未確認）を積んだ水間達彦の車を盗み逃走。杏子の死体をどこかに隠匿して水間を恐喝したために、水間が浅川、軍司の順に殺害したとみられる。同時に殺害をしなかったのは浅川を殺す時点では軍司は恐喝者として水間の前に現われていなかったからと推測される。

水間が杏子を殺害（？）した理由は不明。暮坂潤子は暮坂慎也との結婚前、杏子と同じマンションに住んでいて、杏子および水間と面識があった模様。

このように整理して再検討してみると、第一の事件と第二の事件がほぼ同時期に発生していることに気がつく。このことが二件の関連を示さないだろうか。

那須は合同会議にかけて衆智の討議に委ねることにした。

「たまたま同時期に発生したというだけで、両件を結びつけるものはない」

「同時期といっても宮地杏子らしき女性が蒸発した日は特定されていない。時期的に符合するとはかぎらない」

早速反対意見が出た。

「第一の行路病死、三千万円持ち去り事件と浅川、軍司殺しを結びつけるものは、一本の万年筆だ。しかも軍司殺しには直接の関係はない。また暮坂潤子殺しの動機についてはまったくわかっていない。これまで水間が宮地杏子が邪魔になり、殺害して死体を隠すために運搬中、浅川と軍司に車ごと盗まれ恐喝されたと推測を積み重ねてきたが、潤子殺しはその推測からもはみ出してしまう。潤子殺しは、まったく関係ないのではないか」

という意見が新たに提出された。いずれもからまりかけた事件を分割する意見である。

浅川の死体から暮坂武雄の万年筆が発見されたところから、武雄の行路病死と浅川殺し、および武雄の息子の妻殺しが結びつけられて検討されたのであるが、それらをつなぐものは一本の万年筆にすぎない。

要するに死体が四つ（うち一体は病死）転がっているだけで、犯人の手がかりを示す物証がなにも得られていないのである。

「たしかに暮坂潤子殺しの容疑者は浮かび上がっていない。それに対して、浅川、軍司、宮地の行方不明には、水間達彦が浮かんでいる。この際、潤子殺しだけ保留して、他の三件に対する水間の状況証拠なるものを再検討してみたい」

那須が分裂しかけた意見を調整した。水間の容疑を築いている状況（間接）証拠は次のようなものである。

①山田正一の偽名を用いて南麻布のマンションに宮地杏子を囲っていた。

②杏子をモデルにして書いた『女精』のヒロインを、『冬の虹』でモデルがわからないように数人の登場人物《キャラクター》に分割した。

③一昨年《おととし》三月下旬からマンションを引きはらい、同時期に杏子の行方が不明になった。

④一昨年三月二十四日夜、秘蔵車の盗難に遭いながら翌日の夜発見されるまで届け出なかった。

⑤昨年十月三十日夜、浅川が殺害された犯行時間帯にきわめて不自然な状況で（必要もないのに）現場に隣接するホテルで自主缶詰を行なっていた。

などである。

「水間のアリバイは不自然ですが、堅牢《けんろう》です。しかし、仮に彼のアリバイを崩したとしても、浅川との関係が証明されていないので、なんにもならないとおもいますが」

山路が痛いところを突いてきた。

「そのとおりだとおもう。浅川と軍司は水間を恐喝していたと推測されているが、その事実も証明されていない。彼らの関係を解く鍵《かぎ》は宮地杏子にあるとおもうが、彼女の消息がつかめていない。まず宮地杏子の行方を突き止めるのが先決のようだが」

さすがの那須も苦しげである。だが杏子の手がかりは皆目つかめていない。

「ちょっと気になることに気がついたのですが」

牛尾が発言した。一座の視線が集まった。

「もし水間が車を盗まれたとき、宮地杏子の死体を積んでいたとしたら、なぜ簡単に盗まれるような状況で車を路上に放置していたのでしょうか」

一同が盲点に光を照射されたような顔をした。牛尾は一同の反応に気をよくして、

「死体を積んでいる車ならば、めったな場所に駐《と》めないでしょう。それを路上に、しかもキイを付けたまま駐めておいた状況です」

「すると、水間はなにか止むを得ない事情があって、そこに車を駐めたというのかね」

那須が牛尾の発想をうながした。

「そうです。まず第一に考えられるのは、事故かなにかあった場合です。自車が事故を起こしたとすれば車から降りて一時車から離れるということもあるでしょう。水間の盗まれた車が発見されたとき、衝突痕跡《こんせき》がありました」

「なるほど。事故なら相手がいるかもしれんね」

那須の眼窩《がんか》の底が薄く光った。事故の相手から当時の模様を聞き出せる可能性が生じてきた。

「次に事故でなかった場合は、あるいは事故を起こす前どんな事情が考えられるか」

牛尾の着想はさらに進行する。

「車内で生理的な必要が生じたケースがあります。高速道路が渋滞したりして困った経験をもっている人は多いとおもいます。まして想定されるケースでは死体を車に積んでいます。異常な緊張下で、そのような生理的欲求をおぼえたとしても不思議はない」

牛尾の意見が採られて、水間の車が盗まれた地点と、それが発見されたときの状態が改めて細かく調べられた。

前者は港区の水間が偽名で借りていた南麻布のマンションからあまり離れていない一角であり、後者はバンパー、フェンダー、ボンネット先頭部に変形や圧壊などが認められたことがわかった。だが当夜、これに該当するような事故は都内、都下、近県で報告されていなかった。車同士や人身に対する事故ではなく、石垣、電柱等に衝突した可能性もあった。

牛尾は車が盗まれた地点へ行ってみた。住宅街の中の路上である。低い家並みの間に新興のマンションが建っている。すぐ近くに児童公園がある。ブランコ、滑り台、砂場があり、若い母親たちが幼い子供の遊んでいるかたわらで井戸端ならぬ〝公園会議〟に耽《ふけ》っている。

敷地の一角に公衆トイレットや管理事務所らしい建物が建っている。区内の公園で隣接するスポーツコーナーの管理を兼ねているようである。金網で境界を仕切られたテニスコートでは、中年の主婦体の女性たちが、臆面《おくめん》もなくスコートを翻してテニスに興じている。

彼女らよりずっと若い母親たちが子供のそばに貼りついて公園会議に耽っているのと奇妙な対照をなしている。

牛尾は管理事務所へ入って行った。ちょうど休憩時間らしく二人の管理人らしい中年のスモック姿の女性が茶を喫《の》んでいた。

「だいぶ前の話になりますが、一昨年の三月二十四日の夜、この公園のそばに駐めた車が盗まれたのですが、こちらでなにか聞いたことはありませんか」

牛尾は身分を明かして問うた。

「一昨年！」

彼女らはびっくりしたような顔を見合わせた。

「無理でしょうなあ」

問うた牛尾自身が苦笑した。

「私、そのころからここの管理をしていますが、車を盗まれたという話は聞いていませんん」

一人の丸顔で小柄な女性が答えた。水間は被害届けを出さなかったのだから、公園の管理人はなにも知らないだろう。牛尾は落胆して、事務所を辞去しようとした。彼の気落ちした様子が相手の同情を引いたらしく、

「管理日報になにか書いてないか、みてみましょうか」

と丸顔の管理人が言った。

「管理日報があるのですか」

「この公園ができてからずっと保存してありますよ。忘れ物や怪我とか迷子とかけっこうあるんです」

「公園の迷子ですか」

牛尾は改めてさして広くもない公園の敷地を見わたした。

「公園に子供を連れて来て、買い物に行ったり話に夢中になったりして、忘れて帰ってしまう呑気《のんき》な母親がいるのです。最近の誘拐騒ぎで、さすがにいまはなくなりましたけどね」

管理人は言いながら、ロッカーを開いて黄ばんだノートの束を取り出してきた。

「一昨年の三月二十四日ですね」

「その前後もみていただけませんか」

「三月二十四日にはなにもありませんね。あ、二十五日に公衆トイレットに忘れ物が記録されてあるわ」

彼女は頁を繰って言った。

「忘れ物、なんですか」

「ブローチって書いてあるわね。そういえばそんなブローチがあったような気がするわ」

「ブローチ？」

「トイレにはよく忘れ物があるんです。前に位牌《いはい》が忘れてあったわ。ご先祖様さぞ怒っているでしょうね」

「その忘れ物はどうするんですか」

「本当はまとめて警察に届けることになっているんだけど、たいてい事務所へ取りに来るので、ここで保管しています。引き取りに来ない品は、警察に届けた後、区のバザーに出してしまいます。どうせ公園にはあまり大したものは忘れていきませんから」

だが、暮坂武雄が渋谷区内の公園で行路病死したときは、三千万円あったはずである。

もっともそれは「忘れ物」ではあるまい。

「そのブローチとやらは、まだ保管してあるでしょうか」

牛尾はわらにもすがるような気持ちで言った。一昨年ではバザーに出されている公算が大きい。

だが「三月二十五日のブローチ」となると見過ごしにはできない。

「ちょっと探してみましょうか」

丸顔の管理人が気軽に立ち上がった。

「私も手伝うよ」

もう一人の細身で面長の管理人が言った。

「すみませんな。せっかくのお憩《やす》みのところを」

「いいんですよ。もう休憩は終わりましたから」

二人は部屋の隅にある大きめのロッカーを開いた。中には傘、本、衣類などの物品が入れてある。それぞれに短冊がついていて、発見日が記入してある。

「やっぱり一度整理しないといけないわねえ。そろそろ入り切らなくなるわ」

二人はそんなことをつぶやきながら、ガラクタを取り出した。バザーで売れ残った物も保管しているらしい。

「バザーで売れちゃったかもしれないわね」

「小さな物ならなくなっちゃったかもしれないよ」

あきらめの色が濃厚になったとき、衣類を振ったはずみにころころと転がり出てきたものがある。

「あった！」

彼女は叫んだ。つまみ上げたものは、鳩を象《かたど》った銀のブローチである。日付を示す紙片は黄ばんで一昨年《おととし》三月二十五日の数字が読める。小さな品なのでロッカーの底でバザーにも出されず、二年間眠っていたようである。

「これですか」

牛尾が確かめた。

「これよ、まちがいないわ。この字、私の字です。おもいだしたわ。トイレを掃除しているとき、床に落ちていたんです」

「もう少しおもいだしてください。このブローチは女性用トイレに落ちていましたか。それとも男性用でしたか」

「そういわれてみると男性用だったとおもいます。女物のブローチが男のトイレの床に落ちていたのでおかしいなあとおもったのを憶《おぼ》えているわ」

牛尾の推測が的中しつつあった。公園のそばまで来た水間は、生理的な欲求をおぼえて公園に駆け込んだ。そのとき衣服のどこかに引っかかっていたブローチを落としたのであろう。ブローチというよりはペンダントの頭《ヘッド》にしていたのであろうか。千切れた銀の細い鎖の一部が少しからまっている。

「これをしばらくお借りできませんか」

牛尾は弾み立つ胸を抑えて言った。

「どうぞ。本来は警察に差し出さなければならない物ですから」

管理人が差し出したのへ、牛尾は名刺に仮の預かり証を書いて交換した。牛尾はそのブローチをもって宮地由起子の所へ行った。由起子にそれを見せると、

「姉のものです。これがどこに」

と聞いた。

「やっぱりお姉さんのものでしたか」

牛尾は溜息《ためいき》を吐《つ》いた。

「はい、姉のお気に入りのブローチで、胸につけたり、ペンダントにしたりしていまし

た」

ここに、一昨年三月二十四日夜、水間の車に宮地杏子が乗っていた（生死不明）という大上説はほぼ裏書きされたのである。

第十五章　キイの身許《みもと》

1

ほぼ同じころ、大上刑事は西新宿の路上で珍しい人物と出会った。

「刑事さん、久しぶりだね」

「やあプロフじゃないか。しばらく姿を見かけなかったので心配していたよ」

新宿の名物男「プロフ」が、〝家財道具〟一式をぶら下げてにこにこ笑いかけていた。以前はどこかの大学の教授《プロフェッサー》をしていたという噂のあるインテリ浮浪者で、垢光《あかびか》りしている容貌《ようぼう》にはギリシャの哲人のような風格がある。

「最近この界隈《かいわい》が物騒なもんでね。しばらく熱海《あたみ》のほうへ〝疎開〟していたんだよ」

プロフは年齢を物語る古い言葉を使った。頻発した浮浪者襲撃事件から避難していたらしい。

「そうだったのか。どうりで見かけないとおもったよ。最近は取締まりを厳しくしているが、油断してはいけないよ。熱海に定住していたほうが無難だったかもしれないなあ」

「わしもそうおもったんだけどね、やっぱり新宿が懐かしくてね。舞い戻って来てしまった。この街の空気は麻薬だね。一度吸うと病みつきになる」

「言えてるなあ。おれたちも新宿中毒かもしれないなあ」

大上はめっきり春めいてきた新宿の空を見上げた。上空はスモッグでどんよりと烟《けむ》り、超高層ビルの上層部が霞《かす》んで見える。街の瘴気《しょうき》がわだかまり、空の高さを奪っているのであるが、その瘴気がないと生きていけないことも確かである。

「刑事さん、事件かね」

「この街では、我々は閑《ひま》なときはないよ。我々の用心棒だからねえ」

「気をつけてくださいよ」

「用心棒が忙しすぎるのも困るなあ」

そんな言葉を交わして別れたとき、プロフがおもいだしたように呼びとめた。

「そうそう刑事さんに会ったら話そうとおもっていたんだがね。熱海に疎開する前に妙な交通事故を目撃したよ」

「妙な交通事故？」

大上は足をとめた。

「だいぶ前のことになっちゃったがね。一昨年の三月二十四日の夜だった」

「一昨年三月二十四日だって」

大上は目を光らせた。

「カビが生えるような古いことで興味ないかな。こちらから警察に出向いて行くのも億劫《おっくう》なので、刑事さんに出会ったら話そうとおもっているうちに、熱海へ行っちゃったんだ」

「ぜひ聞きたい」

「あれは十二社《じゅうにそう》の裏通りだったとおもうが、深夜二台の乗用車が出会いがしらにぶつかってね。一台のほうに乗っていた人が失神しちゃったんだよ。もう一台のほうから様子を見に降りて来た二人が、失神している車からかばんを取り出すと、中に人間が入っているような大きな包みを失神している車に移して、逃げてしまったんだ」

「人間が入っているような大きな包みか」

「そのときはまさかとおもって見過ごしてしまったんだが、最近だんだん気になってね。包みは人間の形をしていたよ。あれはもしかすると、中に死体が入っていたんじゃないかと」

「それは一昨年の三月二十四日夜にまちがいないのかね」

「まちがいないよ。午前零時ごろだったな。ぶつかった一台は、外国車だな。たしかBMWという車だとおもう」

「BMWだって!?」

「夜目だったが、まちがいないとおもうよ。もう一台はT社のMKⅡだった」

「それからどうなったのかね」

「BMWが逃げてから間もなく〝失神車〟も意識を取り戻して、女が車外に出てきょろきょろしていたが、あきらめたように走り去って行ったよ。衝突のショックで一時的に気を失ったようで、大したダメージを受けなかったらしい。その後、どこかに死体が捨てられていないか注意していたんだが、そんなニュースは聞かなかった。本当に変な事故だったよ」

「その事故の現場を正確におもいだせるかね」

「おおその場所なら憶《おぼ》えているよ」

「車のナンバーは憶えているかい」

「それが暗くて距離があったので、読み取れなかった。BMWは練馬《ねりま》、MKⅡは品川ナンバーだったよ」

「MKⅡに乗っていたのは女一人かね」

「暗くてよく見えなかったが、車外に出て来たのは女だけだった」

水間達彦の住所は練馬区である。大上の腹の底から興奮が盛り上がってきていた。プロフが〝奇妙な事故〟を目撃した日時は、水間の車が盗まれた夜に符合する。そしてプロフが目撃したことは、大上の推理をまさに裏づけるものである。

ちがうのはBMWからMKⅡに死体（？）が移動したことである。大上は宮地杏子の死体を積んだ水間の車を、浅川と軍司が盗んだという大胆な仮説を立てた。両人は車ごと盗んだ死体をタネに水間を恐喝したという仮説の後半は、プロフの目撃した事実に誤りがなければ否定される。

大上はプロフの言葉を信じた。プロフは浮浪者とはいえ、「完全なる自由」を求めて自ら浮浪しており、一つの哲学をもっている（拙作『街』）。社会の責任と労働を分担することを嫌って浮浪者をしているが、自分の言葉と行動には責任をもっている。事実はプロフが見たとおりだったにちがいない。彼は帰署すると、今日のおもいがけない収穫を牛尾に話した。

「おれも収穫があるんだが、まずきみの話から聞こうか」

大上に話の口火を切らせた牛尾は、聞いているうちに興奮の色を面に現わした。

「ウルさん、それは凄《すご》いぞ」

「凄いでしょう。ところでモーさんの収穫ってなんですか」

今度は大上が興奮する番であった。たがいの収穫を披露し合った二人は、その内容を検討した。

「これできみの水間の宮地杏子殺害説は、ほとんど裏書きされたね」

「しかし、プロフが見たというＭＫⅡは何者でしょう。プロフの言葉によると、人間の形をしていた大きな包みはＢＭＷからＭＫⅡへ移ったことになりますが」

「考えられるケースが二つあるな。一つはＭＫⅡの運転者が死体を隠してしまった場合だ」

「なぜそんなことをするのですか」

「ＭＫⅡ自身に死体を届け出られない事情があったんだろう」

「それはどんな事情でしょうね」

「それはまだ仮説の域を出ないがね。プロフはBMWがMKⅡからかばんを奪ったと言っていたね」

「ええ」

「そのかばんを暮坂武雄の三千万円と考えたらどうかね」

「あっ」

大上は愕然《がくぜん》とした。あまりに大胆な仮定に、すぐには従《つ》いていけない。

「衝突現場も暮坂が死んだ場所からあまり離れていない。MKⅡが三千万を持ち去って逃走中、水間のBMWと衝突した。そのショックで犯人が失神している間にBMWを盗んだ浅川と軍司が、MKⅡから三千万を奪った。そして〝代償〟として宮地杏子の死体をMKⅡに移し残していった。間もなく意識を回復した持ち逃げ犯人は、さぞやびっくりしたことだろう。三千万円が消えて、代わりに死体が転がり込んでいたのだから。しかし自分も脛《すね》に傷をもっているので、死体を届け出られない。そこで隠してしまった」

「あり得ますね。しかし、だったら隠さずに、なぜその辺に捨てていかなかったのでしょうか。隠すよりもそのほうが手間もかからず、危険も少ないとおもうけど」

「これは非常に残酷で辛《つら》い想像だがね。宮地杏子はまだそのとき生きていたとしたらどうかね」

「生きていた！」

大上は牛尾の示唆の行き着く先の慄然《りつぜん》たる想像に唇まで白くなった。

瀕死《ひんし》の状態にあったのか、それとも息を吹き返したのか。とにかく息があった。それを下手に放置して手当てを加えられて回復すれば、犯行が露見してしまうと早合点した。そこで三千万円持ち去りの上に殺人を重ねた。あるいは死にかけている人間に止《とど》めを刺したというべきかな」

「しかし犯人は失神している間に、三千万円を奪い取られています。結局三千万を奪ったのはBMWに乗っていた者ということになりますが」

「そこまで頭がまわらなかったんだろう。三千万円奪い取った直後の衝突から目を醒《さ》ましたら、金はなくなっていて、死体、いや死にかけている人間が転がり込んでいる。犯人も混乱していただろう」

「恐ろしい想像だけど、あり得るとおもいます。ところでもう一つのケースってなんですか」

「それはBMWが水間の盗難車ではなく、MKⅡが三千万円持ち去り犯人ではない場合だよ。たまたま三月二十四日夜と重なったが、同じ夜、都内を走りまわっていたBMWとMKⅡは他にいくらでもあったはずだ。プロフが目撃した『奇妙な事故』はまったく無関係のBMWとMKⅡだったわけだ。したがってBMWがMKⅡから奪ったものは三千万ではなく、代償にMKⅡに残していった大きな包みには人間なんか入っていなかった……場合だよ」

「モーさんはそのように考えますか」

「ふふ、おれがそんなケースを考えるとおもうかね。ＢＭＷとＭＫⅡが衝突した地点は、前者が盗まれた港区内の公園と、暮坂武雄が死んだ渋谷区の公園のいずれからも近い。そんなお誂《あつら》え向きの場所に、しかも車の盗難と暮坂の病死から間もない時間に行き合わせ、人間のような大きな包みを積んだＢＭＷと、かばんを乗せたＭＫⅡが何台もあってたまるものかね。ただし捜査本部にはそうはおもわない者もいるだろうね」

「まったく同感です」

新たなＭＫⅡの登場に、大上は気負い立っていた。

牛尾と大上の発見と意見は、捜査本部に波紋を巻き起こした。牛尾が予測したように、衝突したＢＭＷとＭＫⅡを事件と結びつける具体的な資料はなにもないという反対意見が出された。

だが一昨年《おととし》三月二十四日夜の符合は重大であるという意見が勝って、ともかくプロフが目撃したという事故現場を遅蒔《おそま》きながら捜索することになった。

事故発生からすでに二年余経過しているので望みは薄い。だがプロフの目撃したところによると、一方が束の間失神するほどの衝突だったというからＭＫⅡもかなりの損傷を受けたにちがいない。事実、翌日発見されたＢＭＷのボディは相当に変形、圧壊されていた。

積載物の破片、一抹の塗料膜でも採取できれば、車種を細かく判別できる。もし水間のＢＭＷの車種と判定できれば、さらに肉薄できる。近所に事故の目撃者がいるかもしれない。MKⅡのナンバーを憶《おぼ》えている者がいれば、輻輳《ふくそう》した事件を解く最大の鍵《かぎ》とみられる宮地杏子の行方を追う手がかりがつかめるかもしれない。

捜査本部は気負い立った。だが二年という時間の経過は、事故の痕跡《こんせき》をきれいに拭《ぬぐ》い去っていた。雨風などの自然の影響の他に、その後現場に振り撒《ま》かれた種々雑多な物質が、資料の純品性を損なっていく。人々の記憶も風化していく。住人も入れ替わっている。この地域は不動産業者が地上げに狂奔し、地価が都内でもトップクラスにランクされる。具体的な計画もなく買いあさり、売り転がす。古い家は取り壊され、住人が次々に追われて、荒涼たる更地となっていく。

こういう環境での聞き込みはきわめて困難である。うろついているのは札束を手にした地上げ屋と、ノラ犬ばかりという土地柄で、二年前の目撃者を捜すのは、砂漠に水を求めるようなものであった。

ほとんどあきらめかけたときに、地上げ屋に抗して頑張っている古い住人から意外な収穫があった。

「事件に関係あるかどうか知らんがね、餌をやっている半ノラ犬が礼のつもりか咥《くわ》えてきたものがあるんだよ。それが一昨年三月二十五日の朝だったな。おやじの命日なんでよく憶えているんだ」

「なんですか、それは」

「鍵だよ。なんの鍵かわからんがね。おやじがあの世から送ってきたような気がしたので、保管してあるが」

「保管してあるんですか」

捜査員は飛び上がりそうになった。住人から領置(任意提出)した鍵は、キイホルダーに二本、別個のキイが付いていた。なんのキイか不明であるが、一本は刻み目のない電子キイで、どちらも車のキイではなさそうである。

このキイが「奇妙な事故」と関係するかどうかまだわからない。だが三月二十五日朝、現場の近くから犬が咥えてきたキイというのは気になった。

「事故発生のときに現場付近に落ちていたとはかぎらない」

という消極意見もあったが、とにかく一個の収穫ではある。

とりあえずなんのキイか検討された。まず、「奇妙な事故」の関係者が落としたと想定すれば、キイの主は、浅川、軍司、MKⅡのドライバー、水間、宮地杏子である。

早速、彼らの元の住居に当ててみることにした。ただし、浅川とMKⅡのドライバーの住居は不明であり、水間の住居にたいしては捜索令状が必要となろう。とりあえず、軍司と杏子の元住居が当たられた。軍司の部屋にはまったく該当しなかった。

だが南麻布のマンションを当たったところ、杏子の部屋には符合しなかったが、管理人がキイの一本はうちのマンションのキイだと言いだした。キイにはルームナンバーは打ってなかったが、キイの本体にキイナンバーが打刻してある。だがそのキイナンバーでは管理していないので、どの部屋のものかわからない。

牛尾が暮坂潤子の元の部屋と照合することをおもいついた。

「暮坂潤子！　そうだ、彼女もここに一時期住んでいたんだ」

同行していた大上刑事が、目を見開かされたような表情をした。なにか途方もない局面が開けそうな気がするが、まだ輪郭もつかめない。

同室にすでに他の住人が入居していたが、その了解を得て照合した。

キイは潤子のいた部屋406号室にピタリと合った。

「こ、これはどういうことですか」

「おれにもまだよくわからんが、事故の関係者のだれかが暮坂潤子のキイをもっていたか、それとも……」

「それとも……」

「それとも彼女自身が関係者だった場合が考えられる」

「潤子自身が関係者というと」

「潤子がBMWかまたはMKⅡに乗っていたんだ」

「まさか！」

大上は信じられない表情である。

「そうでなければ、潤子が一昨年三月二十四日夜に事故現場付近にキイを落とす可能性は考えられない。彼女の生活圏が現場付近にあったとは聞いていないよ」

牛尾は管理人に暮坂潤子が部屋を引きはらうとき、キイはどうしたかと問うた。

「キイは返していただきましたが」

「キイは何本あるのですか」

「各部屋に三本あります。二本を入居者に渡し、一本を管理人が非常用に保管しております」

「彼女は二本返しましたか」

「そう言えば一昨年のいつごろだったかな、一本紛失したと言って、非常用のキイを借り出していったままでした」

「すると結局、一本どこかへ行ってしまったままなのですか」

「はい。キイは新たに合鍵を一本つくりましたが」

「彼女がキイを紛失したのは一昨年三月二十四日ごろではありませんか」

「ちょっと台帳を見てみます」

管理人はキイ台帳を取り出してきて、

「ここにキイを紛失した場合や非常用キイを貸し出したとき、一々記入しています。ああ、あった。一昨年三月二十八日に貸し出し、そのままになっています。結局紛失したまま出てこなかったのです」

「入居者が代ったり、キイを紛失したりしたときは、錠前を替えないのですか」

「本来はそうすべきなんでしょうが、入居者の交代が早く、キイを紛失する人も多く、その都度交換するのも面倒で、事故も起きたことがないので、一々替えません」

管理人の口調が弁解調になった。ともかく一本のキイの〝身許《みもと》〟は割り出された。残りの一本は依然として不明である。

2

意外なキイの〝身許〟に捜査本部は緊張した。プロフの目撃したところによると、「BMW」が「失神したMKⅡ」からかばんを奪い、〝代償〟として人間が入っているような大きな包みをMKⅡに移し替えたという。

浅川真が所持していた暮坂武雄の万年筆《モンブラン》は、そのときかばんとともに（かばんに入って）MKⅡからBMWに移動したと考えられる。モンブランの存在はそのかばんが三千万円入りであったことを裏づけている。それ以外に浅川が暮坂武雄のモンブランを手に入れるルートは考えられない。

するとMKⅡに乗っていた者が三千万円の持ち去りの犯人であり、暮坂潤子、当時三上潤子ということになる。この推測を覆すためには潤子が、三月二十四日の夜以外のべつの機会（奇妙な事故と無関係の）にキイを落とさなければならない。管轄の陸運事務所に三上潤子名義の車の登録の有無が問い合わされた。その結果、一九八×年十月十六日MKⅡSL一五〇〇ccを同人名義で登録し、一昨年四月三日廃車届けを出していることが確かめられた。これは三月二十四日の事故で、車が大破した状況を裏づけるものである。

捜査本部ではまさかというおもいを捨て切れない。潤子はそれから約一年後に三千万円の持ち主の息子である暮坂慎也と結婚している。もし彼女が持ち去り犯人であったなら、そのあまりにも皮肉な因縁に驚愕《きょうがく》し、罪の意識におののいたことであろう。

だがプロフの証言、現場から発見されたキイ、浅川真がもっていたモンブラン、港区の公園に遺留されていた宮地杏子のブローチ、三上潤子の車登録名義と四月三日付の廃車届けなどをつなぎ合わせると、三上潤子が三千万円の持ち去り犯人像として濃厚になってくるのである。

捜査本部はキイの発見とその意外な〝身許〟について暮坂慎也に連絡した。慎也は驚愕した。

「それでお尋ねしたいのですが、奥さんの生前、特に結婚前の一昨年《おととし》三月二十四日ごろ新宿のほうになにか仕事か生活上の関係をもっていませんでしたか」

牛尾は問うた。

「結婚前のことはほとんど聞いていませんし、彼女も話さなかったので知りませんが、新宿という地名は彼女から一度も聞いたことはありません」

「奥さんの友人知己などで新宿方面に住んでいた人か、仕事をもっていた人をご存じではありませんか」

「知りません。しかし、家内が父の三千万円を持ち逃げした犯人とは、とうてい信じられません」

「ごもっともです。我々もキイが奥さんの元住居のものと判明したときは信じられませんでした。しかし、一昨年三月二十四日ごろは、奥さんがまちがいなくこのキイの部屋の主でした」

牛尾の連絡は、慎也を愕然《がくぜん》とさせたが、いまにしておもえば、多少の心当たりがないこともなかった。

潤子は『冬の虹《にじ》』を夫の目から隠れるようにして読んでいたが、それは作品や作者自身に向けた興味ではなく、モデルに対する関心からであったのだろう。

牛尾の話によれば、三千万円を（再）奪取されるのと交換に宮地杏子の死体が潤子の車に残されていったという。潤子は当然のことながら、その〝遺留物〟の身許を知っていた。

もし〝遺留物〟が生きていたなら、なおのこと生かしておけなかったであろう。生かしてはおけない都合の悪い事情が潤子にはあった。

このように考えると、潤子が持ち去り犯人の位置にピタリとおさまってくる。潤子が夫の父を自分が奪った三千万円の持ち主と知ったときの驚愕はいかばかりであっただろう。

結婚後、彼女は救い難い暗い横顔を見せたことがあった。それがかぐや姫のような頼りない雰囲気となって身辺にまつわっていた。あれは良心の呵責《かしやく》に苦悩していたためではなかっただろうか。

それにしても信じられない。いや信じたくなかった。自分の妻が、父の旅先での急死した場面に行き合わせて（あるいはまだそのとき生きていたかもしれない）、父の生命の代償のような金を奪い取り、逃走途上、自車の中に投げ込まれた隣人の死体（これも生きていたかもしれない）を隠したとは。

それはまったく妻のイメージと合わない、未知の側面である。しかし牛尾が挙げた傍証はすべて彼女が夫に隠した過去の恐るべき横顔であることを裏づけている。

牛尾からの電話を受けた後、慎也は打ちのめされて坐《すわ》り込んでしまった。これが「運命の恋」の成れの果てであったか。とすれば運命はなんと残酷なことか。

そのときなぜか宮地由起子のおもかげが瞼《まぶた》によみがえった。運命がすべて残酷なわけはあるまい。古い残酷な運命を打ち消すために新しい運命に会いたかった。

第十六章　行き倒れた宿泊カード

1

宮地杏子のブローチ発見は、水間達彦の容疑を濃縮したが、杏子の行方は依然として不明であり、また彼の密閉されたアリバイは難攻不落であった。

浅川真が殺害された時間帯に水間はすぐ隣りのホテルに缶詰となり、脱《ぬ》け出せない状態にあった。水間を攻略するためには、まず密閉した壁を崩し、浅川との間に接点を見つけ、さらに宮地杏子の行方を突き止めなければならない。

水間は何重ものバリケードによって守られていた。ブローチやキイの発見によって輻《ふく》輳《そう》した事件の輪郭が浮かび上がってきたが、まだ事件の核心に迫る決め手がつかめない。

捜査本部は切歯したが、水間に手を出せなかった。

この間に桜が開花し、あっという間に散った。今年は稀《まれ》に見る異常気象で、桜の開花が例年より一週間遅れた。ようやく咲き揃ったとおもったのも束の間、春の嵐に打たれて爛漫《らんまん》たる花ぶりを愛《め》でられる閑《ひま》もなく散ってしまった。

だが花見をする間もない捜査本部にとっては、むしろあきらめがついた。

四月も半ば過ぎ、二十日になって、驚いたことに南関東一円に大雪が降った。台湾付近に発生したいわゆる〝台湾坊主〟と呼ばれる低気圧が、大発達しながら太平洋岸をかすめるようにして通過したものだから、南関東地方、特に東京、神奈川の湾岸地帯は大雪に見舞われた。

この大雪の朝、新宿中央公園の一角の四阿《あずまや》の中で一人の浮浪者の死体が発見された。仲間から「ジンバラ」と呼ばれている五十前後の浮浪者である。本名から取ったのか、それとも出身地に因《ちな》んだのか不明であるが、三年ほど前から居ついている古顔の浮浪者である。三度目の冬を越えた猛者《もさ》のはずでありながら、最も厳しい時期を乗り切ってホッとしたときに、大雪に叩《たた》かれて死んだらしい。

死因も凍死ではなく、心臓の発作によるようである。東京の片隅で、泡のように消えていった一個の生命に関心を向けた者はいなかった。警察にとって、それは処理すべき一個の〝事務〟にすぎなかった。

浮浪者のかたわらに、〝家財道具〟一式を積んだ乳母車が放置されていた。検視の後、係官は乳母車の中を一応調べた。死因に疑いを抱いたからではなく、遺族の手がかりでもないかとおもったのである。

食器、衣類、傘、雑誌、バッグ、食品ラップ、それに包んだパン、弁当、りんご、中身が少々残っている酒びん、毛布、その他雑多なガラクタが積んである。寝場所を求めてこの四阿へ来たところで発作に襲われたのであろう。毛布は畳まれたままであった。

古い物を手当たり次第拾い集めたらしく、数袋のショッピングバッグの中に用途不明のガラクタが詰め込まれている。

「こんなものが入っていたよ」

係官の一人が指先に一枚のカードのようなものをつまみ上げた。

「なんだい、それは」

「ホテルの宿泊カードだよ。まさか本人が泊まったわけではあるまい。こんなもの拾って一流ホテルの客になった気分でいたのかな」

係官がつまんだカードには「帝都プラーザホテル４４２４号室　水間達彦様、十月三十日」の文字が見えた。

「水間達彦という名前は聞いたことがあるぞ」

「いま売れっ子の作家じゃないか」

「それだけじゃないよ。いま我が署《う ち》に捜査本部が設けられているメトロホテル殺人事件の参考人として呼ばれた人間じゃなかったかい」

「そうだよ」

係官たちは、同事件の担当者ではなかったが、同じ署内の事件だったのでよく憶《おぼ》えていた。

「参考人の宿泊カードとなると見過ごしにはできないな」

「とにかく捜査本部へもっていってみよう」

浮浪者の遺品の中から出てきたホテルの宿泊カードは、行きづまっていた捜査本部に明るい光明を投げかけた。

「なぜ水間達彦の宿泊カードを浮浪者がもっていたのだ」

「しかも日付は十月三十日、浅川が殺された日じゃないか」

捜査本部は緊張した。

「おや、部屋の番号がちがうな」

カードをにらんでいた那須が目を光らせた。

「水間が缶詰になった部屋は4423のはずだ。だがこのカードには4424と書いてあるぞ」

那須に指摘されて、一同も「番号ちがい」に気づいた。4424は隣りのアジョイニング・ルームで当夜空室であったとホテル側は証言している。

「ホテルが書きまちがえたんでしょうか」

「ホテルが部屋番号を書きまちがえるものかね」

「ともかく、ホテルに問い合わせてみようじゃないか」

2

ホテルに問い合わせたところ、フロントマネージャー（F・M）が記録を調べたが、たしかに4423号を水間に部屋割り《アサイン》していた。

「4423を部屋割りしながらカードには4424と記入することがありますか」

「そういうミスはまずあり得ません。宿泊カードはお客様が当ホテルにお泊まりになっておられるという証明書でございますから、特に慎重に記入しております。これをまちがえると、べつの部屋のキイを差し上げるということにもなります」

人間のすることであるから、絶対にミスがないとはいえないが、隣室の番号をまちがえるとはかぎらないだろう。

「しかし実際にこのカードには４４２４と記入されているが」

「間もなくこのカードを発行した担当者がまいりますので、その辺の事情がわかるでしょう」

間もなく担当者が出て来た。彼は差し出されたカードを見て、記憶を追っていたが、

「このカードはたしかに私が発行したものです。カードには発行者のサインをすることになっております。おもいだしましたが、水間先生には最初、４４２４号をアサインしたのですが、お部屋に変なにおいが籠《こも》っているということで隣室の４４２３に変更《チェンジ》したのでございます」

「部屋をチェンジした！」

「はい。入室直後でしたので、すべての記録を抹消して、４４２３に変えたのでございます」

「その際、４４２３はフロントが部屋割りしたのですか」

「いいえ、水間先生が隣室が資料などを移すのに近くてよいからとおっしゃられてご希望

なさったのです。だいたいルームチェンジをする場合は、なるべく近いお部屋にいたします」

「隣室がよく空いていましたね」

「先生が予約されたとき、なるべく両隣りが空室の静かなお部屋がよいとおっしゃられたので、そのようなお部屋をアサインいたしました」

「ほう、両隣りが空いている部屋をね」

刑事の目が薄く光って、

「4425も空いていたのですか」

「空いていました。もともとスイートはそんなに捌《は》ける部屋ではございませんので」

「それならなぜ4425を割りふらなかったのですか」

「4423と4424がコネクティングドアで結ばれたワンセットのスイートになっていたからです。4425は4426とセットになっております。べつのセットのお部屋よりも、同じセットのお部屋のほうがチェンジしやすいのです」

「水間氏はそのことを知っていましたか」

「よくお見えになって同タイプのお部屋をご利用されたことがございますので、ご存じだとおもいます」

刑事はルームプランを見せてもらって問題の部屋の間取り構成を確かめた。

「それで4424に変なにおいが籠っていたということだが、どんなにおいが籠っていたのですか」

刑事は質問の鉾先《ほこさき》を転じた。

「先生から苦情《コンプレイント》を受けて私が確かめに行ったのですが、殺虫剤のにおいでした」

「殺虫剤？　ホテルが撒《ま》いたのですか」

「いいえ、ホテルではそんなものを撒いた記録はないのに、おかしいなとおもいました」

「すると前の客が……」

「それが４４２４号室は二週間ほど売れておりませんので」

「つまり二週間客が入っていないということですな」

「はい。たとえ前のお客様が殺虫剤を撒いたとしても、そんなに長くにおいが残っているはずはないので、変だなとおもいました」

「そんなに濃厚に残っていたのですか」

「たったいま撒いたように強く籠っていました」

「それで部屋をチェンジした後、４４２４のカードは回収しなかったのですか」

「キイだけいただいて、カードは特に回収しません」

「なぜ回収しなかったのですか」

「ルームチェンジした後、ナンバーだけ訂正するのですが、水間先生がカードをどこかにしまい忘れたとおっしゃったので、新たにカードを発行したのです」

「すると水間氏は４４２３と４４２４の宿泊カードをもっていたことになりますね」

「そういうことになりますが、ルームチェンジした後でお客様がカードを破棄なさるでしょうから」

「それを破棄せずに水間氏がフロントで４４２４のカードを提示すれば、そのキイが渡されませんか」

「始めてのお客様やフロント係がよく存じ上げないお客様なら、そういうこともあるかもしれませんが、水間先生はフロント全員がよく存じ上げておりますので、べつのルームキイを差し上げるということはございません。ですから古いカードをそのままにしたのです」

「４４２４号室はどうしましたか」

「においが脱《ぬ》けるまで、故障部屋にいたしました」

ここに新たな事情が浮かび上がってきた。水間は４４２３に入室する前に４４２４をアサインされていた。しかもクレームをつけて直ちに隣室に部屋変えできるように両隣りが空室の部屋を予約していたのである。そして両隣り空室をリクエストしながら応接室には編集者を待機させておいた。これはきわめて不自然な状況である。

水間がたてこもるアリバイの壁は、いま崩れつつあった。

「４４２４から４４２３へ変更した後、両室の境のドア、コネクティングドアというのですかな。特に４４２４側のドアのロックは点検されましたか」

これはロックといっても、錠前があるわけではなく、内側からつまみをまわすと、ボルトがかかる型式である。このロックをつけたドアが両室の境に二枚背中合わせになっていて、二枚同時にロックを開放しないと通行できない仕組みになっている。

「特に点検はいたしませんでした。水間先生から続き部屋としてご利用されるというリクエストを受けていなかったので、コネクティングドアには触っておりませんでしたから」

「それでは仮に水間氏がロックをはずしておいたなら4423側から4424へ通り抜けられますな」

「それは通り抜けられますが、なぜそんなことをなさるので」

それは一々説明しても仕方がない。

「仮の話ですが、4423の寝室から、密《ひそ》かにロックをはずしておいた4424へ通り抜けて廊下へ出れば、4423の応接室で張り番をしていたとしても、知られずに出入りできますね」

「それはだめですね」

刑事の発想は一言の下に否定された。

「だめですか」

「だめです。たしかに4424のコネクティングドアのロックをはずしておけば、4423から4424へ通り抜けられますが、4424の廊下に面したドアをいったん閉じてしまえば、外からはキイがないかぎり戻れません。４４２４のキイはすでに返却されています」

「水間氏は４４２４の宿泊カードをもっていますが」

「そのことはすでに申し上げましたが、水間先生はフロント全員が存じ上げていますので、古いカードでチェンジ前のキイを差し上げるということはありませんね」

「たまたまフロントに水間氏を知らない新人やアルバイトが居合わせて、ついうっかり古い部屋のキイを渡すということはありませんか」

質問しながら刑事は、その無意味なことを知っていた。これほど周到な準備を施した水間が、フロントに新人やアルバイトがたまたま居合わせるという偶然に賭《か》けるはずがない。

「まだ新人はフロントに配属しておりませんし、フロントではアルバイトは使っておりません」

担当者と代ったF・Mは断言した。新人がいたとしても彼の印象に残ってしまうので、この方法は使えない。

「４４２４をわずかに半ドアにしておいたら、施錠されないのではありませんか」

自動施錠《オートロック》は、ドアを完全に閉めることによって機能する。

「警備係が二時間ごとにまわっておりますので、半ドアを見つければ、必ずきちんと閉めます」

二時間あれば、犯行時間を加えて犯行現場までの往復は可能である。

「パトロールの時間は決まっているのですか」

「二時間ごとで、警備係の判断に委ねております」

すると、これもいつ来るやもしれぬ不確定性に賭けることになる。それに警備係のパトロール時間が定まっていたとしても、その間に廊下を通行するルームサービス係やメイドなどの従業員が半ドアを見つければ必ず閉めてしまうだろう。半ドアは犯人にとってあまりにも危険が多い。

「合鍵《あいかぎ》はつくれませんか」

「当館はすべて電子キイを使用しておりますので、合鍵はつくれません」

F・Mがつけ加えた説明によると、電子キイは在来のキイのように刻み目がなく、磁石の特性である両極間の反発力を利用してシリンダーのピンをはね上げて施錠解錠できるようになっており、「鍵ちがい」が無限に近くあり、合鍵はできないということである。

3

ともあれ水間のアリバイにいっそう肉薄したことは確かであった。

犯行当夜、終夜部屋に閉じ籠《こも》っていたはずの水間が、ホテルの外に宿泊カードを落としていた。彼以外にカードをホテルの外へ運んだ人間は考えられない。当日以後落とした可能性もあるが、水間の容疑はいっそう濃縮された。

水間はアジョイニング・ルームを利用してアリバイをつくることを考えた。まずアジョイニングの一方の部屋に入って《チェックイン》、コネクティングドアのロックをはずす。そうしておいて殺虫剤を振り撒《ま》き、部屋にケチをつけて、部屋を隣りへチェンジしてもらう。アジョイニングの単位《セット》の異なる（コネクティングドアがない）４２５にアサインされる確率は低い。低い確率に当たったときは、犯行を中止すればよい。彼のアリバイのためには４２４（チェンジ後の）を空けておかなければならないが、殺虫剤のにおいが籠った同室に他の客が入る懸念はない。

こうして担当編集者にアリバイの証人となってもらい、あらかじめ隣りのメトロホテルへ呼び出しておいた浅川の部屋まで往復して彼を殺害した。

元の部屋へ戻った方法はまだ不明であるが、水間のアリバイの外壕《そとぼり》は埋め立てられた。

「水間はアリバイ工作を施しておいて、帝都プラーザからメトロホテルまで往復したことはほぼ疑いがない。彼のアリバイを守る最後のバリケードは、いかにして部屋へ戻ったかということだ。この壁を崩せれば、彼のアリバイは崩れる。

だがアリバイを崩しただけでは、まだ水間に手を出せない。彼がホテルを脱け出してどこへ行こうと自由なんだ。犯行現場へ行ったことの証明にはならない」

那須の表情は苦しげであった。

第十七章　両様の死因

1

暮坂慎也は猛烈に宮地由起子に会いたくなった。死んだ古い運命から脱するためには、どうしても彼女が必要であった。

会いたい、ただ一目でもよいから会いたいとおもった。潤子が父の三千万円を持ち去り、由起子の姉をどこかに隠したという牛尾の示唆は、慎也に立ち直れないほどのショックをあたえた。そのショックを癒し、再起する力をあたえてくれる者は由起子以外にはいない。新しい運命にすがることによって、死んだ運命の亡霊を振り落とせるのだ。

慎也はとうとうがまんできなくなって、由起子に電話した。

「私もいまお電話しようとおもっていたところなの。刑事さんが来て、話を聞いたわ。もしかすると姉はあなたの奥さんの車と衝突したかもしれないって。びっくりしたわ。なんか凄《すご》い運命を感ずるわ」

「あなたもそうおもうかい」

「おもうわ」

「それで、ぜひ会いたいんだ」

「私もよ。休暇が取れたらそちらへ行きたいくらいだわ」

「ぼくのほうが出やすい。行ってもいいかな」

「えーっ、いらっしゃれるの。いらして、すぐ」

由起子の声が弾んだ。

二人はまた会った。会う度に心の深いところで結ばれていくような気がした。

慎也は潤子と初めて出会ったときと重ね合わせていた。彼女には、この世に一時滞在を許されたような、あえかな脆《もろ》さがあった。その脆さの中に運命を感じたのかもしれない。

だが、由起子にはしっかりした存在感がある。潤子は透明な柔らかい輝きに包まれて実体が見失われているような頼りなさがあったが、由起子は周辺に霧が漂っているようなとりとめのなさの中に強い芯《しん》を秘めているようである。むしろ逆境においたほうが、その本領を発揮するような存在感がある。

新宿の街は、ゴールデンウィークを控えて花やいでいた。一年で最も溌剌《はつらつ》たる季節であり、カップルたちにとって期待感に充《み》ちた楽しい時期である。

「こんな美しい夜にきみと一緒にいられて幸せだなあ」

慎也はおもわずつぶやいていた。

「私もよ。暮坂さんと出会えてよかったわ。列車でお席が隣り合ったのも、きっと運命なのね」

由起子も「運命」という言葉を用いた。だが運命と信じた潤子との生活が意外な終止符を打たれた後、新たな運命を信ずるのが恐くもある。それにすがりつくことによって、潤子の亡霊を振り捨てようとしているのだが、まだ決断がつかない。

食事の後、二人は中央公園へ来た。芽吹き始めた瑞々《みずみず》しい若葉のかなたに光を充たした超高層ビルが競い立っている。

数日前に雪を降らせた異常気象もようやく本来の軌道をたどり始めたらしく、爽《さわ》やかな夜気が香っている。

艶《つや》やかな夜に誘われたらしく、公園の中には二人連れが目立つ。

「私、もう姉がこの世にいないような気がするのよ」

満楼に光を充たしたビルの連なりに目を向けていた由起子が、ポツリと言った。

「なにを言うんだ。希望を捨ててはいけないよ」

慎也が励ました。警察がどの程度まで彼女に話したか知らないが、もし牛尾の推理が的中していれば、慎也の妻が由起子の姉の死体を隠したことになる。最悪の場合は潤子が宮地杏子に止《とど》めを刺したかもしれない。

慎也はその想像が恐ろしかった。だがきわめて可能性の高い想像なのである。

「でもいいのよ。姉が生きていたとしても、もう私の人生にはなんの関係もないことがわかったの」

「それはどういう意味なの」

「姉妹というだけで、たがいに生きていくためになんの役にも立たないということよ」

「そんなことはないだろう」

慎也は由起子の大胆な言葉に驚かされた。

「現に私は姉の力など少しも借りずに生きているわ。肉親の存在が心の支えになるということはあるでしょうね。でも姉は私を残して一人で上京してからは、私の心の支えにもならなかったわ。手紙一本、電話一回もくれず、どこにいるのかもわからない姉など、すでに死んだも同然だったわ。仮に姉がどこかで生きていたとしても、いえ、生きていればなおさら妹の存在など邪魔にちがいないわよ。もういいかげんに姉の幻を振り切らなければいけないことに、ようやく気がついたの」

「きみの言うことはわからないではないけれど、たった一人のお姉さんを、そのようにおもってはいけないよ」

「そのようにおもったほうが、あきらめがいいわ。私、東京へ来てから気がついたんだけど、こんなにたくさんの人間がいるのに、一人ぽっちの人が多いのね。グループで打ち解け合っているように見えても、実際は一人一人が孤立しているのよ。どうしてそうなのかなあとおもったんだけど、そのほうが生き易いのね。頼り合ったり、たすけ合ったりするより、そういう気持ちをきっぱり捨てて一人の力で生きていくほうが、生き易いのよ」

「他の人間を当てにしてはいけないが、しかし、信ずるに足りるものも確実に存在するよ」

「信ずるに足りるもの……」

「たとえばきみに対するぼくさ」

「慎也さん」

「生きていくうえで自分だけを信ずるというのは、ある意味では賢明な自衛方法かもしれない。しかし社会は人間が協力し合って成り立つものだろう。そんな中でいつも自分の身を衛《まも》ることだけを考えて生きていくのは、ずいぶん寂しい生き方だとおもうんだよ。人間は、愛する者のため尽くすことに喜びを感じるものだ。この人のためになにかしてやりたい。この人の喜ぶ顔を見たい。おいしいものを食べれば、この人に分けてやりたい。幸せを共有したい。この人のためなら生命すら要らないとおもうことだってある。だから人間って素晴らしいんじゃないかな。どう、ぼくを信じてみないか」

「私、お店に入ったころ、先輩から東京は人間が多すぎるから押しつぶされないように、みんなが殻を固くしていると聞いたわ。私そんな人間になりたくないとおもっていたのに、いつの間にかそんな人間になりかけていたのね」

「きみが悪いんじゃない。当然の自衛本能さ。それだけきみがたくましくなった証拠さ」

「慎也さん、私、そんなにたくましくなりたくないわ」

「大丈夫、もうきみは十分たくましいよ」

「その言葉、どう受け取っていいのかしら」

「もうきみはお姉さんの幻影から自由になっているということさ。だから幻影から離れたところでお姉さんの無事を祈っていればいい」

「本当にそうだわ」

「世の中に信ずるに足るものがあるとおもうと、世間はべつの色彩に輝いて見えるよ」

「もう輝いて見えるわ。今夜は帰りたくないわ」

「ぼくも帰したくない」

ちょうど木かげの暗がりに来た。二人はどちらからともなく歩みを止めて唇を寄せ合った。このとき、慎也は潤子の幻影から自由になったとおもった。

2

ゴールデンウイークを過ぎて、日本列島を覆った喧噪《けんそう》がようやく鎮まってきた。五月上旬から中旬にかけては、山野の新緑が最も生き生きと弾み立つ。

五月十日、東京のオアシスの多摩、狭山《さやま》湖畔も、束の間の静けさの中に新緑の最も美しい時期を迎えていた。今年は異常寒波が居すわったために、新緑の芽吹きが遅れ、ゴールデンウイーク中よりも緑が潑剌と萌《も》え立っている。

湖の周囲に残された自然林は、まるで緑の火事のように色艶《いろあで》やかな緑衣をまとい、長い冬を耐えた後の束の間の出番を謳歌《おうか》しているようである。

駅に近い下湖の堰《せき》付近はゴールデンウイークに休めなかった人たちでけっこう賑《にぎ》わっ

ているが、少し奥へ入ると、もはや人気《ひとけ》は絶えて自然の懐ろに包み込まれた趣きがある。多摩、狭山湖の周囲をサイクリング道路が一周している。湖水を取り巻く雑木林の中には道が四通八達しているが、道から少し逸《そ》れれば、深い森に入ったような錯覚に襲われる。

それは晩秋から冬にかけては、裸になった梢越《こずえご》しに、どこからでも視野に入った鈍く光る湖水が、重なり合う緑に隠されてしまったせいである。

だが湖畔を走る車の騒音の絶える間がなく、ここの自然が浅いことをおしえる。都会のオアシスに深山幽谷の趣きを求めるのが無理なのであろう。

東京から来たあるデパート社員の若いグループは湖畔のサイクリングコースを走っていた。ゴールデンウィーク中は働き通しだったので、久しぶりの休日を貪欲《どんよく》に楽しんでいた。日ごろ空気の汚れたビルの中に押しこめられているので、オゾンの香りが溢《あふ》れた自然の中で自転車を走らせるのが快かった。自分たちのために、自然は最も美しく装って歓迎してくれているように見える。

須藤芳夫《すどうよしお》は最後尾からゆっくり走っていた。スピードを競う仲間たちを先にやって、湖水周辺の新緑を楽しみながら走る。新緑の林には若い生命が触れ合い犇《ひし》めき合って醸し出すかぐわしい生ぐささと、しどけなさがある。それは清純な少女が集まった女子高の講堂の女くささに相通ずるところがある。風にそよぐ若葉は明るいのにあまりにも夥《おびただ》しく重なり合って暗く感ずる。そう言えば、五月の陽光に飽和した明るい空が、ふと暗く錯覚される。

冬の枯死に向かって静かな凋落《ちょうらく》を重ねる秋の凜然《りんぜん》たる気配と異なり、春から初夏にかけては、新鮮な豊饒《ほうじょう》の中で上り坂にかかった季節の驕《おご》りと放漫さがあった。それが若者の自己中心の客気にピタリと合う。

須藤はいい気分になってペダルを踏んだ。道は湖に沿って緩やかな丘陵地帯を上下する。多摩湖を右手に見ながらしばらく走ると、埼玉県との境界に近づく。

湖水が隠れて雑木林の密度が濃くなったあたりにカラスが鳴いていた。五月中旬から育雛期《いくすうき》に入った彼らは、このころから雛《ひな》の旺盛《おうせい》な食欲を充《み》たすために活発に餌を集める。他の野鳥の卵や雛などは彼らの絶好の攻撃目標である。それだけで足りず、家禽《かきん》や作物を狙う。手（嘴《くちばし》）当たり次第、悪事の限りを尽くす。

それにしてもずいぶん群れているなと須藤はおもった。新緑の森に侵入した不吉な使者のように多数群れて禍々《まがまが》しい気配を撒《ま》き散らしている。なにか獲物を争い合っているようである。林の奥で犬の吠《ほ》え立てる声がして、また数羽舞い上がった。仲間同士でなく、犬と奪い合っているようである。

須藤はふと興味をもった。林の奥になにかいるらしい。好奇心の旺盛な須藤は、自転車を停めて、林の奥へ歩み入った。道をはずれると、雑木林の中である。カラスの鳴き声を追って奥へ向かう。また犬が吠えた。犬も数匹いるようである。須藤は落ちていた木の枝を拾って身構えながら進んだ。

サイクリング道路から五、六十メートル入ると、突然目の前のクヌギの根元からなにか飛び出した。野犬である。口元になにやらおぞましい物体が咥《くわ》えられている。須藤は犬が飛び出した木の根元に目を向けてぎょっとなった。そこに三、四匹の野犬が群れ、去年の落ち葉の下からなにやら引っ張り出そうとしている。

「こらあ」

須藤は大声をあげて木の枝で威嚇した。犬を追いはらった後に、その一部を地上に現わした物体が視野に入った。

3

多摩湖畔サイクリングコースの雑木林の中に変死体があるという通報を110番経由で受けた東大和《ひがしやまと》署のパトカーがまず現場に一番乗りをした。現場はあとわずかで埼玉県に接する雑木林の中である。休日やゴールデンウイークにはハイカーやカップルが迷い込むが、ふだんはほとんど人が来ない。

死体は女性らしく、死後変化に加えて野犬やカラスによる損傷が著しい。東大和署員は、死体が土中に埋められてあったところから、他殺と判断して第一報を入れた。東大和署員、機動捜査隊、捜査一課員が相次いで臨場してきた。

検索の環《わ》が周辺に広げられた。全体を俯瞰《ふかん》しながら、観察の焦点を死体に絞り込んでいく。

死体は地中五十センチほどの狭い穴の中に前かがみに二つ折りにされ、無理矢理押しこめられた形で埋まっていた。かなり以前に埋められたらしく、半ばミイラ化しており、地上に引っ張り出された部分は犬やカラスの突食をうけて損傷が著しい。

身につけた衣類は泥まみれにボロボロになっているが、黄色いブラウスに白のセーター、オリーブグリーンのスカートであることが辛うじて判別できる。首に千切れた銀の鎖の断端がわずかに残っている以外は、アクセサリー類、腕時計、その他身許《みもと》を示すようなものは身につけていない。

検屍《けんし》によって死後経過一年半〜二年、死因は頸部《けいぶ》にひもで絞めたような痕跡《こんせき》がわずかに認められるが、断定できない。

犯人は急いでいたのか、埋め方が浅かったために野犬に死臭を嗅《か》ぎつけられ引っ張り出されて、発見のきっかけになった。あるいは雨風によって死体の一部が地表に現われかけたところをカラスが穿《ほじく》り、つづいて野犬が来たのかもしれない。

死体を埋めて余った土を周辺にばら撒いたのか、その辺が全体に少し盛り上がっている。

死体を埋めた穴だけでなく周辺の地上も丹念に捜す。足跡、血痕《けっこん》、犯人の遺留品、被害者の持ち物などを求めて捜索される。犯行後一年半以上の日数が経過しているので、見込みの薄い捜索であるが、あきらめない。ことに現場の外周には犯行前後の行動痕跡が残っていることがあるので、観察をゆるがせにできない。

「おや、これはなんだ」

所轄署の捜査員が落ち葉の下からなにかつまみ上げた。

「なにかあったかい」

相棒が覗《のぞ》き込んだ。

「マッチだよ」

泥にまみれているが、喫茶店などで出すサービスマッチで、「花壇」という文字が辛うじて読める。傍に電話番号も刷ってある。

「かなり古いね」

捜査員はマッチと死体の古さを比較した。

「一応当たる必要があるね」

マッチはビニール袋に入れられて保存された。このあたりは都民の行楽地であるので無関係かもしれないが、無視できない資料である。検屍の後、死体は解剖に付されることになった。

死者は二十代前半とみられる女性で、部屋着のような軽装のまま埋められているところから自宅かその近くで殺害された後、現場に運ばれてきて埋められたとみられた。

マッチは中央区銀座六丁目のクラブ「花壇」のものであることが確かめられた。ほぼ同時に死者の身許が判明した。身体の特徴を警察庁の照会センターの家出人ファイルに照会したところ、一昨年《おととし》三月下旬より港区南麻布三丁目のマンション自室から蒸発したとみられる宮地杏子、当時二十一歳に該当した。

直ちに遺族の妹に連絡がついて、遺体の確認が要請された。遺体の確認といっても、半ばミイラ化している生前の原形をほとんど留《とど》めていない遺体である。それを二十歳の妹に求めるのは酷なことであった。

だが捜索願いはその妹から出されていた。妹は健《けな》げに警察の要請に応えた。妹によって死者の身許が確認された。

解剖の結果、死因は窒息死と鑑定された。ミイラ化した頸部に指の作用した痕《あと》が認められ、甲状腺《こうじようせん》軟骨に骨折を起こしていた。だが手で絞めたとき死に至ったのか、あるいは土中に埋められてから窒息死したか判定は不能ということである。

これは頸部を扼《やく》された後、わずかに虫の息があり、土中に埋められて完全に死に至った可能性を残すものである。

被害者は新宿メトロホテル殺人事件の〝関係者〟としてその行方を捜されていた人物でもある。死因の両様性は、捜査本部の推測を裏書きするものである。

捜査本部は宮地杏子の死体発見の報《しら》せに色めき立った。「とうとう出てきた」という感が部内にあった。犯人は、水間達彦以外には考えられない。だが、水間と杏子を結びつけるものはなにもない。

「現場に『花壇』のマッチが落ちていたが、これを水間が落としたとは考えられないか」

　という意見が出た。

「クラブのマッチなどだれでも手に入れられる。まして、水間は、三月二十四日夜、宮地杏子を乗せていたとみられる車を盗まれている。そして杏子は、水間の車から三上潤子のMKⅡに〝乗り換えた〟のを浮浪者に目撃されている。潤子は当時『花壇』に勤めていた。マッチはむしろ潤子が杏子を埋めた犯人である証拠とみていいだろう」

　という反論が出た。

「三月二十四日に宮地杏子が水間の車に乗っていたことは確かめられていない。プロフが目撃したのも杏子そのものではなく、『人間が入っているような包み』だ。水間の車に杏子が生死不明で乗っていたと速断するのは危険ではないか」

「いや速断ではない。水間が車を盗まれた港区の公園に杏子のブローチが落ちており、杏子の死体はブローチについていたチェーンの断端をつけていた。チェーンの切れ端だけべつの機会に首につけることは考えられないよ。公園で水間の車が盗まれたとき、彼女が車内にいたことは、まずまちがいない」

　論議は沸いたが、依然として水間の攻め口をつかめていない。

　杏子の死体の発見は、水間の容疑をさらに煮つめたが、同時にプロフが目撃した状況を裏づけるものであった。

　水間と杏子を結びつけるものは、三上潤子の言葉とマンション管理人の証言だけである。前者はすでに死んでいるし、後者の証言だけでは弱い。

残るは軍司、浅川殺しであるが、前者とのつながりはまったくつかめず、後者の事件に際して疑わしい状況があったが、アリバイの壁を突き崩せない。

第十八章　チェンジされた密室

1

「浅川を殺したのは、水間に決まっている。彼が犯人でなければ、あれだけ不自然な状況は揃えようとしても揃うものではないよ」

牛尾は忿懣《ふんまん》やる方ないといった口調で言った。

「不自然ではありますが、このくらいしぶとい容疑者も珍しいですね」

大上が半ば呆《あき》れたといった口調で相槌《あいづち》を打った。浅川とのつながりを推測し、アリバイを追及し、一歩一歩肉薄して行ったが、まだ土俵際で踏ん張っている。仮にアリバイを崩したとしても、まだ彼を仕留めることはできない。

「本当にしぶといよ。我々のにらんだところでは彼は三人に手を下している。その中の一人は彼が死に至らしめたかどうか不明だがね。それにもかかわらず、シッポをつかませない」

「水間は浅川の殺された現場へ行ってます。そうでなければ、帝都プラーザの宿泊カードがジンバラに拾われるはずがないんだ」

「ウルさん、もう一度現場へ行ってみよう。なにか見落としがあるかもしれない」

「メトロホテルへですか」

「いや、水間が当夜泊まっていた帝都プラーザだよ」

「もう何度も行きましたよ」

「現場百回だ。しつこく行けば盲点が見えてくるかもしれない」

二人はまた帝都プラーザホテルへ行った。フロントへ行くと露骨に迷惑顔をされた。フロントマネージャー（F・M）が出て来て、

「まだなにかご不審な点がございますか」

と問うた。慇懃《いんぎん》な態度は崩さないが、表情の底でいいかげんに勘弁してもらいたいと言っている。考えてみれば、ホテルにとってはなんの事件も発生していないのである。VIPの宿泊記録を根掘り葉掘り調べられて、刑事に何度もうろちょろされては迷惑この上ないであろう。

「恐縮ですが、4423と4424号室をもう一度見せていただけませんか。ただいまフロントに聞きましたところ空いているそうですな」

占《ふさ》がっていると言われる前に、フロントに逸速《いちはや》く確かめてある。F・Mは渋面になりそうなのを抑えて案内に立った。五月下旬から六月にかけては、国際会議もなくシティホテルがやや閑《ひま》になる時期である。

「その後、殺虫剤のにおいは脱《ぬ》けましたか」

牛尾は尋ねた。

「一週間ほどで脱けました。比較的閑なときでたすかりました。国際会議や外国の使節団がいらっしゃっている時期ですと、困ったところです」

「いったいだれがそんな悪戯《いたずら》をしたのでしょうな」

「私どももいっこうに心当たりがないので、首をひねっております」

「水間氏が撒《ま》いたとは考えませんでしたか」

「水間先生が！　あの方がなぜそんなことをなさるのですか」

「ホテルが撒いたのでもなく、水間氏が入室する前ずっと空いていた部屋に、たったいま振り撒いたように濃厚な殺虫剤のにおいが残っていたのなら、犯人は水間氏以外には考えられないでしょう」

「し、しかし、先生がそんなことをする理由がありません」

「その理由を見つけるために、ご迷惑を顧みずこうしてお邪魔しておるのですよ」

牛尾はF・Mの顔を見てニヤリと笑った。F・Mは興味をもったらしい。

4423の前へ来た。このフロアはスイートばかりで固めているので、客の気配もなく深海の底のように静まりかえっている。

「4424のほうを見せてください」

4423のドアを開こうとしたF・Mに牛尾は言った。4423から4424を経由して脱け出す方法は、すでに明らかになっている。いかにして4424へ戻るかという謎が最後の壁となっているのである。

F・Mが４４２４のドアにキイをさし込んだ。

「支配人さん、キイを使わずに部屋へ入る方法はありませんか」

牛尾は問うた。

「そんな方法ありませんよ」

F・Mが呆れた表情をした。そんな方法があればホテルの売りものの安全とプライバシーの保証が損なわれてしまう。しかし、水間はキイ無しで戻ったのである。

「ありませんか」

「ありませんな。あれば私が聞きたい」

「合鍵《あいかぎ》はつくれない。半ドアは危険が多い。チェンジ前の宿泊カードは使えないとなると、奴《やっこ》さん、いったいどうやって部屋へ戻ったんだろうな」

牛尾が独り言のようにつぶやいていると、錠前の取付け口をしげしげと見ていた大上が、「おやあ」と声を上げた。

「どうしたね」

牛尾が大上のほうへ目を向けた。

「モーさん、ここを見てください。わずかにセロハンテープが貼ってあります」

大上が指さした。

「なんだって」

牛尾は大上が指さしたドアの錠前の取付け口に目を近づけた。ドアの木口面（ドア面

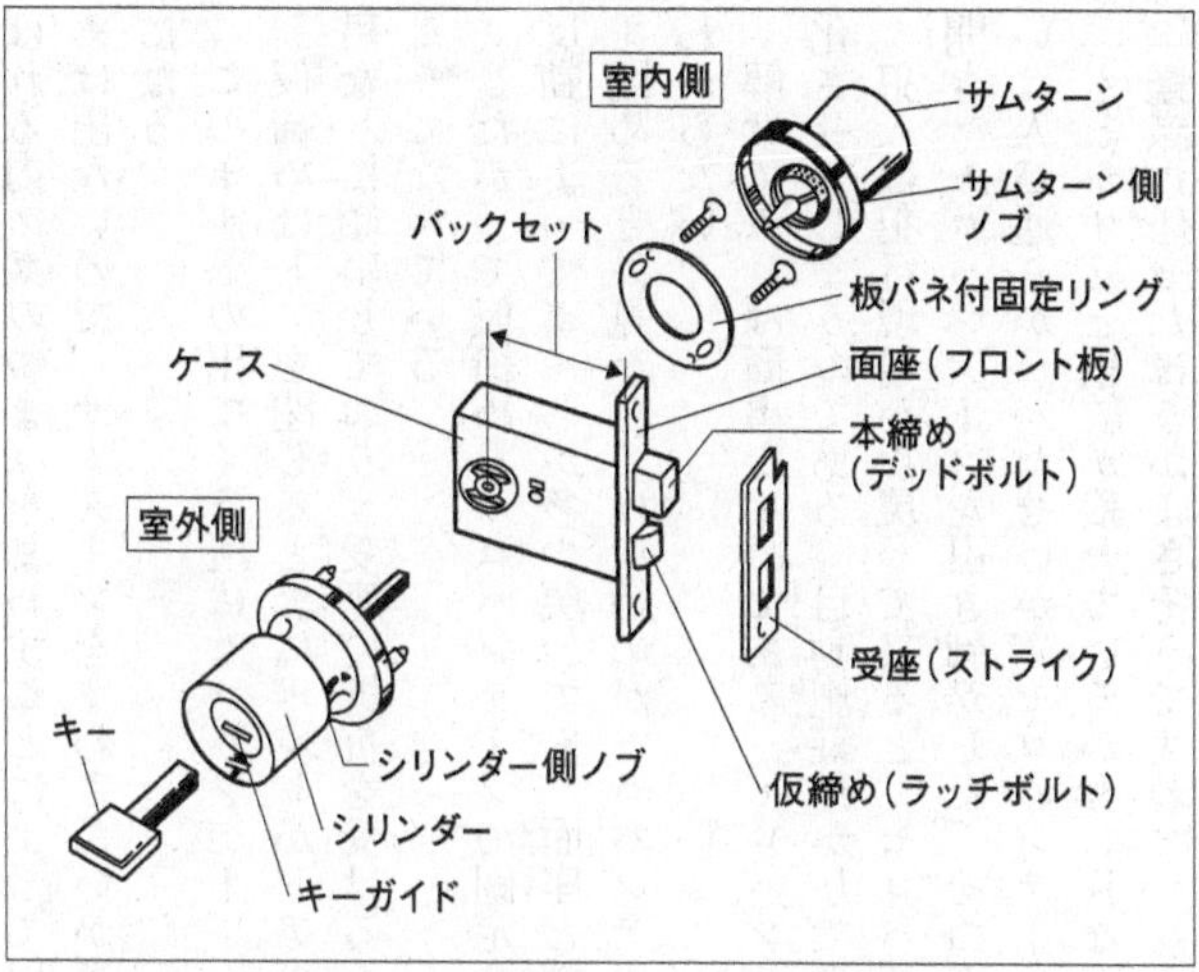

帝都プラーザホテル　オートロック構成略図

に対する両側の框《かまち》の部分）の面座《フロント》と呼ばれる部位で、ボルトが出入りする穴のかたわらに、わずかにセロハンテープの切れ端が貼られている。

「はて、こんな所にどうしてセロハンテープが貼ってあるんだろう」

牛尾は首を傾げた。手動式の錠前はドアを閉じただけでは施錠されず、仮締め《ラッチボルト》だけでドアが固定されている。キイをシリンダーにさし込んで本締《デッドボ》め《ルト》を出して初めて施錠される。仮締めは、ドアの内外ノブをまわして動かす（ドアを開く）ことができる。

これが自動施錠《オートロック》になると、仮締めのみ内ノブによって動かせるので、外へ出てドアを閉めただけで施錠される。

本締めは内側からサムターンと呼

ばれる内ノブのつまみをまわすことによって出入りできる。ドアを閉めただけでは本締めは出ないので、サムターンをまわさないかぎり、仮締めによって自動施錠されることになる。

「このボルトの出てくる所にセロハンテープを貼りつけたら、ボルトは出ないね」

仮締めはドアを閉じるときにボルトがドアの受座《ストライク》に衝突しないように外側に向かって弓なりに傾斜しており、受座《ストライク》の抵抗を受けるとバネによってケースの中へ押し込まれるようになっている。

したがって仮締めをセロハンテープで固定すれば、ケースの中へ押え込める。バネの反動によってボルトが多少戻っても、面座《フロント》と受座《ストライク》の間隙《かんげき》に泳いで引っかからない。ドアを閉めると外見からでは仮締めがセロハンテープに押え込まれてかかっていないことがわからない。

解けてみれば簡単な手品である。セロハンテープのわずかな断端で堅牢《けんろう》な錠前を無力化させてしまうのである。自動施錠《オートロック》だからできる手品でもある。

犯人は犯行現場から戻って来ると、セロハンテープで機能を封じた自動施錠《オートロック》のドアを開き、セロハンテープを引き剝《は》がした。そのとき犯行直後で動転していたせいか、あるいは人が通りかかったせいか、セロハンテープの一部分を残してしまったのである。

「もしかすると指紋が残っているかもしれない」

「鑑識に任せたほうがよさそうですね」

鑑識が呼ばれて、セロハンテープの断端が保存された。鑑識課の検査によって一個の指紋と重大な資料が採取された。セロハンテープに微量の血痕《けっこん》が付着していたのである。微量ながらセロハンテープの糊面《こめん》に付着し、保存状態がよかったために血液型の判定が可能であった。

その結果、血痕の血液型は浅川真のそれと一致したのである。浅川の血液型と一致する血痕が、帝都プラーザに宿泊した水間の部屋（チェンジ前）のドアノブに付着していたのである。残るは指紋の対照だけであった。

ここに捜査本部は重要参考人として水間達彦に再度任意出頭を求めた。

再呼び出しをうけた水間は緊張していた。前回とは比較にならないほど深刻な気配が犇々《ひしひし》と伝わってくる。

「またご足労いただいて恐縮です」

那須警部が如才なく迎えて、茶を勧めた。まず水間の緊張を解《ほぐ》そうとしている。

「今度はどんなご用件でしょう。いま締切りと重なって大変なときなのですが」

水間は心理的プレッシャーをはね返すように肩をそびやかした。

「お手間は取らせません。実は新しい事実がわかりましてな、ぜひご意見をうかがいたいのです」

那須がおもわせぶりに言った。

水間の不安が急速にうながされている。

「先生は十月三十日、帝都プラーザに缶詰になった際、4423号室へ入る前に4424号室へ入りましたね」

那須の視線が一直線に水間の面へ射込まれる。

「さあ、そうだったかな」

水間が動揺を抑えて茶碗《ちゃわん》を取り上げた。

一口二口すすったが、茶の味は全然わからないようである。

「まちがいありませんよ。ホテルの記録に残っています。あなたはいったん4424へ入ったものの、同室に妙なにおいが籠《こも》っていると言って隣りの4423へ部屋替えをしたのです」

「そんなことがあったような気がします」

水間は渋々といった体《てい》で認めた。

「ところであなたは十月三十日、終夜、4423号室から一歩も外へ出ませんでしたか」

「先生」がいつの間にか「あなた」になっている。

「前回申し立てたとおりです。N社の大前君に聞いてもらえばわかります」

「もう聞きました」

「それじゃあ問題はないでしょう」

「新しい事実?」

「大前さんは同夜ずっと4423号室の応接室にいたと言いましたよ。しかしあなたが隣りの寝室にずっといたのを見たとは言っていない」

「そ、そんな馬鹿な！」

「大前さんは嘘を言っていない。あなたがいた寝室と、大前さんがいた応接室の間にはドアが閉じられていて、大前さんにはあなたの姿は見えないのですから」

「しかし、大前君のいる応接室を通らなければ外へ出られないじゃないか」

「そんなことはありません。あなたは4423へ入室する前に4424へ入り、コネクティングドアのロックをはずしてから同室にケチをつけて4423へ部屋替え《チェンジ》してもらった。だからあなたは応接室を通らずに4424から外へ出られたのです」

「そ、そんな、臆測《おくそく》にすぎない。証拠があるのか」

動揺を隠そうとして居丈高になった水間の前に、那須は4424の宿泊カードを突きつけた。

「これをご存じでしょう。あなたのチェンジ前の宿泊カードです。これがどこにあったとおもいますか。浮浪者が拾ってもっていたのですよ。ホテルから一歩も出なかったはずのあなたの宿泊カードをどうして浮浪者がもっているのです」

「そ、それは、多分出発《チエックアウト》した後に、カードを落としたんだろう」

たじたじとなりながらも、水間は土俵際に踏みとどまった。

「あなたはきっとそうおっしゃるだろうとおもいましたよ。4424のドアノブにセロハンテープが貼り残してありました。これほど綿密に計画を立てたあなたがセロハンテープを剝がし残したのは、千慮の一失というべきですね。あなたは４４２４の鍵《かぎ》をセロハンテープで封じ込めてメトロホテルまで往復して浅川真を殺害した。犯行後、部屋へ戻ったあなたは、アリバイを完全にするために大前氏にルームサービスのコーヒーを頼んだのだ」

那須は追及の鋒先《ほこさき》を一直線に水間の胸元に突きつけてきた。

「な、なにを証拠にそんなことを……」

「４４２４の鍵に貼り残されたセロハンテープから血痕が検出された。血液型が浅川のものと一致した」

「関係ない！　ぼくは４４２３にいたんだ。隣室にだれの血が付いていようと知ったことではない」

「同じセロハンテープからあんたの指紋が検出されたよ。いまあんたが飲んだ茶碗の指紋と対照したところ、ピタリと一致したよ」

愕然《がくぜん》とした水間は、目の前から茶碗がいつの間にか消えているのに気づいた。

2

さしも頑強に抵抗した水間も遂に屈服した。水間の自供は次のとおりである。

「宮地杏子を南麻布のマンションに囲ったのは私だ。初めのうちはうまくいっていたが、

『女精《めしょう》』のモデルにしたころから増長してきて、結婚を迫るようになった。杏子はあくまでも遊びの道具にすぎず、そんなつもりは毛頭なかった。

『女精』を書けたのも自分のおかげだとか、結婚しなければ、女の敵として訴えてやるとか、会う都度にいやみを言われたので、だんだんうっとうしくなってきた。

三月二十四日の夜、例のとおりのけんかになり、かっとなって杏子の首を絞めてしまった。殺すつもりはなかった。はっとしたときはぐったりとなっていた。うろ憶《おぼ》えの人工呼吸などを施してみたが蘇生《そせい》しなかった。

大変なことになったとおもい、とにかく死体を隠すために布団袋につめて車に積み込み、暗い裏通りを伝った。あの公園前まで来たとき、私は耐え難い尿意をおぼえて車を一時停め、公園の公衆トイレに駆け込んだ。杏子とけんかになる前に飲んだビールが緊張に相乗されて尿意をうながしたらしい。

用を足して車を停めた所へ戻って来た私は、愕然とした。車が消えていたのだ。ほんの束の間とおもってキイをつけたままにしておいたのが、用を足している間に盗まれてしまったのだ。

私は途方に暮れた。死体を積んだ車の盗難届けなど出せない。私はその辺を当てもなくうろついた。車泥棒が、死体があるのに驚いて、車ごと放置したら万事休すだ。あるいは警察に届け出るかもしれない。私は生きた心地がしなかった。

車は翌日夜、目黒区の路上に乗り捨てられているのを発見されたが、死体は消えていた。だれかが死体だけ始末したらしい。おかげで私は警察から追及されることもなかった。

車を盗んだ何者かが死体を隠したのだ。その意図が不明なので、無気味だった。間もなく車泥棒の意図がわかった。浅川が私の前に姿を現わして恐喝を始めた。浅川は『おれが死体を預かっている。おれが一言でもバラせば、おまえは破滅だ』と言って、私から吸いつづけた。浅川は狡猾《こうかつ》で、けっして一挙に金の卵を取り出そうとはしなかった。少しずつ、生かさず殺さず、一生獲物から吸いつづけようとしていた。

浅川の口を金で一時塞いだ私は、『女精』のヒロインを三人の女に分割して『冬の虹《にじ》』と改題して出版した。初めは『女精』の出版は止めようかとおもったのだが、読者の人気の高い作品を出版しないとかえって疑いをまねくかもしれないと考え直して出版に踏み切った。

浅川の恐喝は執拗《しつよう》につづき、次第にエスカレートしてきた。このままでは一生吸われつづけ、自分の人生は彼の桎梏《かせ》の下におかれるとおもうと、息苦しさに耐えられなくなった。

浅川を殺すことを決意してアリバイ工作を考えた。自分と浅川を結びつける者はだれもいないとおもったが、万一の用心のためだった。浅川がどこかに隠した杏子の死体はとうに白骨化して身許《みもと》がわからなくなっているだろうとおもった。

昨年十月三十日、浅川をメトロホテルに泊めて、金をもっていくから待っているようにと言った。私はアリバイ工作を支える複雑な条件のどの一つが欠けても、犯行を中止するつもりだった。浅川への殺意を固めながらも、いつでも途中から引き返せる用意をしておいたのだ。推理のとおりの方法で部屋を脱《ぬ》け出した後でも、犯行を中止して帰ることができる。そのための工作だった。

ところがメトロホテルまで行って浅川の顔を見た瞬間、めらめらと殺意が燃え上がり、金槌《かなづち》を振《ふ》っていた。浅川は、まさか私がそこまで決意したとは知らず、油断しきっていた。メトロホテルの出入りはフロントを避けてレストランやバーのある地上フロアを経由したので、まったく不審をもたれなかった。

メトロホテルとの往復の途上、部屋をチェンジ前の宿泊カードを落としたのだろう。チェンジ後フロントへ返却すべきカードをポケットのどこかに入れ忘れていたのを、強いビル風に煽《あお》られて落としたのも、天の配剤のような気がする。

浅川を殺してホッとしたのも束の間、今度は軍司が現われた。そのとき初めて私は、車泥棒が二人いたことを知ったのだ。軍司は車検証から、盗んだ車のオーナーが私であることを知っており、私が車に積んであった死体と関係がある気配を察知していた。だが彼は、なぜか浅川のように私を恐喝しなかった。車を盗んだことに後ろめたさをおぼえていたからか、あるいは他に後ろ暗いことをかかえていたからか、私にはわからない。

軍司は浅川が殺されて即座に私の仕業と悟った。軍司はこれまで恐喝しなかったかわりに口留め料として一挙に五千万円を要求した。私の年収から、その要求額を出したの

だ。それだけで終わるはずがなかった。私は〝毒皿〟（毒食らわば皿まで）の心理にな
って軍司の殺害を決意した。私は彼の要求に応ずる振りをして、五千万円もっていった。
金の顔を見た彼は、札束の勘定に夢中になった。その隙を狙ってハンマーで後頭部を
叩《たた》いた。死体は、以前に自殺者が墓の唐櫃《かろうと》に潜り込んで死んだという事件があったのに
ヒントを得て、あらかじめ下見をして目星をつけておいた墓の中に隠した。
軍司殺しのときはアリバイ工作をする余裕がなかった。だが私と軍司との関係を知る
者はないはずなので、私を疑う者はいないだろうと安んじていた。どうして警察が私に
疑いをもったのか、いまだに不思議だ」
――暮坂潤子という女性（当時三上姓）が南麻布のマンションに住んでいたのを知っ
ているか――
「二、三度廊下で顔を見たような気がする」
――彼女に顔を見られたので、彼女も殺したのではないか――
「とんでもない。私は聞かれるまで名前さえ知らなかったくらいだ」
――潤子が勤めていた銀座六丁目のクラブ「花壇」に行ったことがあるだろう？――
「編集者から名前を聞いたことはあるが、行ったことはない」
――信じられないな。杏子の死体が発見された現場に「花壇」のマッチが落ちていた。
おまえが落としたんだろう――
「ちがう。私じゃない。『花壇』なんか一度も行ったことはない。店に聞いてくれれば

わかる」

――クラブのマッチなど店に行かなくとも手に入れられるからな――

「だったら私が落としたとは決められないだろう。私は『花壇』へは行ってないし、その女性を殺していない」

水間は言い張った。これまで素直に自供をしていたのが、全身で抵抗した。

水間達彦の身柄は検察へ送られた。検察でも浅川、軍司殺しは認めたものの、暮坂潤子殺しは否認を通した。水間は宮地杏子、浅川真、軍司弘之三人の殺人、および死体遺棄で起訴されることになった。

第十九章　最後の犯人

1

新宿メトロホテル殺人事件および高尾墓地殺人死体遺棄事件と多摩湖畔殺人死体遺棄事件は解決したが、暮坂潤子殺しは依然として未解決であった。

「たとえば、潤子が浅川、軍司を恐喝して両人に殺されたとは考えられないかな」

起訴前の裏づけ捜査に当たっている捜査本部で、こんな意見が出た。

「プロフの目撃によると、潤子の車とBMWが衝突して、潤子が失神している間に三千万と死体らしき物体が交換されたということだが、失神していた潤子がどうしてBMWに乗っていた人間の身許を知ることができるんだね」

反論が出た。

「失神していたかどうか確認されているわけではない」

「失神していなかったとしても、名刺を出したわけではあるまいし、偶然にぶつかった相手の身許はわからないだろう」

「車のナンバーからどうかね」

「だったら水間のほうへ行くはずだよ」

「暮坂潤子がたまたま浅川、軍司の両人、あるいはそのどちらかを知っていたという偶然はないかな」

「まったくないとは言えないが、その可能性はきわめて少ないな。それにだ、仮にそうであったとしても、浅川、軍司は恐喝されても、蜂がコブラを脅すようなものだろう」

暮坂潤子殺しの犯人像として浅川、軍司は無理があった。結局、潤子殺しは、浅川、軍司殺しと無関係と断定せざるを得なくなった。

2

水間達彦が自供したニュースを読んだ暮坂慎也は、自分の着眼がきっかけになったことを知った。『女精《めしよう》』のヒロインが『冬の虹《にじ》』で分割されたことから宮地杏子の失踪《しつそう》と水間達彦を結びつけていったのである。

杏子の死体は解剖された後、妹の由起子へ返された。荼毘《だび》に付した後、近所の者が集まってささやかな葬事を行なった。慎也も会葬した。寂しい葬事だったが、由起子は慎也が来てくれたので喜んだ。

遺骨は近くの寺に〝信徒〟ということになって一時預かってもらうことにした。その納骨と、水間の自供がほぼ同じ時期になった。

慎也は、上京して納骨に立ち会った。武蔵野市のはずれの小さな寺であった。寺の周辺に武蔵野の名残りを留《とど》める雑木林が見られた。宅地や自動車道路に圧迫されて息も絶えだえになっている。

「雑木林を見ると、姉のむごたらしい死にざまが瞼《まぶた》によみがえるのよ」

由起子は雑木林から目を背けるようにして言った。痩《や》せ細った林に、カラスの黒影が止まり、なにやら不吉な象徴のようである。

「お姉さんは気の毒だった」

慎也には慰める言葉もない。死体を埋めたのは彼の妻である可能性もある。だが由起子はその可能性について知らされていないようである。

「仕方がないわ。こうなるのが運命だったのよ」

由起子はあきらめたように言った。

「それにしてもだれが埋めたんだろうな」

慎也はおもわず言葉を漏らしてしまった。潤子が埋めた可能性はあっても、深夜独りで寂しい湖畔の雑木林に死体を埋めている潤子の姿が信じられないのである。この世に束の間の滞在を許された、あえかに脆《もろ》い雰囲気をまとった潤子に、そんな恐ろしい作業がはたしてできるのであろうか。ましてまだ息のある人間を埋めることなど、とてもできるとはおもえない。

慎也は潤子と半年ほど結婚生活をして、彼女の雰囲気だけでなく、気だても優しいことを知っている。

「あら、浅川と軍司が埋めたのではないの」

由起子は不審な表情をした。やはり、BMWがMKⅡと衝突したとき、三千万円と死体が交換されたという推測は彼女に伝わっていないらしい。

これはあくまでもプロフの目撃に基づいた仮説に過ぎず、プロフも三千万と死体を確認したわけではない。

「いや二人で隠したにしては、ずいぶん雑な隠し方をしたものだとおもったのさ。なぜもっと深く埋めなかったんだろう」

慎也は言葉をぼかした。

「そうね。おかげで発見されたんだけど、姉もあんなむごたらしい死にざまをだれにも見せたくなかったかもしれないわ」

「死体を埋めるのに最小限の穴を掘ったという感じだったそうだね」

「姉は東京に殺されちゃったのよ。東京に殺されたという意味では浅川も軍司も同じだわ」

「東京に殺された……」

慎也は三人がいずれも田舎から上京して来た者たちであることをおもった。東京に成功の機会を求めて出て来て、志を遂げぬ間に不慮の死を遂げた。たしかに犯人は「東京」かもしれない。

潤子は東京へ帰って行って殺された。この犯人も「東京」だろうか。水間は潤子に手を下していないという。たしかに水間には動機が薄い。潤子に顔を見られた（そのときまだ杏子を殺していない）ぐらいで殺すはずがない。

また杏子の死体を積んだ車を浅川らに盗まれ、潤子のＭＫⅡと衝突したとき、その場にいなかった水間には潤子と接触できない。浅川と軍司も犯人適格性を欠く。するとだれが潤子を殺したのか。

潤子は里帰りの途上、犯人に会った。いや里帰りが口実で犯人に会うのが目的であったかもしれない。なんのために犯人に会いにいったのか。あるいは犯人に呼び出されたのかもしれない。

犯人がなんのために潤子を呼び出したのか。犯行は女にも可能な手口であるが、首にひもを巻きつけて一気に絞めるというのは、いかにも男っぽい。

男の犯人が、新婚半年の若妻を呼び出したとすれば、最も考えられるのは、結婚前の関係継続の強要であろう。警察もそれを疑って婚前の男関係を洗ったが、めぼしい男は浮かび上がらなかった。よほど巧妙に関係を秘匿していたのだろう。

水商売の女性が特定の男との関係を秘匿するのは珍しくない。

いや婚前の関係がなくとも恐喝できる。一つの可能性におもい当たって、慎也ははっとなった。

「なにを考え込んでいらっしゃるの」

由起子が顔を覗《のぞ》き込んでいる。慎也は由起子にすべてを話すことにした。

「驚かないで聞いてもらいたいんだ。実はきみのお姉さんの死因と遺体の隠匿について、こういう可能性も考えられているのだ」

慎也の話を聞いて由起子も驚いたらしい。

「いま初めて聞いたわ。それであなたも警察と同じ可能性を考えてらっしゃるの」

「いや潤子はそんなことのできる女ではない」

「それじゃあ、だれが姉を埋めたの。水間のＢＭＷと衝突したのは、奥さんのＭＫⅡと確認されているんでしょ」

「衝突現場の近くに落ちていたキイや直後の廃車届けなどから、ほぼまちがいないとみられている」

「それではますます……」

「いまふとおもい当たったんだが、ぼくに隠した潤子の過去の男でなくても、彼女を恐喝できるよ」

「それはどんな男？」

「共犯者だよ」

「共犯者……なんの？」

「プロフは浅川らがＭＫⅡからかばんを奪ったのを目撃している。潤子が父の三千万円持ち逃げ犯人だとしたら、結婚後、夫を、金を奪った被害者の息子と知って、ずいぶん苦しんだにちがいない」

「そうか。お父さんの三千万円持ち逃げの共犯者ね」

「一人で持ち逃げしたと考えるより、二人いたと想定するほうが、状況に当てはまるよ。潤子が諫止《かんし》したのを男が振り切って持ち逃げしたのかもしれない。諫止しても結局、黙止してしまえば共犯者だ」

「でもお金は浅川と軍司に奪われちゃったんでしょう」

「代わりにお姉さんの死体を置いていかれた。届け出たくとも金を持ち逃げしているので出られない。二人でそれを埋めたら、いや男が埋めたのを黙っていたら、もっと重大な共犯者になってしまう」

「その共犯者が奥さんを恐喝したというの」

「その可能性がある」

「だったら奥さんを殺しちゃったら、恐喝できなくなるじゃないの」

「あ、そうか」

由起子に論理の矛盾を突かれた。

「その逆ということは考えられないかしら」

「逆だって?」

「つまり、奥さんが犯人を恐喝していた場合よ」

「なるほど。しかし、恐喝のイメージから遠いなあ。その必要もなかったはずだ」

「犯人を恐喝する必要はないのよ。奥さんの存在そのものが、犯人にとって脅威だったかもしれないわ」

由起子の示唆は重大な可能性を提示した。たしかに犯人にとって、死体（ではなかったかもしれない）を埋めた現場を見られているか、知られている共犯者は脅威にちがいない。生き埋めにした場合は、共犯者の存在は特に危険である。

共犯者の〝力関係〟はどちらが失うものを多くもっているかによって決まる。潤子にとって夫と家庭は、共犯者としての立場を弱くするだろう。だが相手がもっと多くのもの、たとえば社会的地位や名声をもっていたとすれば、力関係は逆転するかもしれない。

ＢＭＷに浅川と軍司が乗っていた。ＭＫⅡも一人だったとは限らないのだ。目撃者の浮浪者はこの点に関してなんとも言ってないが、目撃者の死角に失神して倒れていたかもしれない。

ＭＫⅡに同乗者がいたと解釈する方が、すべての状況に合う。束の間の失神から醒《さ》めた潤子は金が死体に化けているので仰天する。しかもその死体の主は、同じマンションの隣人である。すぐ警察に届け出ようと言う彼女を男が引き留める。死体を残して行った者が捕えられれば、当然金の出所が追及されて、自分たちの持ち逃げが露見するかもしれない。

もしまだ宮地杏子に息があったらなおさらのことだ。同乗者が、この場は自分に任せろと潤子を説得する。潤子が不承不承に同意する。死体を積んだ破損した車を運転して、死体の始末をするのは、潤子には荷がかちすぎる。同乗者に任せざるを得なかったかもしれない。

だが慎也と結婚後、金を奪った被害者を夫の父と知り、良心の呵責《かしやく》に耐えかね、共犯者を責めた。宮地杏子の〝埋葬〟を共犯者に任せて立ち会わなかったとすれば、その行方を問い糺《ただ》したかもしれない。

潤子が殺されたのは、金の持ち逃げの約一年半後である。

共犯者にとっては、結婚後の潤子の苦悩と呵責が重大な脅威になったにちがいない。

それまでもたがいの存在は脅威ではあったが、〝力関係〟が拮抗《きっこう》しており、相互の安全が辛うじて保たれていた。だが潤子の呵責が深まるにつれて、力関係の均衡が失われてきた。そして遂に昨年九月二十七日の破局となった。

だが、MKⅡにだれが同乗していたのか。深い関係の者でもなく、たまたまそのとき乗り合わせた者であれば、日ごろの交遊関係の中に浮かび上がらなくとも不思議はない。

いや深夜、若い女がマイカーに同乗させる男は、かなり深間《ふかま》とみてよいだろう。

「そうだ、キイだ」

突然閃《ひらめ》いた発想に慎也はおもわず声を発した。

「キイがどうしたの」

由起子が問うた。

「衝突現場の近くに、潤子の部屋のキイが落ちていたことは話しただろう」

「聞いたわ」

「そのキイにもう一本正体不明のキイが付いていた」

「それも聞いたわ」

「そのキイの主は、そのとき潤子の車に同乗していたのではないだろうか」

慎也は由起子に自分の着想を話した。

「それ、いい線行ってるわよ」

由起子が支持した。

「そのキイの主が、金を持ち逃げし、お姉さんを埋め、そして潤子を殺したんだよ」

「キイの主についてまったく心当たりはないの」

「残念ながら妻の過去については、なにも知らないんだ。彼女も話さなかった」

「こんなことを聞いていいかしら」

「聞いてくれ」

「奥さんとはどこでどんな機会から知り合ったの」

「高校時代の友人が連れて行ってくれた銀座のクラブで働いていた」

「そこで知り合ったわけね」

「うん」

「警察は当然、お店関係のお客を調べているでしょうね」

「一時はぼくも疑われたみたいだよ」

「ご主人をまず疑うのは捜査の常道だって聞いたことがあるわ。あなたは浅川と軍司が殺されたときも疑われたんでしょう」

「結局疑いは晴れたがね。軍司が消息を晦《くら》ましたとき、ちょうどきみと食事をしていてアリバイが成立したんだ」

「そうだったわね。あなたを疑うなんてどうかしているわ」

「まさかという人物が犯人ということはよくあるからね」

「たいてい最も怪しくない人物が犯人だわよ。だから私は怪しくないほうから見当つけるの」

「女性の直感はよく当たるよ」

「奥さんの周辺にいた男性で一番怪しくない人っていないの」

「どんな人物が周辺にいたか知らないんだよ」

「奥様を紹介してくれた高校時代のお友達とかいう人は？」

「本村か、彼は出版社の編集者で、職業柄、そういう店によく出入りするらしい」

「その編集者と奥さんとはどのような関係だったの」

「単に客とホステスの関係だろう」

「あなたを案内したくらいだから、きっとお馴染《なじ》みさんなのでしょうね」

「まあ、かなり顔がきいていたようだったな」

慎也は本村から紹介されて、彼女と波長が合った様子に「おまえも隅におけない」と彼に脇腹を突かれたときのことをおもいだした。あのときの本村の目には嫉妬《しっと》の色が塗りつけられていた。初対面のとき、潤子が慎也に付いて本村に羨《うらや》ましがられたが、あれは本村に付いたのではなかったのか。

もしすかると、本村は潤子と特定の関係にあったかもしれない。しかし仮にそうだとしても、まさか本村が……。

「どうなさったの。心当たりがあるの」

由起子が慎也の顔色を読んだ。

「いや、まさかとおもったんだ」

「そのまさかという人が危ないのよ」

「まあ、そりゃそうかもしれないけど、友達を疑うのはなあ」

「可能性の一つとして考えるだけよ。その本村という人を、仮に事件当夜MKⅡに乗せてみるのよ。現場付近から犬が咥《くわ》えてきたというキイの中の一本の主に該当しないか。多摩湖畔の地理事情に通じていないか。そしてお父様の三千万円持ち逃げ犯人に当てはまるかどうか……」

「本村ならおやじの顔を知っているはずだよ」

「知っていたから取ったということも考えられるわよ」

「まさか」

慎也は由起子の冷酷な示唆に青ざめた。

「隣人や顔見知りの者が犯人というケースは、決して珍しくないわ。むしろ被害者の身《み》許《もと》がわかっているほうが奪いやすいということもあるわよ」

「信じられない。もしそうだとすると、本村は、被害者の息子と知っていて、潤子を紹介し、結婚させたことになるよ」

「それこそおもう壺《つぼ》じゃないの。犯人にとって最も恐いのは共犯者の口よ。それを被害者の息子と結婚させてしまえば、絶対しゃべらないわよ」

「すると潤子の口に鍵《かぎ》をかけるために、ぼくらの結婚を黙ってみていたというのか」

本村も結婚披露宴には出席して、祝辞を述べたのである。

「そういう可能性もあるということよ」

「恐るべき可能性だな」

「どうする。この可能性を当たってみる。それとも友を信じてボッになさる」

由起子が慎也の顔色を探っている。だが由起子の示唆は彼の胸の中で打ち消せないほど大きく脹《ふく》れ上がっていた。

3

本村重雄は東村山《ひがしむらやま》市の住宅団地に一昨年《おととし》結婚した妻と一緒に住んでいる。警察の言う土地鑑がある。

こんなことで親友を疑ってはいけないとおもうのだが、由起子の「共犯者の口を塞ぐために被害者の息子と結婚させた」という言葉が、時間の経過とともに重みをもってくる。

そう言われてみればおもい当たることがないでもない。潤子を紹介したのも、その下心があったのかもしれない。紹介しながらも二人の波長が合うと真剣な嫉妬の色を浮かべた。

そんな下心があったとすると、そのときの本村の心理は複雑であったにちがいない。潤子には未練があるが、その口は恐い。半分は身の安全保障、半分は嫉妬に心は屈折していたであろう。

潤子が後で本村の下心を知ったとしたら、猛烈に詰《なじ》ったことであろう。

慎也はＢＭＷとＭＫⅡが衝突した現場の近くに落ちていたキイを、本村の家のドアに照合してみたい誘惑に駆られた。牛尾の話では、住居のキイである可能性が最も大きいそうである。

当時本村はどこに住んでいたのか。本村が結婚したのは一昨年の十月である。慎也は亡父の服喪中だったが結婚の通知をもらって祝電を打った記憶がある。

そのとき恐ろしい着想が慎也の脳を打った。恐ろしすぎてそのショックでしばらく脳髄が痺《しび》れたようになっていた。

本村は結婚のために金が要った。彼は昔から派手好みだった。結婚式も都心の一流ホテルで行ない、媒酌人も文壇の巨匠であった。たしか新婚旅行もヨーロッパ一周のデラックス版であった。そして新居の東村山市の団地に入ったのである。

それら、結婚諸費用に父の三千万円を充てるつもりだったのではないのか。金は浅川らに横奪《よこど》りされたが、七所借《ななとこが》りして手当てしたのであろう。当時、本村に金の要る事情があったことは確かである。

慎也はこれ以上おもわくを自分一人の胸に畳んでおけなくなった。彼はおもいきって牛尾刑事に話してみることにした。まかりまちがえば親友を誣告《ぶこく》することになる。

「我々も奥さんのMKⅡに同乗者がいた可能性は考えていたのですが、該当する人物を見つけ出せなかったのです。たしかにそれだけで疑うのは尚早の観もありますが、可能性の一つとして検討してみる価値はありますな」

牛尾は真剣に聞いてくれた。

本村の現住居は一昨年十月の結婚と同時に入居したものである。問題のキイが拾得（犬によって）されたのは、それ以前の三月二十五日である。

もしキイの主を本村と仮定すれば、結婚前の住居のキイということになる。住居以外のキイである可能性もあったが、まずは住居から当たってみることにした。

本村の勤め先から密《ひそ》かに前住所が聞かれた。それは中野区内のアパートであった。牛尾と大上は中野新橋駅近くのアパートを訪れた。プレハブ二階建ての中型アパートで、単身者用の2Kで構成されている。

「本村さんですか。よく憶《おぼ》えていますよ。女の人も時たま訪ねて来ていたようですが、いつもサングラスをかけて顔をうつむけていましたのでね。似ているような気もするけど、たしかにこの人かどうか言い切れないな」

管理人は牛尾が差し出した潤子の写真に自信なさそうに言った。もともと写真面割りの信頼性は低い。刑事はこだわらずに、件《くだん》のキイについて尋ねた。

「入居者が部屋を出るとき、キイは返却するのでしょう」

「もちろん返してもらいますよ」

「各部屋のキイは何本あるのですか」

「三本ありまして、二本を入居者に渡し、一本を私が保管しております」

「本村氏は移転時に二本返しましたか」

「そう言えば一本紛失したとかで、敷金から弁償していきましたな」

「一本でもキイが紛失した部屋は、錠前を取り換えないのですか」

もしそうであれば照合できなくなる。刑事は祈るような気持ちになっている。

「そんなことはしません。べつに事故もないのでね。合鍵をつくっただけです」

管理人は弁解口調になった。暮坂潤子が住んでいた南麻布のマンションの管理人と同じである。管理人は警察から安全管理の杜撰《ずさん》さを突かれるのではないかと惧《おそ》れたようであるが、刑事らは感謝したい気分であった。

「そのキイはこれではありませんか」

牛尾が件のキイを差し出した。

「うちのキイに似ておりますな。キイナンバーを照合してみればわかりますが」

キイナンバーで管理しているところは南麻布のマンションよりもましである。管理人は奥から「キイ台帳」と書かれた帳簿をもってきた。

「ええと本村さんが入居していた部屋は206号室でしたから281246か、まちがいありません。このキイは206号室のキイです。これがどこにあったのですか」

管理人の表情に好奇の色が現われている。それに取り合わず、

「いま206号室には入居者がいますか。できればキイを直接ドアに挿し込んで確かめてみたいのですが」

「居住者に聞いてあげましょう」

「いまご在宅ですか？」

不在の場合はなんとか口実を構えなければなるまい。厳格に解釈すれば、捜索令状が要求されるだろう。だが家の中に入るわけでもなく、キイがドアの錠前に適合するかどうか確かめるだけである。刑事は入居者の在宅を祈った。

管理人は206号室の前に立ってブザーを押した。家の中に気配があって中からドアが細めに開かれ、若い男の顔が覗《のぞ》いた。

「ああ、おられてよかった。実は警察の方がお宅の部屋のドアのキイについて調べたいそうです」

「鍵がどうかしたのですか」

入居者が怪訝《けげん》な表情をした。

「捜査のために必要なのですが、このキイがお宅に適合するかどうか験《ため》させていただき

たいのですが」

牛尾は警察手帳を示しながら言った。

「どうぞ」

入居者は意味もよくわからないまま答えた。いったんドアを閉じてロックしてもらう。

大上がキイを鍵穴《キイガイド》に挿し入れた。根元まですると入った。大上が牛尾と顔を見合わせて一呼吸してからキイをゆっくりとまわした。軽い手応えと共にキイが回転し、カチりという音と共に解錠された。

「やった！」

大上が叫んだ。この瞬間に「最後の犯人」の首根を押えたのである。

第二十章　部分的完全犯罪

1

那須警部は依然として慎重であった。本村の部屋のキイが衝突現場の近くから〝拾得〟されたことは、プロフの証言を裏づけるものであったが、本村が宮地杏子の死体（？）を埋めた直接の証拠にならないというのである。またキイ自体が衝突の際に落とされたとは必ずしも決めつけられない。

仮にそうであったとしても、プロフは本村がMKⅡに同乗していたことを確かめていない。三上潤子一人がMKⅡに乗っていて、同女がキイを落としたとすれば、本村は切り放されてしまう。

「衝突時に本村が同乗していなかったとしても、自宅のキイを預けておくほどの仲の潤子から頼まれて死体（？）隠しを手伝ったか、あるいは本村自身が隠したかもしれない」という意見も出たが、臆測《おくそく》にすぎない。せっかくの事件を解く〝鍵《かぎ》〟が、再び揺れかけたときに、これまで盲点に隠れていた重大な事実が発見された。その事実とキイを踏まえて、ようやく慎重な那須がゴーサインを出した。

六月十五日午前七時を期して、東村山市の本村重雄の自宅に赴き任意同行を求めることになった。まず任意取調べを行ない、自供を得た後に逮捕状を執行しようという作戦である。

前夜から本村の居宅に張り込みがかけられ、彼の在宅を確かめた捜査本部員十二名は、打ち合わせたとおり、翌日早朝、本村の家の近くの公園に集合し、午前七時を待って、本村の居宅に踏み込んだ。

「大上君、きみが行け」

牛尾は長い追跡の果ての止《とど》め役を大上に譲った。

本村はちょうど起床したところでまだパジャマ姿であった。

「本村重雄さんですね、署までご同行ねがいます」

任意同行であるが、警察側の並々ならぬ決意は本村に犇々《ひしひし》と伝わっている。

「ぼ、ぼくがなにをしたというのですか」

本村の抗弁が無残に震えた。

「署でうかがいます。着替えをしてください」

大上にうむを言わさぬ口調でうながされて着替えを始めたが、手先が震えてシャツのボタンがかけられない。かたわらに細君が呆然《ぼうぜん》として立ちすくんでいる。どうやら妊娠しているらしい。

捜査本部に連行された本村は、本部で用意した朝食に形ばかり箸《はし》をつけた後、午前九時から取調べを受けた。

「まずうかがいます。あなたと暮坂潤子さんとのご関係をお聞きしたい」

今回は牛尾が取調べを担当し、草場《くさば》と狛江署から参加した石井が補佐役をつとめている。

「ホステスと客の関係です」

本村は本部へ来てから少し落ち着いたらしい。

「昨年九月二十七日夜半、あなたはどこにいましたか」

いきなりアリバイを問うた。

「家にいたとおもうが、そんな前のことを突然聞かれてもおもいだせない」

「おもいだすんですな。その夜、三上、当時暮坂潤子さんが殺害されて、死体を多摩川に遺棄されたのです」

「ぼ、ぼくを疑っているのか」

「一昨年《おととし》三月二十四日午前零時ごろあなたは三上潤子さんの車に乗って西新宿六丁目の裏通りを走っていた」

「そんな憶《おぼ》えはない」

「そのとき三上さんの車が出合い頭に他の車と衝突して、あなたと三上さんは一時的に意識を失った」

「私にはなんのことかわからない」

「だんだんわかってきますよ。意識を失っている間に、三上さんの車に積んでいた三千万円が死体に化けていた。衝突した相手の車に乗っていた人間が金を奪い、代わりに死体を残していった。まだ死体ではなかったかもしれないが」

「臆測でものを言うのは止めてくれ」

「あなたはその死体（？）を多摩湖畔に運んで埋めたのだ。そして昨年九月二十七日、共犯者の三上さん、当時結婚していた暮坂夫人の口を封じた」

「デッチ上げだ」

「このキイを憶えていますね」

牛尾は本村の前に件《くだん》のキイを突きつけた。ぎょっとした様子の本村に、

「このキイが一昨年三月二十五日、西新宿六丁目の衝突現場の近くから拾得されたのですよ。一本は三上潤子さんの住居のキイ、そして残る一本は、あなたが結婚前に住んでいたアパートのキイです」

「そ、そ、それはいつの間にかどこかに落としたものだ」

「ほう、あなたが落としたのですか」

すかさず追い打ちをかけられて、本村は失言に気づいたらしい。

「私はあなたが落としたとは言ってない。三上潤子さんが落としたかもしれないじゃありませんか」

返す言葉に窮したところへ、

「単に客とホステスの関係にすぎなかったはずのあなたと三上さんの住居のキイが、一

つのキイホルダーに一緒に付いていた。これはどういうことですかな。しかもこのキイが衝突現場の近くに落ちていた」

「知らない。おれはなんにも知らない。キイなどいくらでも複製がつくれる」

本村は土俵際で必死に抵抗した。

「本村さん、嘘をついてはいけませんな」

牛尾が口調を改めて、

「あなたにとって暮坂夫人の存在は脅威だった。そして遂に昨年九月二十七日の夜、彼女を殺害して多摩川に捨てたのだ」

「そんな証拠がどこにある」

「証拠はこのキイで十分だが、さらに証拠が欲しいと言うのかね」

牛尾はニタリと笑った。本村の表情に怯《おび》えの色が走った。

「あなたは彼女の死体を、多摩川に放置されていた廃車の中に捨てた。その車は衝突して廃車にした暮坂夫人のMKⅡだよ。そこに車を捨てた事実を知っているのは、あんたと彼女しかいないじゃないか」

悲鳴のような声が本村の口から漏れた。

「そ、そ、それは偶然の一致だ」

おもわず言ってしまった一言が命取りになったことを、本村はしばらくの間気がつかないようであった。

2

本村重雄は自供した。

「三上潤子とはプレイのつもりでつき合っていた。たがいに迷惑をかけない、あたえないという約束で双方にとって都合のいいセックスフレンドだった。一昨年三月二十四日夜、潤子の車に同乗して渋谷区の公園のそばへ来たとき、彼女が用事をおもいだして公園内の公衆電話へ入った。

私は車の中で待っていた。間もなく彼女がひどく興奮した表情でかばんをかかえて戻って来た。どうしたのかと問うと、電話ボックスの中で、このかばんをかかえて男が死んでいた。中を見ろと言った。覗《のぞ》いてみると一万円の札束がぎっしり詰まっていた。彼女は山分けしようと言った。私も結婚を控えていて金が欲しかった。周囲に人影はない。咄嗟《とっさ》に合意が成立して、その場から逃げ出した。

暗い裏通りばかりを走って西新宿の裏へ来たとき、突然横から飛び出して来た車と激しくぶつかった。そのショックで一時気を失っていた間に札束入りのかばんが消えて、女の死体が残されていた。私と前後して意識を取り戻した潤子が死体を見て、同じマンションに住んでいる女だと言った。

車は破損していたが、なんとか動いた。とにかく私のアパートまで運転して、死体を私の車に積み換えた。彼女がどうするのかと聞いたので、金を奪い取った以上、警察には届け出られないからどこかへ捨ててくると言うと、彼女は特に反対をしなかった。ところがその後、死体がどこからも現われないので彼女は死体をどうしたのかと私に問うた。私は言を左右にしてなんとかごまかしていたが、ごまかしきれなくなっていた。同じころ、金を持ち逃げされた被害者が、暮坂慎也の父親と知って驚いたが、いまさらどうしようもなかった。

暮坂慎也が上京して来たとき、『花壇』へ連れて行って潤子と意気投合した様子に、私は彼女と暮坂が結婚すれば、共犯者の口を塞げるのではないかと考えた。金を奪って一緒に逃げた以上、共犯者だ。

二人は私が目論《もくろ》んだとおり結婚したが、彼女は被害者を夫の父親と知って、良心の呵《か》責《しゃく》を訴え、私に自首しようと迫った。暮坂と結婚させた私の計算ちがいだった。そんなことをすれば宮地杏子の死体を埋めた罪も問われるし、私は破滅する。

昨年九月二十七日夜、潤子は『最後の話し合い』だと言って、もし自首しなければ、自分がすべて警察に告げると私に迫った。私は彼女の言葉に従う振りをして油断を誘い、一気に首を絞めた。彼女の死体を多摩川に運び、河原に転がっていた放置車の中に捨てた。まさかそれが彼女が廃車にしたＭＫⅡだったとは知らなかった。本当に知らなかったんだ。私は恐ろしい偶然に慄《ふる》え上がった。彼女の怨霊《おんりょう》がそうさせたとしかおもえない」

本村の自供によって関連事件はすべて解決した。狛江署と合同しての打ち上げの後、石井刑事か牛尾の所へ来た。

「本村はどこまで本当のことを言ったのでしょうかね」

「おそらく彼が宮地杏子を埋めたとき、まだ生きていたとおもいます。しかし解剖でも判定できないのですから、もはや完全に死人に口なしですな」

「暮坂潤子も杏子が生きていたことを知っていたのでしょうか」

「もちろんですよ。死体遺棄と生き埋めにするのとでは罪の質がちがいます。だから潤子の口を閉ざす必要があったのです。本村は自分にとって都合のいい供述ばかりしています。二人殺したのでは死刑は免れないが、一人ならまた社会復帰するチャンスがあります。暮坂武雄から金を取ったのも本村でしょう。それも潤子と共謀してやったことにしている。事実は反対する潤子を強引に説き伏せて共犯者に引きずり込んだのでしょう。だがいまとなっては証明するすべがない」

「本村は潤子がもちかけたという金の山分けに反対して、警察に届け出ようと主張したのだが、潤子を説得しきれなかったとなぜ言わなかったんでしょう。どうせ死人に口なしだから、すべて潤子のせいにすればよかったのに」

「そのように言いたかったのは山々だったのでしょうが、それでは本村は三千万持ち逃げの共犯者ではなくなり、宮地杏子を埋める必然性もなくなります。結局潤子を殺す動機も失われ、そこから矛盾を突かれてボロが出るのを恐れたのでしょう。彼にしてみれば、死刑を免れるために、最小限の罪を認めたのですよ」

「これも一種の完全犯罪でしょうか」

「こういう言い方があるとすれば、〝部分的完全犯罪〟と言えるかもしれません」

「本村はなぜ潤子の死体を多摩川の放置車に捨てたのでしょうか」

「潤子の死体を彼女が廃車にしたMKⅡとは知らずに捨てたことだけは信じてもよさそうですね。知っていたら、あんな所へ彼女の死体を捨てるはずがありません」

「本当に知らなかったとすれば恐るべき偶然ですね」

「その恐ろしさから彼は陥《お》ちたのです。我々にも彼女の霊が導いたとしかおもえない。それとも天の配剤ならぬ配車というべきですか」

「現実には信じられないようなことが起きるものですな」

「考えてみれば、浅川真も軍司弘之も宮地杏子も暮坂潤子もみんな東京でチャンスをつかもうとしてやって来た。それが、彼らの人生の終着駅になってしまった。悲しいことです」

牛尾の表情が悲しげに曇った。

「東京を人生の終着駅にさせたくないものです」

石井が嘆息した。

悲しい刑事たちは打ち上げ式の酒にいつも酔えなかった。

3

同じ時刻、新宿駅中央本線列車発着ホームで一組の男女が別れを惜しんでいた。

「今度上京するときはきみを迎えに来る。覚悟を決めておくんだね」

「覚悟はもうできているわ」

「きみにとってまた田舎へ帰ることになるけど、それでもいいかい」

「いいわよ。私、やっぱり東京が好きになれないもの」

「この新宿を始発駅にして、新たな人生に出発するんだよ」

男は自分に言い聞かせるように言った。

発車ベルが鳴り始め、乗客たちがホームを走りだしている。登山者の姿が目立つ。

「もう乗ったほうがいいわよ」

女がうながした。

「この次まで東京にきみを預けておくのが不安だよ」

「私はどこへも行かないわよ。あなたこそ私を迎えに来るのを忘れないで」

「忘れるはずがない」

ベルが断続した。

「ドア閉まっちゃうわよ」

女は気が気でないようだった。

「大切なことを言い忘れていた」

「なに」

「きみを愛している。これまで一度も言ったことがなかった」

「言わなくてもわかっていたわ」

男がドアが閉まる直前、列車に飛び乗った。ドア越しに男が、

「きみはかぐや姫ではない。これからずっとぼくのそばにいるのだ」

「なんとおっしゃって？」

列車がゆっくりと動き出した。

作家生活五十周年記念短編
オアシスのかぐや姫

平康浩《たいらやすひろ》は、近所にある行きつけの喫茶店《カフェ》に早朝、開店と同時に行かないと、一日が始まったような気がしない。

平の家は都下M市内の私鉄沿線駅の近くにあって、自宅で英語を中心にした小さな私塾を開いている。

商社に勤めていたころ配属されていたアメリカ国内を転々として磨いた英語だけに、ネイティブのような発音と、丁寧な教え方に評判がよく、生徒が集まってくる。

しのぎを削るような商戦に疲れて退社し、自宅で開いた新生活は、戦場から平和な街角へ帰って来たような穏やかな空気に包まれた。

人生は戦うばかりが能ではなく、ゆったりと流れる時間と共に、エンジョイしてこそ充実していると言えよう。

居心地よい生活環境の隅の方に、小さなカフェが朝靄《あさもや》に隠れるようにしてうずくまっていた。店名は「オアシス」、〝憩い〟という意味である。

なにげなくドアを押すと、レトロ調の落ち着いたインテリアデザインの店内に、数人の客が、それぞれのボディ・テリトリー（適当な距離）をおいて坐《すわ》っていた。高雅な珈琲《コーヒー》の香りが屋内に漂っている。

珈琲にはかなり通じている平は、香りを嗅《か》いだだけで、かなり上等な珈琲であると察知した。

オーダーを聞きに来た女性に、平は、

「この店で最も苦い珈琲を。水を少なく、濃くしてください」

と注文した。

間もなく運ばれて来た珈琲は、まず容器からして名器であり、舌を焼くほど熱い。クリームが珈琲の表面にマーブルを描き、砂糖はペルーシュと称《よ》ばれる適宜なサイズのブロックシュガーであった。

かなり上等な珈琲であっても、平が求める条件の一つでも欠ければ、平凡珈琲《どんぐり》になってしまう。

彼の求める条件をすべて揃えた珈琲を出されて、平はその日からオアシスの常連になった。

これまで朝の散歩は、平に欠かせない行事であったが、〝朝散〟途上、オアシスに立ち寄って、苦い珈琲を喫《の》むのが重要な日課の一つになった。

珈琲の味、人生の酸《す》いも甘いもかみ分けたような店主《マスター》や従業員の穏やかな気遣い、落ち着いたインテリアなど、すべて平の気に入ったが、特に早朝からの開店が嬉《うれ》しかった。

酒場は夜と相場が決まっているが、カフェは早朝と相性が良い。特に朝靄の立つ季節の朝が良い。

常連はおおむね朝に集まるが、雪国で雪を身体から払い落として屋内に入るように、早朝の客は朝靄をドア口で払い落として入って来るように見える。

常連は先着の客と挨拶《あいさつ》を交わし、それぞれの指定席に坐る。

酒場とちがって、顔馴染《かおなじみ》にはなっても会釈する程度で、言葉も交わさず、ボディ・テリトリーも侵さない。

毎朝通っていると、常連の顔をおぼえてくる。名前は知らないがリタイア派が多い。静かに珈琲を喫みながら新聞や雑誌を読んでいる。流暢《りゅうちょう》な日本語を操る外国人もいる。

八時を過ぎると、出勤前のサラリーマンが立ち寄り、慌しくモーニングサービスを摂《と》り、出かけて行く。

九時半を過ぎると、いったん出社してタイムカードを押した社員が立ち寄り、ゆったりと珈琲を喫みながら、その日の予定を検討する。

十時前になると、幼稚園や託児所に子供を預けたヤンママのグループが集まり、店内はにわかに賑《にぎ》やかになる。

午後からは、PCや資料を抱えて仕事をしに来る者が目立つ。

作家やライターや、受験勉強の予備校生などが来る。自宅の書斎や勉強部屋に閉じこもっているとストレスが高くなり、集中できなくなるのであろう。

カフェを仕事場として愛用している作家が、

「自宅の書斎は空気が動かず、自分一人、監禁されているような気がして、息が詰まります。カフェは人と空気が動き、言葉が交わされて、かえって集中できます」

と言った。

「賑やかな会話や、騒音は気になりませんか」

と問うと、

「自分に関係ない音や声は、まったく気になりません。むしろ面白いですよ」

と作家は答えた。

平は、メインは早朝であるが、一日に数回は時間をおいてカフェに行く。時間帯によって客の種類や目的も変わるのが面白い。集会や待ち合わせの間に、行きずりの通行人や旅行者が立ち寄る。

だが、なんといってもカフェの最も魅力的な時間帯は、開店から午前八時半まである。それを過ぎると朝靄や朝の気配は消え、太陽の位置が高くなるほどに、窓から望む外の風景が平凡になってくる。

早朝の珈琲は特に旨い。味だけではない。香りが最も純粋であり、新鮮である。

酒場のように「小皿叩《たた》いてチャンチキおけさ」のような隣り同士の接近はないが、毎朝、顔を合わせていると言葉を交わすようになってくる。

依然として名前や住所は聞かないが、言葉遣いが親しくなる。

常連の中にはリタイアだけではなく、居職《いじょく》（家で仕事をする）の人や、近隣の各種店主や自営業や、家庭教師や、俳人や、夜の仕事の人や、芸能人や、失業者などもいた。なにをしているのか得体の知れない人もいる。自称ミュージシャンやアーティスト、ディレクター、コーディネイター、フリーライター、デザイナー、横文字の肩書きを持つ常連は、なんとなく胡散臭《うさんくさ》い。

カフェは、客それぞれの人生の断片を持ち込んで来る憩いの場所である。仕事場にしている者もいるが、オフィスや自宅の書斎とは、一味ちがう。

一流料亭や、レストランや、パーティ会場などでは、衣の下に鎧《よろい》を着ているが、カフェでは鎧を脱いでいる。

敵性の者と出会っても、カフェは非軍事地帯である。人生の重荷や武器をひとまずおろして、ほっと一息つく休戦の時空なのである。

ようやく冬将軍が衰え、梅の気品ある香りが漂い、桜の蕾《つぼみ》がふくらみかけている早朝、オアシスのドアを押すと、平の指定席に先客が坐っていた。窓際の、朝景色がよく見える席である。

見慣れぬ女性であるが、ノーカラーのジャケット、桜色にプリントのワンピースから芸術的な形の良い脚が伸びて、かたわらにスーツケースとロエベのアマソナ（バッグ）が置いてある。

平は現役時代、世界を飛び歩いて、女性の衣服や持ち物に通じた。

かたわらにスーツケースを置いているところを見ると、旅の途上立ち寄ったらしい。

女性は窓越しに放散した視線を、まだ朝靄が未練気に屯《たむろ》している街角に向けている。

初めて見る顔であり、特に途中下車するほどの名所旧蹟《きゅうせき》もない平凡な住宅地のカフェに、常連一番乗りの平より早く立ち寄った、旅中と見える女性は、あたかも異次元の世界から来たように見えた。

セミロングの巻き髪に輪郭は隠されているが、憂いを帯びた陰翳《いんえい》を刻むマスクは、深い女の謎を秘めているように見える。

女性は、店主が運んで来た珈琲をゆっくりと口元へ運び、そして再び放散した視線を窓の外に投げる。

それとなく様子をうかがっている平のことは眼中になさそうである。

女性は珈琲を喫するためではなく、だれもいない、ただ一人の空間で、心を放散するためにカフェに立ち寄ったようである。

心を放散するということは、その前に、なにかに集中《フォーカス》していたということである。

「おはよう」

と威勢のよい声をかけて、二番目の常連山野《やまの》がドアを押して入って来た。

それをきっかけにしたように、女性は、平の指定席から立ちあがり、

「ごちそうさま」

と店主に言葉をかけた。

精算してドアを引く前に、〝補助席〟に腰をおろしていた平に、ささやくように、

「せっかくの指定席を塞《ふさ》いで、申し訳ありませんでした」

と軽く会釈を残して、立ち去って行った。

彼女は、いままで坐《すわ》っていた席が、平の指定席であることを知っていたのである。

彼女の後ろ姿が街角の先に見えなくなった。

「マスター、いまの女性に、この席が私の指定席であることをおしえたのかい」

と問うた平に、

「いいえ。おしえていません。ドアを押して一直線に、先生のお席に向かって坐りましたよ」

とマスターは答えた。

マスターは年齢不詳、一見して六十前後、あるいは五十代半ばかもしれない。若いころ運動で鍛えたような引き締まった体をしている。趣味は散歩、特に夜の散歩だそうである。博学多才で人生百科に通じている。前身は高級官僚、大学教授、大会社の社長などと噂はあるが、だれも確認していない。名前は櫻井《さくらい》であるが、客はみなマスターと称んでいる。家族の有無は不明であるが、オアシスの二階に一人で暮らしている。

「凄《すご》い美女だったね」

続けて入って来た常連の横須賀《よこすか》が言った。

「なにか深い秘密を抱えているように見えましたが」

「女性はみんな秘密を持っていますよ」

と店主が横須賀の言葉を補った。

「女性の秘密は奥深い。どんなに女歴の深い男でも、その秘密の鉱脈の深さを掘削しきれない」

指定席に坐りかけた平は、席の片隅に置かれている一冊の文庫本を見つけた。

「この本、いまの女性が置き忘れていったんじゃないかな」

平は文庫本を手に取って言った。

「昨夜、店を閉めるとき店内を点検しましたが、遺留品はなにもありませんでしたよ」

と店主が答えた。

「いまの女性の遺留品だ」

平は文庫本を手にして立ちあがった。いまからなら、彼女に追いつけるかもしれない。

常連の数人が同時に店内に入って来た。

「途中でスーツケースを提げた美女に出会わなかったかい」

平が常連グループに問うと、

「駅の方へ行った若い女性がいたな」

「スーツケースを提げ、確かに人目を集める美女だったよ」

「なんだ。みんな見ていたんじゃないか」

常連グループがどっと沸いた。

そろそろ通勤者が来る時間帯にかかっている。その中でスーツケースを提げ、異次元の世界から深い秘密を隠して来たような彼女は、一際、目立ったにちがいない。

平は常連集団と朝の挨拶《あいさつ》を交わす間もなく、文庫本を手にして駅の方角へ走った。駅までの途上、彼女の姿は見えなかった。

平が慌てて切符を買い、上り線ホームに駆けつけたとき、詰められるだけの通勤者たちを収容した上り電車がドアを閉め、すでに発車しかけていた。

平は彼女が遺留した本を手にしたままプラットホームに立ち尽くして、みるみる遠ざかって行く電車を、虚しく見送った。

彼女の遺留品の文庫本を手にした平は、少し虚脱したようになってオアシスへ帰って来た。

「間に合わなかったようですね」

店主は慰めるように言った。

「名前も住所もわからない。もしかすると、戻って来るかもしれないな」

「たぶん、それはないでしょう。行きずりの旅行者です。同じ文庫本は、どこでも買えます。一期一会、もしかすると、彼女は三保《みほ》の松原に降りて来た天女のように、雲の上から降りて来たのかもしれない……」

店主は窓に映る蒼《あお》い空に、遠くを見るような目を向けた。

「天女が降りて来てもおかしくない店だよ」

横須賀が言葉をはさんだ。

「先生の指定席に天女が坐った。〝指天席〟だな」

山野がつづけて、一堂がわっと沸いた。


いまや、常連はもちろんのこと、通勤者、通行人、セールスマン、ビジネスマン、旅行者、各車両の運転手、各方面の集会、その他の息抜きの場所として「オアシス」はなくてはならない人生のオアシスになっていた。

そのオアシスに一大事件が発生した。

秋が闌《た》けて、凩《こがらし》が吹き始めたとき、隣家から失火して「オアシス」が延焼、半焼してしまったのである。

常連はもちろん、オアシスを愛し利用していた人たちは、しばし茫然《ぼうぜん》となった。

カフェの固定客は、行きつけのカフェがなくなったからといって、簡単に店替えはできない。店に客がついているのではなく、客が店についている。

店主は経済的な事情もあり、新しい店を再建する意欲を失っている。

常連や愛用客は何度か焼け跡に集まったが、いずれも虚脱したようになっていて、具体的な再建策は浮かばない。そして主家を失った家臣団のように、八方へ散って行った。

彼らは人生のオアシスを失ったカフェ難民であった。

一度、近くの居酒屋で店主を慰める会を開いたが、湿っぽくなるばかりで、解散した。慰める会の後、店主《マスター》の消息は絶えた。

平は朝、起床するのが虚しくなった。早朝、張り切って行く先がなくなってしまった。常連たちや利用客にも会えなくなった。街ですれちがうことはあっても、オアシスでのように打ち解けられない。

新たなカフェを見つけた者もいるが、

「オアシス時代が懐かしい」

と、かつての常連の顔に戻って、過去を振り返っている。

「その後のマスターの消息を知っているか」

と問うても、だれも答えられなかった。

行きつけのカフェが、自分の人生にとってこれほど重要な拠点であったことを、平は初めて知った。平、および客たちの日常の拠点が失われて、彼らは日常を失ったのである。

常連たちが集まりオアシス再建の話が出たこともあったが、肝心のマスターの消息が不明であり、再建話は立ち消えになった。

かつての常連に誘われて別の店へ行ったこともあるが、馴染《なじ》めなかった。珈琲《コーヒー》の味は格段の差があり、インテリアは安っぽく、店内は騒々しく、従業員の態度は粗雑であり、客の種類もオアシスとはまったく別の人種のようであった。

第一、朝の開店が遅い。先祖累代の家から、一日で組み立てたユニットハウスへ移転したようなものだ」

常連たちが苦笑した。

「ユニットハウスの窓から朝靄《あさもや》を見ると、火事の煙のような気がしてしまう」

「火事の煙でも見えればよい。壁に窓なんかないぞ。窓があっても隣家の灰色の壁が見えるだけだ。そして正体不明の黒い液体が、歯磨き用のコップに入れて出される」

かつての常連はそんな会話を交わして、顔をしかめた。

そんなとき、平は書斎のデスクの隅に置いていた文庫本をおもいだした。行きずりの旅行者のようなミステリアスな女性が遺留していった文庫本である。

これを発見後、ぱらぱらとページを繰っただけで、中身に深く目を通していない。ゆっくりと読もうとおもっていたときに、火災が発生したのである。

カフェ難民となってから、平の指定席に、旅の途上坐った、謎めいた女性の遺留品を、すっかり忘れていたのである。

平は、改めて文庫本のページを開いた。それはヘルマン・ヘッセの詩集であった。ページの間に小さな付箋《ふせん》が挟み込まれていた。その一節に、ボールペンの側線が引いてある。

——それは遠く幼い日、私は月光がこぼれ落ちる芳しい森をくぐって、懐かしい道を過去へ向かって遡《さかのぼ》って行くと、忘却の霧にやわらかく包まれているような幼い日々が心の中に甦《よみがえ》り、森を通り抜けると、見覚えのある古い街角が月光に照らされて、美しい伝説のように立ち上がる。――平は美しい詩文《しるし》だとおもった。

この詩文に印をつけたのは、彼女が、遠く幼い日に永遠の郷愁をおぼえていたからであろう。

印がつけてあったのは、その節だけであった。カバーはつけていなかったが、買って新しい本のようである。この詩文以外には彼女に関する情報はなかった。

そして、彼女が含んでいたミステリアスな謎は、ヘッセの詩に詠《うた》われたような遠い過去への郷愁からきているようである。

いまさら遺留品を警察に届け出ても、彼女の手に戻ることはあるまい。遺留品集積所で保管中に埋もれてしまうかもしれない。

それよりはオアシスの指定席に遺留されたこの詩集を、平は大切に保存していこうとおもった。

数ヵ月が経過した。彼女とオアシスで邂逅《かいこう》した日が迫っていた。

そして平は、意外な人物から便りを受け取った。

封筒の裏面には京都《きょうと》市の住所と、宮越織枝《みやこしおりえ》という女性的な名前が繊細な筆跡で書かれている。平はその名前に記憶がなかった。

開封した便箋《びんせん》には、次のような驚くべき文言が記述されていた。

——突然のお便り差しあげる失礼、お許しくださいませ。

お忘れかとおもいますが、昨年春先、オアシスという喫茶店で、平先生に御目文字《おめもじ》した宮越織枝と申す者でございます。と申しましても一方的に御目文字しただけであり、先生の指定席と知らず坐《すわ》っていた者にございます。先生のお名前とご住所は、予備校の機関誌で知りました。合格率の極めて高い私塾として、先生のお顔とお名前と共に紹介されていました。

先生のご町内に、私の大学時代のクラスメイトの家がありまして、クリスマスパーティに招《よ》ばれて、道に迷ってしまいました。そのとき偶然出会った方が、友人の家まで親切に案内してくださいました。そして卒業後、クラスメイトの訃報《ふほう》を聞いて、お通夜に行き、ご自宅で一夜を明かし、立ち寄ったのが「オアシス」でした。とても美味《おい》しい珈琲をいただき、友人を失った悲しみが、ゆっくりと溶けていくようでした。

珈琲をいただいてから、坐ったお席が先生の指定席と気がついて席を立ち、駅に着いたとき、お店のマスターは以前、道に迷ったとき、友人の家まで案内してくださった方であることをおもいだしたのです。あれから数年経過していましたので、マスターも私に気がつかなかったようです。でも、いまさら引き返してお礼を言うのも、なんとなく気恥ずかしくて、ちょうど入線して来た電車に乗ってしまいました。

その後、ニュースで「オアシス」が延焼したと知りました。たった一度立ち寄ったオアシスですが、あのオアシスそのもののカフェと、親切なマスターが、あの街から消えたのかとおもうと、とても寂しくなりました。

先生にお伝えしたいのは、私の気持ちではなく、数日前、所用があって上京した折、新宿の中央公園で偶然、マスターに出会ったことをお知らせしたかったのです。最初、通り過ぎたときは、ご様子がだいぶ変わっていたので、気がつきませんでしたが、なんとなく気になって、引き返し、お顔を見つめ、マスターであることを確認しました。

驚いたことに、マスターは新宿で路上生活をしておられます。マスターは私に気がつかなかったようですが、マスターにちがいありません。公園の隅の段ボールハウスに住まわれていますが、服装も乱れておらず、顔色も普通で、一見、路上生活者とは見えません。マスターはきっと、お店を失い、自由を求めて路上で生活をしているのではないかとおもいます。

でも、あの美味しい珈琲と、オアシスのような憩いの場所を体験したいとおもっている方たちは多いとおもいます。マスターと「オアシス」の再生・再建を支援する会を立ち上げられたらいいなというおもいを込めて、おもいきって、このお手紙を差し上げました。

オアシスを失ったマスターは新宿中央公園の茂みの奥に隠れて、美しい伝説を追いかけているような気がします。きっとマスターは路上で暮らしているのではなく、伝説の中で暮らしているのではないかとおもいます。かしこ。――

手紙は以上で終わっていた。

平は、直ちに常連たちを招集した。オアシスが健在のころは互いに適当な距離を保っていたが、オアシスを失った後、主家を失った浪人のように、なにかといえば寄り集まるようになった。

早速、〝マスター救出作戦〟が始まった。

オアシスには地主がいたが、半焼の建物が残っているので地上権がある。常連の中には大工や建築家がいた。マスターが消息不明になった後もその居所を確保しておくために、人が住める程度の修理を施していた。

早速、常連の有志が新宿中央公園に行きマスターを見つけた。織枝の手紙にあった地図の場所で、マスターは路上生活をしていた。

半焼の店から持ち出したのか、珈琲を淹《い》れるためのネルドリップやマイルドカップ、デミカップ、豆を挽《ひ》くミル、ポータブルコンロなどのワンセットを用意して、路上仲間に振る舞っている。

地図がなくてもその周辺に懐かしい高雅な珈琲の香りが漂っていたので、すぐにわかった。おそらく織枝もその香りに引かれてマスターを見つけたのであろう。

彼は路上生活者と共に路地の暮らしを楽しんでいるようであった。マスターにしてみれば店と住居と常連たちを一挙に失って、逆に完全な自由を得たようなさばさばした顔をしている。

マスターは、（とうとう見つかったか）というような顔をして、常連たちにも久しぶりのオアシスの珈琲《コーヒー》を振る舞ってくれた。

超高層ビルが林立するふもとの公園で野点《のだて》の茶会のように、段ボールハウスを囲んで喫する珈琲は豪勢な味奥《みおう》であった。

「以前のようにはいかないが、有志が集まってオアシスを再建した。みんなが待っている。帰って来てくれ」

珈琲を喫みながら平以下有志一同が訴えた。

「いずれ見つかるとおもったが、かぐや姫に見つかっては帰らざるを得ませんな」

とマスターは言った。

「かぐや姫とは……？」

平が問い返すと、

「ほら、先生の指定席に坐った女性ですよ。店で再会したときはすぐにおもいだせなかったが、十年ほど前、月夜の散歩をしているとき道に迷っていた彼女に出会った。月から降りて来たかぐや姫のように見えました。先生が彼女の遺留品を見つけて追いかけたとき、おもいだしました。そのかぐや姫に見つけられたのも因縁ですね」

マスターは言って、路上仲間に、

「短いご縁だったが、店の客につかまってしまった。名残惜しいが店へ帰る。路上の暮らしもおつなものだったが、長くいるところではない。いずれ、ついでがあったら私の店に寄ってくれ。路上割引というよりは、あんたたちには無料サービスをする。みんな元気でな。路上で出会ったみんなを、私は忘れない」

と、マスターは別れの言葉を告げた。路上の仲間の中には頰を濡《ぬ》らしている者もいた。

「オアシス」は再生した。常連や愛用客が、滅びた主家を再興したように集まって来た。それをマスメディアが紹介したので、新しい客が増えた。

だが、オアシス再興のきっかけになった宮越織枝に感謝と共に、オアシス再開の手紙を出したところ、宛名《あてな》人居所不明の付箋《ふせん》を付けて返されてきた。

平から聞いたマスターは、

「やはり彼女はかぐや姫であった。町内に家があったという大学時代のクラスメイトの後を追って、異次元の世界へ逝ってしまったのだろう」

とつぶやいた。

「まさか。彼女、故人を追って、あちらの世界へ逝っちゃったのか……」

平が驚いて問い返した。

「いや、異次元の世界は無数にあります。宇宙船が星の海の中に迷って母星に帰れなくなったように、彼女もきっと私と出会ったクリスマスの夜に別の星から来て、クラスメイトと愛し合い、彼が飛び立った後、自分の母星を探す旅に出たのかもしれません」

「そう言うマスターも異次元から来たような気がするな」

「オアシスは旅中の空港とおもえばよろし。この店の客はみんな異次元から来ています」

マスターが答えた。

一時の路上の暮らしも彼にとっては異次元の一つであったのである。

本書は二〇〇七年九月、集英社文庫より刊行されました。
「オアシスのかぐや姫」は本書のために書き下ろされたものです。

本作品はフィクションであり、実在のいかなる組織・個人ともいっさい関わりのないことを附記します。また、地名・役職・固有名詞・数字等の事実関係は執筆当時のままとしています。

終着駅《しゅうちゃくえき》

森村誠一《もりむらせいいち》

平成27年 3月25日 初版発行
令和7年 7月10日 6版発行

発行者●山下直久

発行●株式会社KADOKAWA
〒102-8177 東京都千代田区富士見2-13-3
電話 0570-002-301(ナビダイヤル)

角川文庫 19078

印刷所●株式会社KADOKAWA
製本所●株式会社KADOKAWA

表紙画●和田三造

●お問い合わせ
https://www.kadokawa.co.jp/ (「お問い合わせ」へお進みください)
※内容によっては、お答えできない場合があります。
※サポートは日本国内のみとさせていただきます。
※Japanese text only

ISBN978-4-04-102813-1 C0193

◆◆◆

角川文庫発刊に際して

角川源義

第二次世界大戦の敗北は、軍事力の敗北であった以上に、私たちの若い文化力の敗退であった。私たちの文化が戦争に対して如何に無力であり、単なるあだ花に過ぎなかったかを、私たちは身を以て体験し痛感した。西洋近代文化の摂取にとって、明治以後八十年の歳月は決して短かすぎたとは言えない。にもかかわらず、近代文化の伝統を確立し、自由な批判と柔軟な良識に富む文化層として自らを形成することに私たちは失敗して来た。そしてこれは、各層への文化の普及滲透を任務とする出版人の責任でもあった。

一九四五年以来、私たちは再び振出しに戻り、第一歩から踏み出すことを余儀なくされた。これは大きな不幸ではあるが、反面、これまでの混沌・未熟・歪曲の中にあった我が国の文化に秩序と確たる基礎を齎らすためには絶好の機会でもある。角川書店は、このような祖国の文化的危機にあたり、微力をも顧みず再建の礎石たるべき抱負と決意とをもって出発したが、ここに創立以来の念願を果すべく角川文庫を発刊する。これまで刊行されたあらゆる全集叢書文庫類の長所と短所とを検討し、古今東西の不朽の典籍を、良心的編集のもとに、廉価に、そして書架にふさわしい美本として、多くのひとびとに提供しようとする。しかし私たちは徒らに百科全書的な知識のジレッタントを作ることを目的とせず、あくまで祖国の文化に秩序と再建への道を示し、この文庫を角川書店の栄ある事業として、今後永久に継続発展せしめ、学芸と教養との殿堂として大成せんことを期したい。多くの読書子の愛情ある忠言と支持とによって、この希望と抱負とを完遂せしめられんことを願う。

一九四九年五月三日